별 아래, 와인바

전진명 지음

작가의 말
프롤로그

봄

여름

가을

작가의 말

몇 년 전 내추럴 와인을 처음 마셨을 때 들었던 생각은 "우와, 이렇게 독특한 와인이 있었어? 이걸 왜 이제야 알았지?" 였습니다. 평소 궁금한 것이 생기면 조금 깊게 들어가 보는 편인데 내추럴 와인에 대해서 알면 알수록 흥미로운 점이 많더군요. 그리고 거기에는 분명한 철학이 존재한다는 걸 알게 되었습니다. 어쩌면 당연한 말일지도 모르겠지만 자연과 사람이 관여하는 모든 일에는 의미와 가치가 담기기 마련이니까요.

"만약 내 와인에 포도 이외의 무언가를 넣어야 한다면 그냥 와인을 만들지 않겠습니다."

라 소르가의 안토니 토틸이 했던 말처럼 내추럴 와인을 만드는 와인 메이커들은 모두 어떤 사명감이 있는 사람들처럼 자신만의 와인을 만드는 데 열중하더군요. 저는 그들의 열정과 노력이 담긴 내추럴 와인을 마시면서 가슴 깊은 곳에서 끓어오르는 도전 의식을 숨길 수가 없었습니다. 더 많은 사람이 이렇게 멋진 와인을 알고 즐겼으면 좋겠다. 그러려면 나는 무엇을 할 수 있을까? 글쓰기를 좋아하니까 사람들의 사연과 내추럴 와인을 하나씩 연결 지어보면 어떨까? 그렇게 탄생한 아이디어가 바로 <별 아래, 와인바>입니다.

　내추럴 와인 메이커들이 자연의 힘을 빌려 와인을 만들듯 저도 이야기를 구상하면서 최대한 자연을 닮은 글을 쓰려고 했습니다. 그래서 본격적인 농사가 진행되는 봄, 여름, 가을을 모티브로 해서 세 파트를 나누고 1년 열두 달을 의미하는 12가지 에피소드와 윤달을 의미하는 스페셜화로 매 시즌을 채웠습니다. 이 책이 펑키한 내추럴 와인처럼 여러분들의 일상에 매력적인 휴식처가 되길 바랍니다.

　마지막으로 <별 아래, 와인바>가 세상 밖으로 나오는 데 큰 도움과 영감을 주신 뱅베의 김은성 대표님과 직원분들에게 깊은 감사를 표합니다.

프롤로그

"대림창고와 건대입구역 사이, 빽빽하게 건물들이 자리한 골목길에는 눈에 잘 띄지 않는 작은 와인바가 있다. 그리고 그곳을 찾아오는 사람들은 모두 각자의 사연을 가지고 있다. 오후 6시부터 새벽 2시까지 <별 아래, 와인바>를 홀로 운영하는 석영은 오늘도 창밖을 바라보고 있다. 한 손에 꽃을 들고 가는 사람, 성수역 방향으로 바쁘게 뛰어가는 사람, 오늘 저녁에는 어떤 음식을 먹을지 친구와 대화하는 사람. 석영은 사람들을 바라보고 있다. 비슷한 듯 다른 듯 보이는 사람들이 마치 내추럴 와인과 닮았다고 생각해서다. 내추럴 와인은 마치 각자의 취향을 존중하기 위해서 태어난 듯 맛도 색도 향도 다르게 만들어진다. 한병의 와인을 만든 사람도 그 와인을 마시는 사람도 모두 다르고 매력적이다. 그래서 석영은 지금부터 사람들의 이야기를 들어보려고 한다."

봄

1화. 로스탈 (L'Ostal) 🍷

로스탈 2018.
지역 : Cahors, France
품종 : Malbec, Merlot

오후 5시, 환기를 위해 잠시 열어둔 창문으로 완연한 봄 날씨의 미세한 햇살이 스며든다. 이제 오픈한 지 6개월쯤 되어가는 이 와인바를 운영하는 석영은 거울 앞에 서서 흰 셔츠의 팔목 부분을 걷어 올렸다 풀었다를 반복한다. 왼쪽과 오른쪽이 같은 넓이로 접어지지 않아서다. 누군가는 그게 뭐가 대수냐고 할지도 모르지만, 석영에게는 오늘도 영업에 최선을 다하겠다는 선언과 같은 행동이다. 그가 그런 생각을 가지게 된 배경에는 그의 부모님과 나눴던 대화가 있었다. 이 와인바를 시작하기 전, 부모님은 석영이를 앞에 두고 이렇게 말했다,

"좋은 경험이 되길 바란다. 그러나 경험으로 삼는다는 말 뒤에는 너 자신을 능가하는 압도적인 최선이 따라와야 한다. 그래야만 기억할 수 있고 경험이라 말 할 수 있다. 나머지는 그냥 흘려보내는 것이다."

몇 번의 시도 끝에 오늘도 셔츠가 깔끔하게 접어졌다. 그리고 석영은 가게 문 앞에 달린 사인을 Open으로 돌렸다. 서울의

밤은 지금부터 시작이다. 어떤 공간이든 시간이든 우리에게 필요한 것은 뭘까? 석영은 와인바를 오픈하기 전에 자신에게 질문을 던졌다. 그리고 질문에 대한 자신만의 답을 찾기 위한 고민은 꽤 오랫동안 이어졌다. 한 커플을 만나기 전까지는.

오후 6시, 딸랑딸랑. 현관문에 달린 종소리와 함께 오늘의 첫 예약 손님이 찾아왔다. 덥수룩한 머리에 뿔테 안경을 쓴 남자와 질끈 묶은 머리에 곰이 그려진 후드티를 입고 온 여자였다.

"어서 오세요. 6시에 예약하신 손님이시죠? 편하신 곳에 앉으셔도 됩니다."

살짝 고개를 끄덕인 두 사람은 와인바 가장 구석진 곳에 자리한 테이블에 앉았다. 그들은 어딘가 음침하고 조용한 분위기를 내뿜는 커플이었다. 석영은 조용히 메뉴판을 건네고는 다시 자리로 돌아왔다. 이럴 때는 손님에게 천천히 다가가는 편이 좋다. 내향적인 사람들에게는 소리 없는 눈빛을 서로 주고받을 약간의 시간이 필요하기 때문이다. 메뉴판에 적힌 와인 리스트를 유심히 관찰하던 두 사람은 속삭임을 통해 어떤 결정을 내린 듯해 보인다. 그리고는 남자가 살짝 손을 들었다.

"네, 손님. 결정하셨나요?"

"사실... 저희가 와인을 잘 알지는 못해서 그런데... 하나 추천해주실 수 있을까요?"

"물론이죠. 음... 와인을 처음 접하시는 손님들이 익숙하지 않은 용어 때문에 와인을 어렵게 생각하시지만, 전혀 어려운 것이 없어요. 저희가 비록 오늘 처음 만났지만, 조금의 대화만 나눠보면 서로를 알 수 있는 것처럼요. 그럴 때 우리는 새로운 친구와 세상을 만나게 되죠. 어때요? 조금 쉽게 느껴지나요?"

"네, 그런 것 같아요. 메뉴판에 와인 종류가 이렇게나 많은데 그러면 사장님은 친구가 엄청 많은 사람이네요. 갑자기 부럽게 느껴져요. 저희는 그다지 친구가 많은 사람은 아니라서요."

"저도 뭐 와인이란 친구는 많아 보일 수 있지만, 사람 친구가 많은 타입은 아니라서요. 그나저나 두 분은 관계가 어떻게 되죠? 친구? 연인?"

"아, 저희는 독서 모임에서 만나서 사귀게 됐어요. 서로 책 읽고 글쓰기를 좋아하다 보니 자연스레 가까워지더라고요. 그게 벌써 7년 전 일이네요. 그렇지?"

"맞아요. 제 남자친구가 이래 보여도 글을 잘 쓰거든요. 종종 짧은 편지를 써주곤 했는데 거기에 완전히 반해버린 거 있죠. 어느 날 같이 카페에 앉아서 커피를 마시고 있는데 번쩍이는 아이디어가 떠올랐어요. 이렇게 아름다운 글을 나만 보기에는 아깝다고요. 그래서 남자친구 보고 같이 작가가 돼보자고 했어요. 세상에서 가장 멋진 글을 쓰는 작가 커플이 돼보자고. 처음에는 큰 포부를 가지고 시작했는데 공모전에 몇 번 떨어지다 보니까 자신감이 점점 사라지더라고요. 돈도 떨어지고. 결국 우리가 작가가 되기에는 실력이 부족한가? 하는 생각도 들었어요. 오늘도 기대했던 공모전에 떨어졌다는 소식을 듣고 나서 남자친구에게 너무 술이 마시고 싶다고 하니까 여기를 데려

왔네요. 괜찮다고. 오늘은 편의점 앞에서 캔맥주를 마시지 말고 특별한 하루를 보내보자고."

"그러셨군요. 잘 오셨어요. 아, 두 분의 이야기를 듣다 보니 마침 어울리는 와인이 떠올랐어요. 잠시만 기다려주세요. 가져와서 보여드릴게요."

석영은 와인 냉장고를 열어 이리저리 뒤적이기 시작했다. 나름대로 정한 규칙을 가지고 정리해둔 와인들이었다. 석영은 그중 한 병을 꺼내서 자리로 돌아와 두 사람에게 마저 설명을 이어나갔다.

"프랑스 남서부 지역에서 생산된 로스탈이란 와인이에요. '가족', 혹은 '그들이 사는 집'이란 뜻이죠. 두 분처럼 이 와인을 만든 샬롯과 루이스도 과거 파리에서 문학 분야에서 일하다가 와인 양조에 도전했다고 해요. 우리가 살다 보면 근본적인 삶의 변화가 필요한 시기가 있잖아요. 늘 하던 일이 아닌 새로운 도전을 한다는 것이 마냥 두렵기도 하지만 그냥 이대로 반복되는 일상을 보내기에는 나의 인생이 멈출 것만 같은 그런 느낌. 아마 샬롯과 루이스도 나름의 이유가 있었지 않았을까요?"

"맞아요. 저희도 2년 전부터 글에 더 집중하기 위해서 같이 살기 시작했는데 서로 생활 방식이 다르니까 하나부터 열까지 다 도전이더라고요. 많이 싸우기도 했고요. 그런데도 같이 더 붙어있지 않으면 저희가 원하는 글을 완성하지 못하겠다는 생각이 들었어요. 뭐랄까? 완벽한 조화를 이뤄내고 싶은 욕심? 그러다 보면 한없이 추상적인 둘의 생각들이 언젠가는 한편의

글로써 맞춰질 것만 같으니까.”

“마치 와인이 만들어지는 과정과 비슷하네요. 좋은 와인을 만들려면 토양을 존중해야 하죠. 모든 것은 땅과 하늘이 만드는 것이니까요. 매년 자연이 만드는 변화는 와인에 지대한 영향을 미치고 결국 한 병의 와인으로 세상에 나오게 돼요. 그리고 우리는 자연이 만든 조화를 마시는 거죠. 로스탈의 와인도 주변환경과의 조화를 중요하게 생각해서 다른 과일나무와 야생작물, 가축을 함께 기른다고 해요. 서로가 서로를 보완해서 다양한 앙상블을 만들겠다는 목표를 위해서요.”

“사장님의 설명을 듣다 보니 이 와인이 아주 마음에 드는데요? 저희 이걸로 결정할게요.”

“제 설명이 두 분에게 도움이 되었다니 기분이 좋네요. 그러면 오픈해드릴게요. 심플하고 간결한 양조방식으로 만든 와인이라서 기품있고 신선한 과실 향을 많이 느끼실 수 있을 거예요. 우아하고 깊은 맛에 또 한 번 놀라실 테고요. 그러면 좋은 시간 가지세요.”

와인 서빙을 마치고 자리로 돌아오면서 왠지 모르게 기분이 좋았다. 잠시나마 기댈 곳이 필요한 두 사람에게 친구가 되어 따뜻한 온기를 나눠줬구나 싶었다. 이 공간에 찾아와 한병의 와인과 함께 시간을 보내는 손님들의 이야기. 석영은 이제 그들의 이야기를 들어주려고 한다.

2화. 뮐레츄닉 🍷

아나 2014.

지역: Vipava, Slovenia

품종: Sauvignonasse, Rebula Chardonnay,

Malvasia Istriana

오후 9시, 추적추적 봄비가 내리기 시작했다. 석영은 오븐에 넣어둔 마들렌이 완성되기를 기다리며 창밖을 하염없이 바라보고 있다. 거리에는 비를 피해 어딘가로 걸어가는 사람들로 가득하다. 깜빡거리는 네온사인들. 택시가 지나가면서 만드는 물보라. 아득한 밤, 그것들을 바라보고 있으면 왠지 모르게 누군가가 그리워진다. 지난 세월에 잠시 겹쳐 살다가 먼저 떠나간 사람들. 평평한 시간 위를 살아가는 우리 모두에게는 그런 사람들이 있었다.

저 멀리 검은 우산을 쓰고 걸어오는 한 남자가 있다. 아마도 오늘의 예약 손님인 듯싶다. 검은 양복에 검은 넥타이를 맨 20대 청년이 터벅터벅 계단을 걸어 올라와 문을 열고 들어왔다.

"어? 어서 오세요. 9시에 예약하신 손님이신가요?"

"네, 맞아요. 갑자기 비가 오네요. 그래서 차가 막혀서 조금 늦었습니다. 죄송합니다."

"괜찮습니다. 보시다시피 저희 와인바는 예약제라서요. 예약한 시간 안에서는 얼마든지 있다가 가셔도 됩니다. 자리는 많으니까 편한 곳에 앉으세요. 메뉴 가져가 드릴게요.”

“네, 알겠습니다.”

남자는 석영과 마주 보는 바 테이블 중앙에 앉았다. 아무래도 혼자서 시간을 보내기보다는 눈에 뭐라도 움직이는 물체가 필요한 듯 보인다. 그렇게 해야 딴생각을 하지 않을 수 있으니까. 남자는 석영을 조용히 관찰하기 시작했다.

“사장님은 왜 와인바를 시작하셨어요?”

“아, 저도 와인바를 하게 될 줄은 생각도 못 했는데요. 대학 졸업 후에 회사는 가기 싫고 특출난 기술은 없다 보니까 한동안은 집에서 누워만 있었죠. 어느 날은 어머니가 계속 지켜보기 답답하셨는지 그럴 거면 도서관에 가서 책이라도 읽으라고 하시는 거예요. 나가면 다 돈인데 도서관에 가면 돈은 안 들잖아요. 그래서 못 이기는 척 슬리퍼를 질질 끌고 도서관을 갔었죠. 평소에 책을 안 읽다 보니까 고르는 족족 따분하게 느껴졌어요. 그래서 그림이 많은 책이라도 찾아보자 싶어서 둘러보다 보니 요리책들이 눈에 들어왔고요. 그건 좀 보는 맛이 있더라고요. 프랑스 요리는 이런 거구나 이탈리아 요리는 이런 거구나 하면서요. 그런데 항상 와인이 따라오는 거죠. 아시다시피 유럽 요리에는 와인이 빠질 수가 없잖아요. 거기는 거의 물처럼 와인을 마시니까.”

“그러다가 유럽 요리책들 사이사이에 있는 와인 책을 우연히 만나게 되셨나 보네요. 마치 돌고 돌아 만나게 되는 운명처럼.”

"맞아요. 그나저나 누구 장례식 다녀오셨나 보네요?"

"아..."

남자는 한동안 말이 없었다. 애써 피하고 싶었던 이야기를 꺼낼지 말지 고민하는 듯했다.

"할머니가 며칠 전에 돌아가셨어요. 오늘 마지막으로 보내드리고 왔고요. 어릴 때부터 저를 키워주셔서 함께 한 추억이 많았거든요. 한여름날 돗자리를 펴놓고 수박을 잘라주시던 모습, 학교에 다녀오면 내 새끼 왔냐고 꼭 안아주시던 모습, 평소에는 잘 생각도 나지 않던 그런 장면들이 왜 인제야 한꺼번에 몰려올까요?"

석영은 무슨 위로의 말을 전해야 할지 선뜻 떠올리지 못했다. 정적이 길어지자 남자는 먼저 말을 꺼냈다.

"비도 오는데 제가 괜히 우울한 소리를 한 게 아닌가 싶네요. 이제 와인 리스트 좀 볼게요."

"괜찮습니다. 어떤 말로 위로를 드려야 할지 저도 잠시 생각이 나지 않은 것뿐이라서요. 천천히 보시고 불러주세요. 마들렌이 이제 거의 다 익은 것 같아서요. 체크 좀 할게요."

남자는 와인 리스트를 천천히 보기 시작했다. 레드, 화이트, 오렌지, 로제, 스파클링. 와인의 종류에 따라 나열되어 있다.

"사장님, 여기 오렌지 와인들 중에 아나는 사람 이름인가요?"

"아, 뮬레츄닉의 아나 말씀이시죠? 네, 맞아요. 슬로베니아에서 가장 유명한 와이너리들 중 한 곳이죠. 제가 알기로 현재 와이너리를 운영하는 클레멘씨의 증조할머니 이름이라고 들었어요. 얼마 전 뮬레츄닉 와인 시음회를 위해 한국을 오셔서 잠시 뵙기도 했고요. 아주 따뜻한 마음씨를 가지신 분이셨죠."

"왜 다른 사람도 아니고 증조할머니를 선택했대요?"

"부유한 이집트 출신의 부부가 있었는데 자식이 없어서 클레멘씨의 증조할머니를 입양하셨대요. 그래서 집안에 재정적으로 도움이 됐고요. 집집마다 특별히 더 기억하고 싶은 사람들이 있잖아요. 뮬레츄닉 가문에서는 아나 할머니가 그런 경우일 테죠."

"마치 오늘 저만을 위한 와인처럼 느껴지네요. 사장님 이걸로 할게요."

"네, 알겠습니다. 샤도네이, 리볼라, 말바지아, 쇼비냐즈를 블렌딩한 와인이라서 다양한 품종의 특성을 느끼실 수 있을 거예요. 그러면 오픈해드릴게요."

와인을 열자 파프리카의 달짝지근하고 스파이시한 향이 천천히 퍼져나갔다. 마치 비를 맞고 뛰어온 날, 집 앞에서 우산을 들고 계신 할머니의 품에 안겼을 때 나는 냄새와 비슷했다.

"사장님 그런데 왜 오렌지 와인은 오렌지 와인이에요? 오렌지로 만들었나요?"

"그렇게 많이들 오해하시는데요. 오렌지 와인은 다른 와인과 같이 포도로 만들지만, 색깔이 레드 와인이나 화이트 와인처럼 오렌지 빛깔을 띠어서 그래요. 오렌지 와인은 대개 청포도 품종으로 만들지만, 일반적으로 화이트 와인이 껍질을 거의 이용하지 않고 만드는 것과 다르게 양조때 껍질과 함께 침용 하기에 화이트 와인보다 색이 혼탁하며 짙은 오렌지 빛깔을 띠게 돼요. 뮬레츄닉의 와인은 최대한 자연 상태를 유지하기 위해서 어떠한 장비나 온도조절 장치 없이 수작업으로 포도알을 따고 3-6일 정도 스킨 컨택을 한다고 해요. 그 뒤에 오크통에서 2년, 병입 후 3년이 지난 후 세상으로 나와요. 보통 열정과 시간을 들여서는 힘든 일이죠."

"그런 것 같아요. 세상에 쉬운 일이란 하나도 없겠지만 자신을 사랑하고 자기 일을 사랑한다면 충분히 가능한 일이죠. 그나저나 이 와인 정말 저희 할머니 냄새나는데요? 하하하."

"그렇죠? 저도 아나 시음했을 때 똑같은 생각이 들었어요. 어? 이거 우리 할머니 냄새라고. 일부러 그런 맛과 향을 내려고 했는지는 모르겠지만 한 모금 입에 넣자마자 할머니가 떠올랐어요."

"가끔 할머니가 너무 보고 싶고 그리울 때마다 생각나는 와인이겠네요."

"아, 제가 특별히 아나는 페어링 할 수 있는 진저브레드 마들렌을 만들어 봤는데 한번 맛보세요. 기분 좋은 달콤함이 입안에 가득 퍼질 거예요. 할머니들은 가끔 손주들이 집에 오면 시장에서 파는 과자들을 사 오시잖아요. 뭐 그런 느낌처럼 즐기시면 되겠네요."

남자는 할머니를 보내드리고 온 마지막 날이 생각날 때마다 하염없이 흘러내리는 가슴 속 눈물뿐만 아니라 할머니와의 추억을 떠올리게 만드는 아나와 진저브레드 마들렌 또한 기억할 것이다. 평평한 선과 같은 시간 속을 살아가는 우리지만 한병의 와인은 뫼비우스의 띠처럼 돌고 돌아 다시 만나게 되는 순간을 만들기도 하니까.

3화. 페휘스

🍷

스풋니크 2018

지역 : Languedoc, France

품종 : Syrah, Grenache

오후 10시, 거나하게 술을 마신 사람들로 거리는 소란스럽다. 그리고 모둠전을 파는 가게에서 1차를 마친 네 명의 청년들은 서로에게 기대고 넘어지기를 반복하고 있다. 그들 중 리더 격으로 보이는 한 남자는 다른 친구들의 가방을 자기 목에 이리저리 둘러매고 쓰러지는 친구들을 일으켜 세우고 있다.

"2차 가서 한잔 더하자! 이대로 집에 가기에는 아쉽잖아!"

친구들이 여럿이 모이면 항상 더 시간을 보내고 싶어 하는 사람이 있기 마련이다.

"내일 아침에 우리 클라이언트랑 미팅도 있는데, 이만하고 집에 가자."

"아, 제발 딱 한 잔만 더. 아까 하던 얘기 조금만 더 하면 내일 어떻게 발표해야 할지 좋은 아이디어가 떠오를 것 같단 말이야."

"하... 참나. 어디 보자 간단하게 한 잔만 딱 더 할 수 있는 데가 있는지."

"야, 저기 구석에 못 보던 술집 있네. 새로 생긴 와인바 같은데 한 병만 시켜서 딱 한 잔씩만 더 하자."

"어휴, 그래 그러자."

네 사람은 비틀대고 서로를 밀치면서 계단을 올라와 힘차게 문을 열었다.

"사장님, 여기 네 명이요."

"안녕하세요. 혹시 예약하셨나요?"

"아니요. 꼭 예약해야만 마실 수 있나요? 간단하게 한 잔만 더 하려고 해서요."

"저희 와인바는 예약제이긴 한데. 마침 한 시간 뒤에 다른 예약이 있어서 한 시간이라도 괜찮으신가요?"

"네, 사장님. 괜찮아요. 정말 딱 한 잔만 더 하려고 온 거라서요."

"그러면 편한데 앉으세요. 와인 리스트 가져다드릴게요."

네 사람은 가게 왼쪽에 마련된 턴테이블 옆에 앉았다. 한 명은 석영이 모아둔 레코드판들을 유심히 살펴보고 있다. 오래된 레코드판들 사이에 포장도 뜯지 않은 몇몇 앨범이 괜히 궁금해진다.

"사장님, 여기 레코드판 중에 포장도 뜯지 않은 것은 무슨 이유가 있나요?"

"아, 제가 개인적으로 아끼는 아티스트의 앨범들이라서요. 저한테 특별한 순간이 오면 포장을 뜯어서 턴테이블에 올리려고 해요. 타임캡슐 같은 거죠."

"그렇군요. 뭔가 감성적이네요. 아무튼 너희들 와인은 어떤 거로 할 거야? 정했어? 한 시간뿐이라고 하니까 얼른 마시고 가자."

"그러면 사장님한테 추천해달라고 할까? 우리끼리 뭐 하나 정하려면 온종일 걸리잖아."

"그러자. 그게 더 빠르겠다. 사장님."

"네, 와인 정하셨나요?"

"저희끼리 고르다가는 시간 다 지날 것 같아서요. 사장님 도움이 필요해요. 저희 대신 좀 골라주세요."

"물론이죠. 레드, 화이트? 평소에 드시는 와인 종류가 있나요?"

"레드가 아무래도 무난하겠죠. 아니다. 산뜻하게 화이트가 나으려나? 이거 보세요. 저희끼리 사업 아이템 정할 때도 이랬다니까요?"

"아, 친구분들끼리 사업하시나 보네요. 어떤 사업을 하세요?"

"가게들 매출 관리 애플리케이션을 운영하고 있어요. 이 친구는 프로그램 디자이너, 저 친구는 영업 담당, 그 옆에는 재무 담당, 그리고 저는 총괄 디렉팅을 하고 있고요."

"친한 친구들끼리 뭉쳐서 사업을 하는 꿈은 다들 한 번씩 꿔보는 꿈이죠. 그런데 그걸 진짜로 하고 계신다니 멋지고 부럽네요."

"어휴, 말도 마세요. 차라리 남이랑 하는 게 훨씬 속 편하겠다 싶을 때도 많다니까요. 초반에는 얼마나 치고받고 싸웠는지."

"하하, 앞으로 나아가려면 피할 수 없는 일이죠. 그 이야기를 들으니 떠오르는 와인이 있네요. 페휘스라고 프랑스 랑그독 지역에서 만든 와인인데 크리스토프 페휘스라는 분이 2013년에 친구 세 명과 설립했죠. 와인의 라벨을 그리는 작가이자 뛰어난 미식가인 장 발롱, 그리고 성공한 사업가이며 셀러를 디자인한 크리스티앙 루체싸와 이 모든 것을 지휘하는 올리비에 차포. 오늘은 페휘스의 와인들 중에도 몇 병 남지 않은 스풋니크 2018 빈티지를 추천해 드릴게요. 아시다시피 러시아가 세계 최초로 쏘아 올린 인공위성의 이름이죠. 혹시 그 뜻이 '여행의 동반자'라는 것을 아셨나요? 어쩌면 스풋니크는 창업이라는 여행을 함께 하는 손님들을 위한 와인 아닐까요?"

"와, 정말 저희를 위해 만들어진 와인 같네요. 사장님의 설명을 듣고 나니까 안 마실 수가 없겠어요. 저 영업 담당하는 친구 자르고 사장님을 영업 담당으로 스카우트해야겠어요 하하."

"혹시나 이 와인바가 문을 닫는 날이 오면 제가 먼저 찾아갈지도 모르니까 그때 모르는 척하지 마세요. 하하. 설명을 마저 이어가자면 우주선 모양의 콘크리트 통에서 와인을 숙성시켜 포도의 균형과 신선도를 유지하는 방향으로 양조를 한다고 하고요. 덕분에 뛰어난 농도와 깊이감을 느끼실 수 있을 거예요. 그러면 오픈해드릴게요."

와인을 오픈하자 네 사람의 미래에 행운이 가득하리라는 것을 알려주듯 신선한 제비꽃과 자두, 유칼립투스 향이 천천히 퍼져 나왔다. 그리고 와인은 무중력상태를 유영하고 있는 네 명의 우주비행사에게 전달된 메시지처럼 따라졌다.

"자 다 잔 채웠지? 어서 건배하자."

"건배사는 누가 할 거야?"

"네가 할래? 내가 할까? 벌써 30분밖에 안 남았는데?"

"미치겠다. 진짜. 이럴 거면 건배사도 사장님한테 부탁하자 그냥."

"사장님, 진짜 죄송한데 저희 진짜 앞으로 잘 돼야 하니까 멋들어진 건배사 한번 부탁드릴게요."

"하하, 회사가 운영된다는 게 신기하긴 하네요. 그러면 제가 선창할 테니 여러분들이 후창해주세요. 스풋니크를 타고 여행을 떠나는 당신들을 위하여!"

"위하여!"

네 개의 잔이 부딪치고 청아한 소리가 울려 퍼졌다. 제각기 다른 성격과 외모를 가진 사람들이지만 하나의 목적지가 정해지면 어떻게든 같이 가는 것이 사람이다. 아무리 힘들고 지치더라도 스스로 포기하지만 않는다면 말이다. 석영은 네 사람의 천진난만한 웃음소리가 좋았다. 어떤 상황에서도 저렇게 웃음을 잃지 않는다면 저들의 우주선은 계속 앞으로 나아갈 것이다. 그리고 석영의 뜻지 않은 레코드판도 언젠가는 어떤 이유로 인해 턴테이블에 올라가는 날을 만날 것이다.

4화. 몬테 달오라 🍷

캄포렌조 2018
지역 : Valpolicella, Italy
품종 : Corvina, Corvinone, Rondinella

오후 8시, 석영은 와인바에 있는 빔프로젝터로 오래된 영화 한 편을 틀었다. 이미 여러 세대에 걸쳐 리메이크된 적이 있는 영화, 로미오와 줄리엣이었다. 누구나 그렇듯 살다가 한 번쯤은 자신의 인생에 운명적인 사랑이 찾아오길 바란다. 그래서 진부한 레퍼토리의 반복이지만 사랑에 관한 영화는 그 생명력을 다하지 않는다. 우리가 죽기 전까지는 계속해서 사랑을 필요로 하기 때문이다. 그 정체 모를 감정은 불가능해 보이는 많은 일을 가능하게 한다. 마치 로미오와 줄리엣이 자신들의 목숨을 바쳐서 사랑한 것처럼.

건대입구역 1번 출구에서 중년의 부부가 팔짱을 끼고 계단을 올라온다. 봄이라고 해도 아직 저녁 공기에는 냉기가 남아있다. 아내는 여전히 남편의 품에 파묻혀있는 것이 좋나 보다. 그러곤 괜히 고개를 들어 남편에게 장난기 가득한 눈빛을 보낸다. 남편은 아무런 말을 하지 않았지만 아주 미세하게 입꼬리를 올렸다 내렸다. 30년 전이었다면 아내는 왜 이렇게 반응이 뜨뜻미지근하냐고 보챘을 테지만 이제는 그런 투정을 부리지는 않는다. 꼬박꼬박 정해진 시간에 집에 들어와서 같이 밥을 먹고 TV를 보고 사소한 일상을 공유하다가 잠드는 게 저 남자의 사랑 표현 방식인 것을 이제는 이해할 수 있기 때문이다.

　오늘 부부는 결혼기념일을 맞아 특별한 시간을 보내려고 한다. 어느덧 장성한 자식들이 취직해서 나가 사는 첫해이기 때문이다. 자식들이 만들던 다양한 소리가 집안에서 사라지고 나면 부부는 그동안 미뤄뒀던 고요함을 즐길 수 있다. 작은 물건들에 담긴 추억들이 너무 많아서 새로운 물건이 더 이상 궁금해지지 않을 정도다. 처음 이사를 왔을 때 가져왔던 장롱이 30년 만에 움직이던 순간 나온 지폐와 동전들이 주는 재미, 자식들이 어릴 때 받아왔던 상장들을 보며 내 자식이 이런 재능도 있었구나 되돌아보는 재미. 한 사람과 30년쯤 같이 살다 보면 그런 숨겨진 과거를 찾는 재미가 생겨난다. 그리고 철이 든 자식들이 부모님에게 조금씩 마음을 표현하는 순간도 생긴다.
　"아들놈이 웬일로 우리 결혼기념일이라고 와인바를 예약했어. 그래? 이놈이 취직해서 돈 벌더니 많이 바뀌었네, 맨날 돈 달라고 보채기만 하는 줄 알았더니."
　"당신이 몰라서 그렇지. 걔가 얼마나 당신을 많이 생각하는데. 부모는 원래 자식이 마냥 물가에 내놓은 아이처럼 보이는 거야. 모임에 가면 다른 사람들은 어쩜 그런 효자를 뒀냐고들 말하는데. 아무튼 늦겠다. 어서 가자." 부부는 골목길 구석진 곳에 있는 와인바로 들어갔다.

"어서 오세요. 오늘 아드님이 대신 예약하신 분들이신가요? 좀 전에 전화 와서는 가격에 상관없이 좋은 와인으로 추천해 드리라고 하시더라고요. 특별한 날이라고요."

"아, 정말요? 우리 아들이 조금 섬세해서 이것저것 예민하게 신경을 많이 쓰긴 해요. 어렵히 우리끼리 잘 놀다 갈 텐데."

"보통 자식들이 자기 손으로 돈을 벌어보면 부모님의 마음을 이해하는 법이죠. 아마 아드님도 한 달 내내 조금 더 자고 싶은 몸과 마음을 이겨내고 버텨보니 부모님은 어떻게 이 생활을 수십 년 동안 하셨을까? 하는 생각이 들었을 거예요. 돈의 소중함을 알면 어떻게든 그 돈을 가치 있게 쓰고 싶어지죠. 저도 이 와인바를 하기 전까지는 잘 몰랐는데 지금은 조금 알 것 같아요. 그래서 아드님의 마음도 이해가 되고요."

"부모님이 아주 든든하시겠어요. 이런 멋진 생각을 가진 아들이 있는 걸 아신다면요."

"저도 아직 아드님처럼 부모님에게 멋진 시간을 선물할 정도는 아니라서요. 열심히 일해야죠. 어느 자리로 하시겠어요? 오늘은 제가 아드님을 대신해서 두 분이 즐거운 시간을 보내시는 데 도움이 되도록 노력하겠습니다."

"하하, 평생 이런 대접을 받아보지는 못해서 어색하네요. 여보, 그러면 저쪽 테이블에 앉을까?"

"어, 뭐 당신이 그러고 싶으면 그러자고."

아내는 무대의 주인공이 된 듯 와인바의 가장 중앙에 있는 넓은 테이블로 향했다.

"와인은 어떤 것으로 하실까요? 조금 시간을 드릴까요?"

"어휴, 우리가 와인에 대해서 뭘 안다고. 그냥 사장님이 좋은 것으로 골라줘요."

"우리는 소주, 맥주 이런 것만 마셔봐서 와인은 봐도 잘 몰라요. 부자들이나 와인 종류 따져가면서 먹는 거지."

"보통 와인을 자주 접해보지 않으신 분들이 가지는 생각이죠. 너무 어렵게 생각하지 마세요. 와인도 소주, 맥주처럼 각자가 선호하는 맛을 느끼실 수만 있다면 즐기시는데 아무런 문제가 없어요. 얼마 전에 제가 다녀온 와인 시음회에서도 따님이 부모님 손을 잡고 와서 같이 시간을 보내는 데 정말 보기 좋더라고요."

"그러면 오늘은 사장님이 우리 집 아들, 딸이라 생각할 테니 우리 손을 잡고 같이 와인 한 병 추천해주세요."

"마침 생각나는 와인이 있기는 해요. 혹시 로미오와 줄리엣이란 영화 보셨나요? 여러 번 리메이크 되어서 한 편 정도는 보셨을지도 모르겠네요."

"그 올리비아 핫세가 젊었을 적 나왔던 영화 아닌가요? 세상에 그렇게 예쁜 배우가 있다니 감탄하면서 봤었던 기억이 나네요."

"세대에 따라서 어떤 배우가 주인공으로 나왔었는지 다들 다르게 기억하죠. 사실 저도 1968년에 나왔던 버전을 가장 좋아하기는 해요. 어머니 말씀대로 역대 가장 아름다웠던 줄리엣이라고 생각하고요. 그 영화의 배경이 이탈리아에서 가장 로맨틱한 도시인 베로나라는 마을이거든요. 그리고 오늘 제가 추천해드릴 와인도 베로나에서 만들어진 몬테 달오라인데요. 1995년에 남편인 카를로씨가 그의 아내, 알레산드라와 함께 설립했다고 해요. 부부가 함께 무언가를 한다는 게 쉽지 않지만 둘이 아니라면 할 수 없는 일도 있죠. 사랑의 결실을 보기 위해 쉼 없이 달려왔던 그 시간이 지나가고 나면 어느새 잘 익은 포도알들이 눈앞에 나타나기도 하고요. 마치 오늘 밤처럼요."

"어휴, 그 이탈리아 부부가 보통 고생한 게 아니겠어요. 농사를 지으려면 엄청 부지런해야 한다던데."

"그렇죠. 두 분도 자식 농사지어보셔서 잘 아시겠네요. 조금만 게을러도 나무가 커가는 데 필요한 지원을 못 해주는 상황을 만나죠. 그렇게 정성을 들여서 키웠다 한들 폭풍우 한 번에 포도나무들은 힘없이 쓰러지기도 하고요. 그럴 때면 어디서부터 손을 대야 할지 막막해지죠. 그 고민을 매년 해야 한다고 생각하면 결코 쉬운 일은 아니라고 생각해요."

"맞아요. 저희도 해봤지만, 자식 농사가 제일 어렵더라고요. 잘 키우고 싶다고 잘 되는 것도 아니고. 자꾸만 못 해준 게 부모로서 미안해지고. 줘도 줘도 부족한 마음이 드는 게 부모 마음인 거죠. 그래도 오늘처럼 자식들이 우릴 생각해주는 날을 만나게 되면 모든 근심·걱정이 사라지는 게 또 자식 농사고. 오늘은 그러면 이탈리아 부부가 만든 와인을 맛봐볼까요?"

"좋은 선택이세요. 맑은 루비색을 닮은 캄포렌조 2018 빈티지가 가지고 있는 자두, 체리와 같은 붉은 과실향을 코로 먼저 느껴보시고요. 입안에서 퍼지는 상큼한 산미와 벨벳같이 부드러운 타닌 감에 모든 감각을 집중해보세요. 사랑과 정열로 가득한 베로나의 햇살이 긴 여운을 남길 거예요. 이제 오픈해드릴게요."

수십 년을 정성 들여 키운 포도나무에서 훌륭한 와인이 나올 때면 고통스러웠던 시간은 다 사라진다. 자신이 가진 모든 사랑과 정열을 쏟아붓지 않으면 그런 와인을 만들 수가 없다. 누가 알아주지 않아도 자신의 본분을 다하는 것. 세상의 모든 부부가 만나서 맺은 결실이 훌륭한 한병의 와인으로 세상에 나가 찬사를 받는 순간. 그 순간을 위해서 우리의 부모님들은 매년 같은 일을 반복하고 또 반복했는지도 모른다. 때로는 세상이 충분히 알아주지 않는 한병의 와인일지라도 포도나무를 키워낸 부부의 노력은 세상에서 가장 값진 보석이다. 그리고 그런 부부를 위한 와인, 몬테 달오라가 있다.

5화. 유디트 벡 🍷

벨쉬리슬링 밤뷸

지역 : Austria, Burgenland

품종 : Welschriesling

정해진 일은 정해진 순리에 따라 행해진다. 그렇게 또 봄이 찾아왔다. 거리에 핀 벚나무가 분홍색 전구를 한가득 달고 거리를 밝히고 있다. 겨울 동안 축적된 꽃이라는 에너지는 도시 여기저기 펼쳐진 나뭇가지를 타고 그 힘을 한껏 송전하고 있다. 사람들은 봄이 주는 에너지를 만끽하며 이 순간을 즐기고 있다. 석영은 피아노 연주곡을 가게 안에 틀어두며 창밖의 에너지가 이곳으로 몰려오길 희망한다. 오늘 같은 봄밤과 잘 어울리는 선곡, 류이치 사카모토의 < Energy Flow > 그의 피아노 소리가 공기를 타고 이 거리를 서성이는 사람들에게 들리기를. 그리고 우연히 떨어지는 몇 개의 벚꽃을 머리 위에 묻히고 아이 같은 웃음과 함께 이곳으로 걸어오기를.

오후 9시, 근처 가게에서 셔터 내리는 소리가 들렸다. 35년째 같은 자리를 지키고 있는 성수동의 한 수제화 장인의 가게였다. 그리고 휠체어에 탄 중년의 남성과 그의 딸이 하루의 끝에서 짧은 대화를 나누고 있다.

"벌써 봄이네. 거리에 벚꽃이 다 피고. 배 안 고파? 가는 길에 뭐 먹고 갈까?"

"아빠 배고프지? 아까 저녁을 좀 시원찮게 먹더니. 뭐 특별히 먹고 싶은 거 있어?"

"나는 괜찮은데 하루종일 서 있으라고 너 배고플까 봐 그러지."

"음... 뭐 먹고 싶기는 한데. 날씨도 선선하고 아빠랑 술 마신 지도 오래됐는데 어디 가서 뜨끈한 국물에 한잔하고 들어갈까?"

"우리 딸이 술 마시고 싶구나. 좋지. 아빠가 오늘 기분도 좋은데 한턱낸다."

"아빠가 사면 또 비싼 거 먹어야지. 그래도 되지?"

"이번 주에는 신발을 몇 켤레나 팔아야 하나. 가게 앞에서 호객행위도 해야겠네."

"갑자기 약한 척하기 있어? 아빠가 사주기로 해놓고는. 저기 어묵이나 몇 개 집어먹고 가자 그냥."

"장난이야. 우리 딸이 뭐가 먹고 싶은지 한번 보자고."

"우리 동네에 새로 생긴 와인바가 있던데 아빠랑 거기 가보고 싶어."

"그런 데는 남자친구랑 가는 거 아냐? 나랑 가도 괜찮아?"

"나한테는 아빠보다 멋진 남자가 없는데? 좋은 건 아빠랑 제일 먼저 해볼 거야. 오늘 우리 와인 마시면서 데이트하자."

"우리 딸이 그러고 싶으면 그러자."

부녀는 거리에 흩날리는 벚꽃들 사이로 걸음을 옮겼다. 석영의 와인바는 2층에 자리 잡고 있다. 그리고 두 사람은 계단 앞에서 깊은 고민에 빠졌다.

"와인바가 2층에 있나 보네."

"아빠 휠체어에서 일어나서 잠시 걸을 수 있겠어? 아니면 1층에 있는 다른 가게 갈까?"

"네가 오고 싶었던 와인바는 여기 아니야? 아빠 계단 몇 개는 걸을 수 있어."

"다리 아플 것 같으면 너무 무리 안 해도 돼. 다른 가게 가면 되니까."

석영은 다음 음악으로 넘어가는 빈틈 사이에서 부녀의 말소리를 들었다. 그리고는 곧장 계단을 내려갔다.

"저희 와인바 오시려는 손님이신가요? 죄송합니다. 저희 가게가 2층에 있어서 휠체어를 타고 올라오기에는 좀 힘들죠. 제가 같이 도와드릴 테니 올라가세요. 따님은 휠체어만 좀 챙겨주세요."

"감사합니다. 사장님."

세 사람은 서로의 에너지를 나눠 쓰며 2층으로 가는 계단을 올라왔다.

"저기 난로 앞으로 앉으실까요?"

"그러죠. 사장님. 아직 바깥 공기가 차네요."

"마침 따뜻한 생선 맑은탕을 끓여뒀는데 드시면서 몸 좀 녹이세요. 여기까지 오시느라 고생하셨습니다."

석영은 냄비에 담긴 탕을 작은 그릇에 담아 두 사람 앞에 내놓았다.

"식사 중이신데 저희가 온 건 아닌지요?"

"아, 아닙니다. 요즘 와인과 어울릴만한 요리들을 연구 중이라서요. 오늘은 웰컴 요리로 내면 어떨까 해서 생선 맑은탕을 끓여봤어요. 입에 맞으셨으면 좋겠네요. 저도 전문적으로 요리를 배운 게 아니라 요리 책보고 만드는 중이라서요."

"뭐든 계속하다 보면 잘하게 되죠. 저도 35년 동안 수제화를 만들었거든요. 처음에는 가죽 제단에만 몇 년을 썼어요. 이리저리 그리고 자르다 보면 나중에는 딱히 치수를 잴 필요도 없죠. 손님 발만 보면 어느 정도의 가죽이 필요할지 머릿속에 그려지거든요."

"대단하시네요. 한 가지 일을 35년 동안이나 하셨다는 게. 저는 이 와인바를 연지 고작 6개월밖에 되지 않아서요."

"순리에 따라 일을 했을 뿐이죠. 저희 딸도 가게에서 일을 배운 지 6개월쯤 된 것 같아요. 그렇지?"

"6개월 전에 아빠가 갑자기 교통사고를 당하셔서 거동이 불편해지셨거든요. 아빠가 한평생을 바친 가게를 계속 멈춰두게 하기는 싫었어요. 누군가가 물려받지 않으면 그 시간들은 다 사라지니까. 그래서 제가 하던 일을 그만두고 아빠 옆에서 일을 배우고 있죠. 처음에는 어디서부터 해야 할지 막막했는데 아빠가 아직 옆에 있으니까 바로바로 모르는 걸 물어볼 수 있어서 좋아요. 점점 일도 재밌어지고요."

"그러셨군요. 쉬운 결정이 아니었을 텐데 존경스럽네요. 아버님도 든든하시겠어요. 따님이 아버지가 가셨던 길을 계속 이어간다는 선택을 해줘서.”

“고맙고 미안하죠. 저 때문에 딸이 가고 싶은 길을 가지 못하는 건 아닐까? 하는 생각도 들었고요. 딸이 만약 이 일이 아니라 다른 일을 하고 싶다면 굳이 말리고 싶지 않아요.”

“아니야, 아빠 일 물려받아서 하는 거 좋아. 나한테도 이제 의미 있는 일이고. 회사 다닐 때는 몰랐던 보람도 느끼고 있고. 사장님 저희 이제 와인 고를게요. 아빠한테 제일 맛있는 와인 소개해드리고 싶거든요.”

“그러면 두 분이 조금 시간 가지세요.”

석영은 자리로 돌아가 부녀의 시간에 여백을 남겨주었다. 그 사이 양념에 졸이고 있던 표고버섯에 간이 적절하게 뱄다. 포슬포슬하게 쪄낸 표고버섯에 특제양념을 충분히 다시 한번 적셔주면 그것보다 좋은 안주는 없다. 오늘의 요리는 저 부녀에게 선사해야겠다고 마음먹었다.

“사장님, 저희 상큼한 와인을 마시고 싶은데 하나 추천해주시겠어요?”

“상큼한 와인이라. 오늘 같은 날에는 화이트가 좋겠네요. 벨쉬리슬링이란 품종으로 만든 와인인데요. 오스트리아에서 가장 따뜻한 와인 생산지인 노이지들러 호수 근처에 가면 아버지의 와이너리를 물려받아서 딸이 와인을 생산하는 유디트 벡이 있죠. 그녀는 와인으로 유명한 보르도와 칠레에서 공부를 마치고 돌아온 뒤 자신만의 이상을 담은 와인을 만들고 있다고 해요. 마치 손님들처럼요. 부모님이 하시던 일을 물려받는다는 것은 장점이기도 하고 단점이기도 하죠. 이미 잘 갖춰진 곳에서 힘들이지 않고 시작할 수 있다는 기회인 동시에 일이 잘 풀리지 않으면 가장 가까운 사람에게 실망감을 안겨줄 수도 있으니까요."

"저도 처음에는 그런 부담감이 있었어요. 이미 아빠가 수십 년에 걸쳐서 만든 명성에 누가 되지는 않을까? 하고요. 아빠가 만든 신발을 계속 사는 손님들은 명확한 기준을 가지고 있을 테니까요. 예전과 다르게 사이즈가 다르다거나 불편한 신발이라는 느낌을 받으면 그분들은 더 이상 이곳으로 오지 않겠죠. 그래서 아빠가 옆에서 도와주실 때 더 많이 배우려고 해요. 진짜 인생은 나를 진심으로 도와줄 부모님이 사라지고 난 뒤부터라는 생각이 들었거든요."

"우리 딸이 그런 고민 하고 있는지는 몰랐네. 마냥 아빠랑 같이 가게에 나와서 시간을 보내다가 가는 게 좋은 줄만 알았는데."

"아빠가 만들어둔 도안들을 얼마나 많이 보고 따라 그려보는데. 좋은 신발을 만든다는 게 하루아침에 되는 일이 아니니까. 가죽 조각들을 한땀 한땀 정성 들여 이어 붙어야 딱 맞는 신발이 되잖아. 조금만 집중하지 않아도 손님의 발에 피로감을 준다고."

"그렇죠. 유디트 벡의 따님도 포도알을 손으로 엄선하여 알맹이를 절대 으깨지 않고 줄기만을 제거한다고 해요. 아시다시피 과일은 외부 충격에 매우 약하잖아요. 그렇게 조심스럽게 따낸 포도를 10일 동안 침용하고 난 뒤 착즙을 하죠. 그리고는 오래된 오크통에 담아 숙성을 하고요. 그 과정에서 조금이라도 실수를 하면 껍질이 가진 향과 맛을 최대치로 끌어낼 수 없죠. 타닌과 산화 풍미가 너무 일찍 생기면 순수한 포도의 맛에 영향을 주니까요."

"역시 세상에 쉬운 일은 하나도 없나 봐요. 특히나 사람의 미세한 감각으로 좋고 싫고가 나뉘는 일을 하는 건 더더욱이요."

"그럼요. 섬세한 감각을 가졌다는 건 더 풍부한 재미를 느낄 수 있다는 말과 불편함을 더 쉽게 느낀다는 말과 같으니까요. 손님과 비슷한 이야기를 가진 유디트 벡의 와인을 맛보실래요?"

"궁금해요. 저랑 같은 고민을 했을 사람이 만든 와인은 어떤지. 저희 이걸로 할게요."

"희뿌연 레몬색을 가진 벨쉬리슬링 밤불은 풍부한 향기와 아찔한 산미가 참 매력적이에요. 새콤한 살구와 모과의 폭발적인 향기, 오레가노와 딜의 알싸한 향기가 오감을 자극하죠. 그리고 붓을 모은 듯한 끝맛과 어마어마한 미네랄을 느끼실 수 있을 거예요. 그러면 오픈해드릴게요."

"이름이 특이하네요. 벨쉬리슬링은 포도 품종이라고 들었는데, 밤불은 무슨 뜻이에요?"

"밤불은 독일어로 빵하고 터진다는 뜻이에요. 가끔 와인 메이커들이 고심 끝에 정한 이름의 뜻을 찾아보면 재밌어요. 그리고 와인에 대해서 궁금해할수록 와인의 진가가 비로소 드러나는 법이죠. 이제 테이스팅 해보실까요?"

샛노란 와인이 두 사람의 잔에 따라졌다. 보기만 해도 기분 좋은 색이다. 와인이 가지고 있는 다양한 색을 눈으로 보는 것. 그것 또한 와인이 가지고 있는 다양한 매력 중 하나다. 각기 다른 색이 가지고 있는 에너지는 제일 먼저 사람의 감각을 깨워 주기도 하니까. 그리고 시간이 지남에 따라 잠에서 깨어난 와인은 점점 다른 감각을 행복하게 만든다. 벚꽃이 만개한 밤, 다시 오지 않을 부녀의 시간이 천천히 무르익어 갔다. 또 다른 내일을 기다리면서.

6화. 라 메종 호만 🍷

오뜨 꼬뜨 드 뉘 2017

지역 : Bourgogne, France

품종 : Pinot noir

세계는 다양한 이야기로 가득 차 있다. 실시간으로 올라오는 인터넷 기사들은 지구 반대편에서 일어나는 작은 일들도 하나의 이야기로 만든다. '라라랜드'를 만든 데이미언 셔젤 감독의 신작 영화 '바빌론'이 곧 개봉을 앞두고 있고, 1월 1일에는 광주에서 세쌍둥이가 태어났다고 한다. 우리가 살아가는 이야기, 평범해 보이는 일상의 하루도 누군가에게는 영감이 되고 음악이 되며, 영화로 만들어진다. 계이름밖에 모르는 작곡가가 예민한 귀를 활짝 열고 신중하게 누른 건반이 하나둘 쌓여서 2분 30초짜리 주제곡이 되는 것처럼. 지금 당장은 쓰일 곳이 없어 보이는 그 음악도 언젠가는 위대한 영화의 배경음악이 될 것이다.

3개월 동안 이 나라 저 나라를 돌아다니던 인천 출신 무역상은 오랜만에 고국으로 돌아왔다. 그는 팔만한 것이 보이면 우선 주문하고 본다. 분명히 이 물건이 필요한 나라가 있을 거라고 믿기 때문이다. 최근에는 중국 공장에서 선풍기 3만 대를 주문했다. 그리고 무작정 세네갈로 떠났다. 예전에 홍콩에서 만났던 아프리카 무역상이 해준 말이 기억났기 때문이다. 세네갈에서 팔지 못할 물건은 없다고 말이다. 아무래도 생필품 공장이 부족한 현지 특성상 생활에 필요한 많은 물건은 가져만 가면 팔기는 쉬워 보였다. 단지 현지 브로커를 찾는데 많은 시간을 투자해야 했다. 개발도상국일수록 정해진 절차보다는 인맥을 통한 허가가 더 많기 때문이다. 그는 페이스북을 뒤져서 예전에 친구추가를 해둔 몇 명의 세네갈 사람들에게 연락을 보냈다. 임시로 쓸 창고와 판매점의 계약을 맺으려면 그들의 도움이 절실했다. 다행히도 과정은 순조로웠고 두 달 만에 가져간 3만 대의 선풍기는 다 팔렸다. 나머지 한 달은 현지에서 가져올 물건을 찾는 데 썼다. 세네갈의 특산품, 땅콩이었다. 그건 한국에 가져와도 얼마든지 팔기 쉬우니까.

　오늘도 무역상은 거리를 걷고 있다. 한국의 무엇을 가져가야 다른 나라에서 잘 팔릴지 생각하면서. 요즘 젊은이들이 입고 들고 다니는 것들, 많은 시간을 쓰는 것들. 세상 사람들이 살아가는 모습을 지켜보는 것은 새로운 아이디어를 떠올릴 수 있게 해준다. 여기에서 통하면 저기에서도 통할 가능성이 크니까. 그게 무역상이 전 세계에 전하고자 하는 메시지다. 성수동은 아주 오랜만에 오는 곳이다. 그가 이곳을 찾은 이유는 비행기에서 본 잡지 때문이다. 서울에서 가장 힙한 동네라고 소문이 났다고 하니 서울에 있는 일주일 동안 한 번쯤은 와보고 싶었다. 이번에 또 베트남으로 떠나면 몇 달은 오기 쉽지 않을 테니까. 몇 년 전, 공작기계 수입 건으로 찾았던 성수동의 모습과는 확연히 달라져 있었다. 오래돼서 버려진 공장 건물들은 새로운 공간으로 재탄생되어 있었고 한국에서 보기 힘들던 수제 맥주 가게, 참신한 아이템을 만드는 공방 등 브루클린의 모습을 연상시켰다. 빠르게 변하는 서울의 모습을 가장 잘 보여주는 동네라는 생각이 들었다.

　몇 년 사이 서울에 불어닥친 또 다른 변화는 여기저기 생긴 와인바들이었다. 공장에서 나온 인부들이 값싼 안주에 소주를 마시던 거리가 이제는 화려한 간판을 단 고급 술집들로 탈바꿈했다. 슬슬 배도 고파오고 술 한잔이 생각나는 오늘 밤, 어디에서 한잔하면 잘 마셨다는 생각이 들까? 이런 생각에 빠져 정처 없이 골목길을 걷다 보니 별 모양의 네온사인이 붙은 작은 와인바가 눈에 보였다. 궁금했다. 저곳에는 또 어떤 이야기가 숨어있을지. 무역상은 일단 들어가 보자는 생각으로 2층 계단을 올라갔다. 문틈 사이로 그가 사랑하는 음악이 흘러나왔다. 엔니오 모리꼬네의 <Deborah's Theme> 그냥 그 음악을 들으면 가슴이 웅장해짐을 느낄 수 있다. 이 음악을 아는 사람이 하는 와인바라면 들어가도 되겠다 싶었다.

　"어서 오세요. 예약하셨나요?"

　"아, 따로 예약은 하지 않았는데 지금 나오는 음악에 빠져서 들어와 봤습니다. 제가 비행기를 타고 장거리 비행을 떠날 때면 꼭 듣는 음악이라서요. 마침 한잔하고 싶기도 하고. 실례가 안 된다면 들어가도 될까요?"

　"예약한 손님이 와있기는 한데 한번 여쭤보고 오겠습니다.

저희 가게 방침상 최대한 이 공간과 와인에 집중할 수 있게 만들어드리고자 해서요. 잠시만 기다려주세요."

석영은 요즘 부쩍 늘어나는 워크인 손님들의 방문에 적잖은 당황을 하고 있다. 많은 손님이 오면 당연히 매출은 늘어나겠지만, 기존에 정한 룰을 깨면서까지 영업을 하고 싶지는 않아서다. 한 공간에 사람이 많아지면 자연스레 테이블에 필요한 관심과 케어는 떨어지니까. 1인 사업장의 한계였지만 반대로 말하면 손님들의 이야기를 더 잘 들어줄 수 있다는 말과 같았다. 이제 그 일이 좋아졌으니까.

"오래 기다리셨습니다. 다행히 저쪽 테이블의 손님들이 괜찮다고 하시네요. 자리는 많지 않지만, 마음에 드시는 테이블에 앉으시면 됩니다."

"네, 알겠습니다."

무역상은 특유의 촉을 동원해서 순식간에 남아있는 테이블들을 훑었다. 이 와인바에서 가장 인기가 있어 보이는 턴테이블 옆자리는 이미 팔려나갔고, 조명이 너무 강한 중앙 테이블은 꺼려지고, 구석진 자리는 비록 혼자 왔더라도 궁상맞게 느껴질 것만 같았다. 그렇다면 남은 테이블은 석영과 마주 앉아야 하는 바 테이블이다. 사람을 좋아하는 무역상의 성격상 그런 자리가 딱히 부담스럽지는 않았다.

"그러면 저는 저기 바 테이블에 앉겠습니다."

"그러시죠. 와인 리스트 가져다드릴게요."

"아, 레몬 슬라이스 들어간 물도 한 잔만 부탁드리겠습니다.

밖에서 오래 걸어 다녔더니 목이 좀 마르네요.”

“물론이죠.”

석영은 물과 함께 와인 리스트를 무역상에게 가져다주었다.

“여기는 내추럴 와인만 취급하시나 보네요.”

“맞습니다. 평소에 와인을 자주 접해보셨나 보네요. 리스트만 보시고 알아보실 정도면.”

“전 세계를 돌아다니다 보니 여기저기서 주워들은 지식이 조금 있을 뿐이죠. 무역상이 제 직업이거든요. 평소에 눈에 보이는 모든 상품에 관심이 많습니다. 무역으로 돈을 벌려면 그건 필수적인 능력이죠. 그게 없으면 망하기에 십상이거든요.”

“하하, 그럴 것 같네요. 최근에는 어디 다녀오셨어요?”

“세네갈에 석 달 정도 있다 왔어요. 그전에는 프랑스에서 식료품 수입을 했었고요. 그때 배운 와인 지식이 조금 있어서 아는 척하는 거죠. 저도 뭐 깊이 들어가면 잘 몰라요. 이게 잘 팔릴 것 같으면 금세 그 아이템과 사랑에 빠지거든요. 그래서 아직 장가를 가지 못했는지도 모르고요. 세상에는 사랑에 빠질 만큼 아름다운 물건들이 많으니까.”

“재밌어 보이는 삶이네요. 아무나 그런 열정을 가질 수 있는 건 아니잖아요? 처음에는 이 사람 저 사람 만나는 게 좋다가도 뭐 특별한 사람은 없구나 라는 생각이 들면 대부분 정착하지 않나요? 무역도 자주 거래하던 곳이 생기면 안정적인 수익에 만족하게 될 것 같은데 손님은 여전히 새로운 아이템을 찾아서 새로운 판로를 뚫는 게 좋으신가 봐요.”

"저와 같이 무역을 처음 시작했던 동기들은 저마다 특화된 아이템을 찾아서 한 지역에 머물죠. 그중에는 큰 무역회사를 차려서 직원도 여러 명 두고 있는 친구도 있고요. 그게 더 좋아 보이기도 한데 저는 여전히 전 세계를 돌아다니면서 새로운 아이템을 발굴하는 게 좋아요. 매번 가던 나라라도 다른 시간, 다른 계절에 가면 보지 못했던 물건들이 나타나거든요. 어느 나라를 가던 시장을 꼭 가요. 그리고 시장의 상인들과 많은 대화를 나누죠. 저마다 이게 있었으면 좋겠다. 이 물건은 퀄리티가 안 좋은데 비슷한 가격에 더 좋은 물건이 있었으면 좋겠다. 사람들은 필요한 게 많아요. 그리고 늘 새로운 상품들을 찾죠. 그런 걸 듣고 있으면 내가 해결해주고 싶지 않나요? 저는 누군가 필요한 게 있다고 할 때마다 왜 그렇게 심장이 뛰는지 모르겠어요. 아마도 타고난 무역상인가 보죠."

"그러신 것 같네요. 저는 아직 해외를 나가본 적이 한 번도 없어서 손님 이야기를 듣기만 해도 부럽게 느껴져요. 제가 가진 열정의 크기보다 훨씬 큰 열정을 가지신 분 같고요."

"그냥 미친 거죠. 무조건 이 일을 해낸다는 생각이 뇌를 지배하면 그거만 하게 돼요. 다른 소리는 잘 들리지 않거든요. 뭐 그 능력 하나는 제가 좀 타고난 것 같아요. 비행기를 타러 공항에 갈 때면 피가 뜨거워지니까. 말이 길어졌네요. 보자, 어떤 와인을 오늘 마시면 좋을지."

"제가 하나 추천해 드릴까요? 손님처럼 무역상을 하시는 분께 잘 어울리는 와인이 하나 있어서요."

"좋은데요? 가능하다면 레드 와인으로 부탁드릴게요."

"마침 딱 레드 와인의 정석, 피노 누아로 만든 와인이 있어요. 프랑스에서 식료품도 수입해보신 적이 있다고 하시니 부르고뉴의 명성은 익히 들어보셨겠죠?"

"물론이죠. 본 로마네 꽁티의 포도밭 투어도 다녀왔었는걸요. 디종에서 열린 식품 박람회에서 만난 해외 바이어들과 짝을 이뤄서 당일치기로 갔던 적이 있었죠."

"맞아요. 워낙 유명한 와이너리들이 즐비한 동네죠. 보통 그 동네의 와이너리들은 자신의 밭에서 기른 포도로 와인을 만들지만, 손님처럼 좋은 포도를 선별해서 구매한 뒤 와인을 만드는 사람들도 있어요. 그걸 네고시앙 생산자라고 부르죠. 보통 네고시앙 하면 맛과 품질이 떨어진다는 편견이 존재하는 게 사실이지만, 좋은 포도를 알아볼 수만 있다면 직접 기른 사람 못지않게 좋은 와인을 만들 수도 있어요. 라 메종 호만의 오홍스 씨도 그런 장인 네고시앙으로 불리고요."

"흥미로운 이야기네요. 저도 와인은 그 와이너리에서 기른 포도로만 생산되는 줄 알았거든요. 물론 다른 해의 포도 주스와 섞거나 다른 품종의 포도를 블렌딩한다는 건 들어봤지만요."

"맞아요. 가장 중요한 것은 최고의 포도밭에서 최상의 포도를 길러내는 일이죠. 하지만 아무리 좋은 포도를 가졌다고 해도 섬세한 양조 과정을 거치지 않으면 좋은 와인이 될 수는 없어요. 마치 손님이 가장 값싸고 품질 좋은 물건을 들고 다른 나라에 갔다고 한들 해외 바이어에게 팔지 못하거나 낮은 마진율을 제시받으면 이익이 줄어드는 것처럼요. 오홍스씨도 부르고 뉴에 존재하는 수많은 포도 산지 중 자신이 생각하기에 가장 매력적인 곳, 본에서 와인 양조학을 공부했다고 해죠. 손님이 가보셨다고 하신 본 로마네 꽁티가 있는 그 동네요. 그런 뒤 오홍스씨는 지금의 라 메종 호만에 자리 잡게 되죠. 그곳은 예전에 포도밭에서 일하던 일꾼들이 사용했던 집이라고 해요. 실제로 동네에서 제일 오래된 집이기도 하고요."

"저도 여기저기 많이 다녀봤지만 오래된 공간만이 주는 영감이 있죠. 그건 아무리 멋진 현대식 건물이라고 해도 넘볼 수가 없는 영역이고. 피렌체의 두오모나 산타 마리아 노벨라 성당같이 사람을 압도하게 만드는 축적된 시간의 힘이란 분명히 존재하니까."

"공감해요. 그걸 보존하고 지켜낸 사람들의 열정과 헌신이 담기면 보는 사람들에게 경외감을 선사하곤 하죠. 까다롭게 고른 포도를 1년 반 정도의 시간 동안 올드베럴에 천천히 숙성시켜가며 자신의 노하우를 적절하게 섞어주면 어떤 첨가물 없이도 멋진 와인이 나오거든요."

"그러면 장인 네고시앙이 만든 와인은 어떤지 맛볼까요?"

"오픈해드릴게요. 부르고뉴 지방의 피노 누아로 만든 와인을 드셔보셔서 잘 아시겠지만, 다양한 레드베리의 뉘앙스와 함께 부드럽고 섬세하게 느껴지는 가죽 향, 흙 향이 멋들어지게 어울릴 거예요. 은은하게 퍼지는 감칠맛도 상당히 매력적이고요. 요즘같이 선선한 날씨의 밤에 딱 맞는 와인이죠."

세상에는 다양한 와인이 존재한다. 그리고 같은 와인이라고 해도 누가 만들었냐에 따라서 그 맛과 향은 천차만별로 달라진다. 무역상은 세상의 이야기를 전하는 직업이다. 오늘 밤 그는 서울에서 만들어진 이야기를 또 다른 나라에 전할 것이다. 그리고 그 나라에 사는 사람들은 오늘 만들어진 이야기가 궁금해서 서울로 올 것이다. 사람과 물건, 그리고 이야기들은 바람처럼 흘러가는 것이니까.

7화. 필립 델메

🍷

레 슈낭 옹 부아 에 라 꺄하반 빠쓰 2016
지역 : France, Loire
품종 : Chenin Blanc

이번 달에 청구된 각종 계산서를 테이블 위에 올려놓고 엑셀 작업을 하는 석영이 있다. 매달 하는 일이지만 빠듯한 예산안에서 가게 하나를 유지한다는 것은 정말 쉬운 일이 아니다. 더군다나 북적대는 가게 운영방식이 아니라 소수의 손님을 받으면서 최고의 서비스를 제공하겠다는 석영의 신념은 겉으로 보기에는 박수를 받을지도 모르지만, 그 속은 석영만 아는 일이었다. 그래서 조금 혼란스러웠다. 그 혼란의 표시는 예약 없이 들어온 손님들을 내치지 못하고 받아들이는 선택을 하는 석영의 눈동자에 나타났다. 사실 고맙기도 했다. 어쨌든 여기까지 찾아와 우연을 가장한 운명적인 이야기들을 남겨주고 간 사람들이니까. 단 한 사람도 쉽게 잊지 못할 것 같다. 이 와인바를 준비하면서 읽었던 수많은 책과 수천 편의 유튜브 영상들에서 얻은 지식들을 공유할 수 있는 시간이 이곳에서 생성된 것이니까. 어디로 가야 할지 감을 잡지 못했던 석영의 지난 고뇌의 시간에서 첫눈처럼 나타난 와인. 그 새하얀 눈밭에 지금 석영은 와인을 흩뿌리며 붉게 만들고 있다. 이곳을 찾아온 사람들과 닮은 와인을 찾아주는 보람이 그를 계속 살아있게 만드니까. 석영의 인생에서 처음으로 만난 꿈이란 단어였다. 내뱉기만 해도 세상을 다 가진 듯한 유일한 단어. 바로 꿈이었다.

오후 9시, 근처 카페에서 이력서 작성을 하던 청년은 굽은 어깨를 한번 쭉 펴고 나서 시간을 확인했다. 그는 저녁 식사도 거른 채 빈칸을 가득 채우기 바빴다. 5년 동안 이 회사 저 회사를 옮겨 다니며 뭔가를 많이 하긴 한 것 같은데 딱히 "제가 이걸 잘합니다."라고 강력하게 주장할 만한 것들이 쉽게 떠오르지 않았다. 의류회사에서 인턴 6개월, 무역회사에서 기간제 1년 6개월, 그렇게 들어간 대기업 하청 업체에서 3년. 그리고 다시 구직자 신세가 되었다. 언제 5년이 흘러갔나 싶을 정도로 시간은 빠르게 지나갔다. 얻은 거라곤 한 손에 가득 쥐어지는 뱃살이다. 나이가 들고 나서 깨달은 사실이 있다면 아무리 적게 먹고 한 시간 남짓한 출퇴근 시간을 걸어 다녀도 살이 잘 빠지지 않은 다는 점이다. 20대 초반에는 그렇게 늦게까지 술을 먹고 놀아도 날씬한 몸매를 유지했던 것 같은데 말이다. 원룸에 붙어있던 피트니스 클럽 광고 전단지가 가방 안에서 나왔다. 새해도 밝았는데 여기라도 등록해야 뭔가 더 나은 사람이 되지 않을까? 라는 생각이 들었다. 작년과 다른 점이라곤 고작 편의점 떡국과 함께 한 살이 더 먹었다는 게 조금 처량하다. 카카오톡에 새로고침 된 친구들의 프로필 사진들은 웨딩사진으로 바뀌어있다. 몇 년을 연인과 치고받고 싸웠던 투정들이 그들과의 술안주가 되었는데 새해에는 결혼식 준비가 너무 고달프다는 모습으로 살짝 바뀌었다. 이러나저러나 세상살이가 힘들기는 마찬가지다. 외출하기 위해서 잠옷 위에 웃옷을 하나 더 껴입었다는 차이로 들린다. 그냥 5천 원짜리 커피를 생각 없이 사먹지 못하고 저가 커피점을 찾게 되었다는 그들의 삶의 변화일 뿐이다. 지금 내 코가 석 자다. 꾸역꾸역 써 내려간 이력서에 저장하기 버튼을 누른다. 배가 고프다. 그리고 술이 마시고 싶다. 한 움큼 잡히는 뱃살이 밥을 먹고 술을 마신다고 해서 늘어나면 얼마나 더 늘어날까?

집에서 먼 성수동까지 온 이유는 이곳의 활력을 느끼고 싶어서다. 요즘 조금 기운이 없기 때문이다. 몇 주 전까지만 해도 늦게까지 날아오는 잔업이 죽도록 싫었는데 둥지를 벗어나서 자유롭게 비행하는 지금이 마냥 좋지는 않다. 며칠 뒤 긴장되는 몸과 정신에 청심환을 투약해야 지난 5년 동안 했던 일들을 막힘없이 떠들고 올 테니까. 그냥 빨리 그 시간이 지나고 집으로 돌아오는 지하철 안에서 이어폰을 귀에 꽂고 싶다. 아, 모르겠다. 일단 일어나서 어딘가로 또 비행을 떠나보자. 배가 고프고 술이 마시고 싶으니까. 청년은 테이블 위에 있어 보이게 펼쳐둔 갖가지 물품들을 마구 가방 안에 쑤셔 넣었다. 그러려고 거금을 주고 이 큼직한 가방을 사기도 했었고. 이렇게 많은 물건을 집에서 들고 왔다는 게 기특하다. 여분의 속옷, 세면도구, 심지어 작은 돗자리까지 있다. 이 정도면 이력서를 쓰러 나온 건지 어두컴컴한 집에서 가출을 나온 건지 잘 모르겠다. 왠지 지금 이대로 돌아가면 전기와 가스 고지서가 우편함에 들어가 있을 것 같다. 언젠가 만나게 될 종이들이지만 오늘 밤은 조금 더 디게 만나고 싶다. 그래서 배터리가 11% 남은 스마트폰도 잠시 꺼둬야겠다. 대신 내 손으로 시곗바늘을 조정할 수 있는 자명종이 달린 가게로 가야겠다는 생각이 들었다. 찾아가 보자 그런 곳으로.

대림창고 옆에 있는 카페에서 나와 청년은 건대 방향으로 걷기 시작했다. 그쪽으로는 걸어가 보지 않아서다. 궁금했다. 뭐가 나올지. 그리고 맛있는 냄새가 거리에 진동한다. 자꾸만 눈길이 갔다. 곱창이 구워지는 냄새가 재킷에 스며들기를 바라며 잠시 서성거렸다. 그러나 그곳에는 전자시계가 걸려있다. 저 시계는 내가 몰래 시곗바늘을 돌리기 어렵다. 그래서 곱창집은 들어가지 않기로 했다. 그렇게 또 몇 분을 걸었다. 이제 재킷에서 곱창 냄새가 사라졌다. 코는 만족스러운데 귀가 허전하다. 좋은 음악이 흘러나오는 곳이면 아무 데라도 들어가고 싶어졌다. 그때 Keshi의 <Limbo>가 흘러나왔다. 세례를 받지 않아 천국에 가지 못하는 사람이 머무는 천국과 지옥의 경계 지역. 그래. 구직자 신세의 나는 취업이란 세례를 받지 못한 경계인이니까. 림보 상태에 빠진 나는 저 음악이 나오는 곳으로 가야겠다. 청년은 계단을 올라 와인바로 들어갔다.

"안녕하세요, 예약은 아무래도 안 하셨겠죠?"

"아, 네. 그냥 지금 나오는 노래가 제 처지랑 비슷해서 들어와 봤어요. 인제 그만 걷고 싶어서 그런데 여기서 술 한잔해도 될까요?"

"음... 그러세요. 먼 길 걸어오느라 수고하셨습니다."

석영은 인제 체념한듯하다. 가는 사람 잡지 말고 오는 사람 막지 말라는 문구가 생각났다. 그리고 방구석에서 무한대로 들었던 노래들이 요즘 쓸모가 있다는 생각이 들었다. 심혈을 기울여 만든 선곡 리스트가 사람들을 끌어들이고 있으니까. 서울이라는 도시에 석영과 음악적 취향을 공유하는 사람이 많다는 사실도 흥미로웠다.

"우선 배도 고프고 뭐든 마시고 싶은데 오마카세처럼 사장님이 잘하시는 것으로 부탁드려도 될까요?"

"하하하, 오마카세요? 여기에 뭐 그런 게 있지는 않은데 제가 하는 선택들이 실패라고만 하시지 않는다면 최선을 다해서 준비해볼게요."

"물론이죠. 제가 지금 누구한테 잘했니 못했니 따질 처지가 아니라서요. 예약 손님만 받으시는 것 같은데 들어오게 해주셔서 감사하니까 사장님의 선택에 오늘 밤은 맡길게요."

"그러시면 편하신데 앉아 계세요. 저도 조금 고민할 시간이 필요해서요."

석영은 부리나케 냉장고에 있는 재료들을 확인하기 시작했다. 저 손님의 허기를 채워줄 만한 요리를 만들어 내야 하니까. 태어나서 처음으로 석영에게 믿고 맡길 테니 와인과 와인 페어링을 주문한 손님이 나타나서 긴장된다. 캐비어와 가지, 생선 맑은 탕을 끓이고 남은 도미가 보인다. 음, 가지가 있다면 프랑스 요리책에서 본 가지 파테를 만들어야겠다. 파테는 자투리고기나 생선 살을 갈아서 빠떼라는 밀가루 반죽을 입혀 오븐에 구운 요리다. 특별히 석영은 가지와 생선 살을 갈아서 속을 채워보려고 한다. 그리고 디저트로는 낮에 준비해둔 자스민 젤라또 위에 캐비어를 올려주면 좋겠다. 요리를 먼저 생각하고 나니 아무래도 화이트 와인과 궁합이 잘 맞을 것 같다. 와인 냉장고를 열어서 수십 종에 달하는 화이트 와인들을 찬찬히 보기 시작했다. 최근에 들어온 화이트 와인 하나가 눈에 들어왔다. '필립 델메.' 어쩌면 오늘과 가장 잘 어울리는 와인이다.

이 와인이 들어왔을 때 와인 수입사 대리님이 해주고 가신 이야기가 있었다.

"이번에 저희 대표님이 프랑스 출장 중에 숨겨져 있던 보물 하나를 찾아오셨어요. 필립 델메씨가 슈냉 블랑으로 드라이 화이트 와인을 만들려고 했는데 10개월의 발효가 끝난 뒤, 미처 남아있던 잔당을 눈치채지 못하고 그만 병입을 해버렸대요. 이미 와인의 미네랄과 과실 향, 산미가 너무 훌륭해서 실수해버린 거죠. 그런데 그 실수 덕분에 남아있던 잔당이 병 내에서 재발효를 일으키고 탄산을 생성한 거예요. 얼마나 놀랐겠어요. 팔지 못할 와인이 만들어졌으니까. 엄격한 성격을 가진 필립 델메씨는 그 와인들을 팔지 않고 셀러에 묵혀두고 있었죠. 그런데 대표님이 우연히 테이스팅을 하시고는 전량 수입해 오셨어요. 셀러에 숨어있기에는 실수로 만들어진 그 와인이 너무 훌륭했던 거예요."

"대표님의 결단력이 존경스럽네요. 저도 이 와인이 필요한 손님에게 무사히 전달하도록 하겠습니다.”

띵똥. 빠른 조리를 위해서 적정온도보다 더 높게 설정해둔 오븐이 알람 소리를 울려왔다. 석영은 용기에서 파테를 꺼내 세로로 두 조각을 자르고 식히기 위해 샐러드를 만들었다. 시금치와 딸기, 호두를 올린 하우스 샐러드였다. 이번에 와인 수입사에서 들여온 이탈리아산 올리브 오일과 식초를 살짝 뿌려주었다.

“오래 기다리셨습니다. 급하게 준비하느라 실수도 많이 한 것 같은데 너그럽게 이해해주시면 좋겠습니다. 가지와 도미살을 넣은 프랑스식 요리 파테와 하우스 샐러드를 만들어 봤어요. 그리고 오늘 제가 추천할 와인은 필립 델메의 레 슈낭이란 와인이에요. 어쩌면 세상에 나오지 못할 와인이었죠. 와인 양조 과정이 워낙 섬세한 기술을 요구하다 보니 조그만 실수가 발생해도 품질에 영향을 미치거든요. 그런데 이 와인은 와인 메이커의 실수 때문에 선택을 받은 경우죠.”

“실수 때문에 선택을 받은 경우라. 그것 좀 흥미롭네요. 사실 저도 요즘 실수를 너무 많이 했나 라는 자책에 빠져있었거든요. 얼마 전에 퇴사도 했고 지긋지긋한 면접도 앞두고 있고. 그래서 도망치고 싶다는 말이 목구멍까지 차올랐어요. 우선 배고프니까 먼저 좀 먹을게요.”

“그러세요. 아, 드시기 전에 와인을 한 모금 머금어 보세요. 보시다시피 상아빛을 닮은 자잘한 기포들이 춤을 추거든요. 상큼한 시트러스 향과 부싯돌 내음이 먼저 들어가면 입안에 침을 가득 고이게 만들죠. 그리고 느껴지는 아찔한 산미와 기분 좋은 탄산, 새콤한 과실 향이 음식을 더 맛있게 만들어 줄 거예요. 잠시라도 행복한 시간을 즐기세요."

"감사합니다. 보기만 해도 기분 좋아지는 음식과 와인이네요."

매번 다 잘할 수는 없다. 그러나 우리는 모두 우리만의 무기가 있다. 의미 없이 흘러간 시간처럼 보이는 기억의 단상에도 세상을 밝히는 별들이 떠 있었다. 여기 이곳 서울에서 하루하루를 살아가는 사람들이 잠시 멈춰서 하늘을 볼 용기만 가진다면 당신들을 응원하는 밤하늘의 별들은 어디 가지 않고 그 자리에 있다. 석영이 가게 간판에 별을 그려둔 것도 그런 이유에서다. 길을 잃은 것 같다면 여기로 오라고.

8화. 줄리앙 델리우

🍷

퐁 부흐소 2018

지역 : Loire, France

품종 : Chenin Blanc

34세의 젊은 대학교수는 오늘도 홀로 남아 내일 있을 강의를 준비하고 있다. 그는 건국대학교에서 '국제화 시대를 위한 마케팅 전략'이란 강의를 하고 있다. 고리타분한 주입식 강의보다는 토론과 근처 상권을 다니며 분석하는 방식으로 젊은 학생들에게 인기가 많다. 이번 새 학기도 유명 가수의 콘서트 티켓을 예매하는 현장을 방불케 하듯 많은 학생들의 수강 신청 문의가 이어졌다. 기분이 좋으면서도 무한한 책임감을 느꼈다. 자신도 부족한 살림에 미국 유학 생활을 해봤으므로 비싼 학비를 내고 학교에 다니는 학생들의 처지를 잘 알기 때문이었다. 그의 책상에는 유학 시절 가장 따랐던 미국인 교수님과 함께 찍었던 사진이 놓여 있다. 산업 디자인을 가르치셨던 그 교수님은 저녁마다 유명한 재즈바에서 노래를 부르셨다. 그리고 유학생 시절의 젊은 교수는 재즈 공연을 보며 타국에서 느껴지는 외로움을 달랬다. 그 감정은 다소 복합적이었다. 인생의 회전목마에 같은 모양의 말이 돌아가는 것이 아니듯 잠시 멈춰

섰다가 다시 회전할 시간이 되면 다른 말이 또 고장이 났다. 가끔 고장 난 말 위에 어린아이가 올라탈 때면 그 고통은 더 커졌다. 신이 난 아이를 나무랄 수는 없는 노릇이었다. 그래서 묵묵히 버텨냈다. 어른이 되어가는 과정에 들어서면 그 아이도 덜 신나게 될 테니까. 마음껏 뛰놀게 내버려 두고 싶었다. 아이는 아이일 때 누릴 수 있는 게 있으니까 그걸 지켜주고 싶었다. 단지 회전목마에서 흘러나오는 노래가 동요에서 재즈로 바뀔 뿐이었다.

"아직 퇴근 안 했네? 철학과 교수가 같이 술 마시기로 해놓고 도망가서 그런데 같이 술이나 한잔할까?"

43세의 돌싱, 경제학과 교수는 이 시간만 되면 동료 교수들을 찾아다니며 적적한 밤을 달랠 술친구를 찾곤 했다. 소문으로는 주식 투자에 실패해서 큰돈을 날렸다고 한다. 이 사람도 이 사람 나름대로 아픔이 있으니까 오늘 밤은 토닥여주는 것도 좋겠다.

"아, 그러시죠. 교수님. 금방 짐 싸서 로비로 나갈게요."

"역시 젊은 교수라서 머리가 빠르게 돌아가는구먼. 내가 이번에 정말 좋은 소식을 하나 들었거든. 월스트리트에서 근무하는 친구가 나만 알라고 조용히 알려준 종목이 하나 있어. 내가 특별히 자네한테는 알려줄 테니 같이 대박 한번 내보자고."

저번에도 같은 말을 들었던 적이 있었다. 그리고 젊은 교수는 오피스텔 보증금을 날렸다. 이번에는 절대 저 말을 믿지 않겠다고 속으로 생각했다. 돈을 잃었을 때 화가 조금 나기도 했었지만 '투자에 대한 모든 결정은 투자자 본인의 몫입니다.'라는 유명 유튜브 채널의 노란색 안내 문구를 보고 모든 감정을 털어버렸다. 그래도 저 교수님이 정은 많은 사람이다. 남아있는 주식을 모두 팔아 전 부인에게 위자료로 넘겨줬다고 하니까. 오죽 미안했으면 그렇게까지 했을까 싶었다. 사람이 살다 보면 뜻대로 되지 않는 경우도 많으니까 그런 점은 전 부인이 용기를 내셔서 이해해주셨다고 생각한다.

"교수님, 저 왔어요. 어디로 가시려고요?"

"아, 나도 제자한테 추천받은 곳인데 성수동 쪽으로 걸어가면 별이 그려진 와인바가 하나 있다고 하더라고. 내가 와인을 산다고 했는데도 철학과 김교수는 술을 별로 좋아하지 않는지 말도 없이 사라졌어. 대신 내 책상 위에 책 한 권을 놔뒀더구먼. '아니야, 우리가 미안하다.'라는 책인데 도망가서 미안하긴 미안한가 봐."

"하하하, 김교수님다운 발상이네요. 평소에도 그분이 조금 특이하시잖아요. 대자보를 들고 캠퍼스를 뛰어다니신다든지 어디서 구해오셨는지 사람만 한 붓을 가져와서 복도에 글씨를 쓰신다든지."

"그러니까 말이야. 총장님이랑 친해서 그런지 그런 기이한 행동을 해도 가만히 두는 걸 보면 참 신기해."

"저는 재밌더라고요. 한편의 행위예술을 보는 것 같아서요. 아마 총장님도 공부와 취업 준비하는 학생들에게 휴식 시간 같은 걸 주려는 의도가 있었지 않았을까요? 그리고 김교수님은 그걸 충실히 따르는 것이고."

"흠... 그렇게 생각해보니 또 맞는 말 같네. 그래서 나도 자꾸만 도망을 다니는 김교수를 찾게 되는지도 모르고. 보자... 이쪽어디 근방이라고 했던 것 같은데. 별이 그려진 와인바가 보이나 찾아봐봐."

원룸으로 둘러싸인 골목길을 몇 번 헤매고 난 뒤 두 사람은 별이 그려진 와인바를 찾았다. 2층 창가에는 소극장에서나 볼 크기의 스피커가 달려있다. 석영이 중고 악기상을 돌아다니며 구매한 스피커였다. 와인바를 여는데 소요되는 예산안에서 신상 스피커까지 사기에는 망설여졌다. 그래도 인심 좋은 악기상 사장님 덕분에 성능이 좋은 스피커를 적당한 가격에 가져올 수 있었다. 적당한 가격, 그것은 석영이 며칠 밤을 새워서 검색해본 결과였다. 노력은 배신하지 않는다는 말을 믿었다. 오늘도 그 스피커에서 음악이 흘러나왔다. 스탠다드 재즈로 널리 알려진 <Tea For Two>였다. 음악의 선율을 듣자마자 젊은 교수는 머릿속에 미국인 교수님을 떠올렸다. 그분이 즐겨 불렀던 노래가 바로 <Tea For Two>였기 때문이다.

"여기 왠지 느낌이 좋은데요? 교수님."

"어? 뭐 들어가기도 전에 그래. 저기 노란 별이 예쁘기는 하네. 굳이 고개를 들어서 하늘에 뜬 별을 보지 않아도 되고."

경제학과 교수답게 효율성을 추구하는 발상이었다. 두 사람은 계단을 올라 석영의 와인바로 들어갔다.

"10시에 예약하신 손님이신가요?"

"네, 두 명 예약했어요. 제가 가르치는 학생 한 명이 여기를 추천하더라고요. 궁금한 건 또 못 참는 성격이라 오지 않을 수가 없더라고요."

"잘 오셨습니다. 편하신 곳에 앉으세요."

"그러죠. 어디로 앉겠나?"

"음…. 괜찮으시면 저기 스피커 바로 밑에 앉으실까요?"

"둘이 비밀스러운 주식 이야기를 하기에는 너무 소리가 크지 않겠나?"

그 이야기를 조금이라도 듣지 않기 위해서였다. 오늘 밤은 이 와인바 사장님의 선곡 리스트가 더 궁금했으니까.

"제가 더 가까이 가서 들을게요. 저 자리로 가시죠."

"자네가 그러고 싶다면 그러자고."

석영은 물과 와인 리스트를 가져왔다. 그리고 기본 안주인 생아몬드를 작은 접시에 꺼내왔다.

"와인 고를 시간을 조금 드릴까요? 아니면 와인을 추천해 드릴까요?"

"아, 그것보다 제가 오늘 우리 학교의 자랑인 이진성 교수님을 데리고 왔어요. 하버드에서 경영학을 전공하시고 컬럼비아 대학교에서 산업 디자인을 석사, 프린스턴 대학교에서 심리학을 박사학위로 받은 역대급 천재죠. 정말 칭찬이 모자란 국가적 인재입니다. 그런 인재가 우리 학교에 있다는 것만으로도 든든하죠."

평소 수다 떠는 것을 사랑하는 중년의 교수는 동네방네에 젊은 교수의 과거를 떠벌리고 다녔다. 물론 틀린 말을 하는 것은 아니라서 양심의 가책은 느끼지 않았지만 두 뺨이 붉어지는 것을 막기는 어려웠다.

"와, 정말 대단하시네요. 하나의 전공을 공부하기도 어려운데 세 가지 전공을 하셨다니 똑똑하시네요."

"그럼요, 이 교수가 얼마나 똑똑한데요. 그 바쁜 와중에도 유수의 연구소에서 인턴 경험도 쌓고 창업도 했었는걸요. 그 요즘 인기 있는 AI 연구 말이에요. 인지과학까지 두루 알아서 실리콘밸리에 있는 인재들과 함께 투자도 받았다죠."

"아휴, 교수님도 참. 처음 보시는 분 앞에서 별소리를 다 하시네요."

"아, 이건 말이야 보통 일이 아니라고. 원래 칭찬은 다른 사람이 대신해줘야 제맛이거든. 하하하."

"그렇죠. 잘 모르는 제가 들어도 어마어마한 일을 하셨는걸요? 다양한 경험을 하신 분들을 보면 참 대단하다고 느껴요. 살면서 그런 기회를 얻기도 힘들잖아요. 잘한 건 잘했다고 해야죠."

"사장님이 뭘 좀 아시는군요. 아, 저는 참고로 경제학과 교수입니다. 경제에 있어서는 또 나름대로 자부심이 있죠. 뭐 궁금한 게 있으시다면 언제든지 물어보세요."

"하하, 그럴게요."

"오늘 와인은 제가 살 생각이라 좋은 와인이 있다면 하나 추천해주실까요?"

"교수님의 이야기를 듣고 나니 떠오르는 와인이 하나 있네요. 화이트 와인 괜찮으세요?"

"저는 술이라면 뭐 가리지 않고 들이마시는 타입이라 하하하. 이 교수는 어때?"

"저도 뭐 화이트 와인 좋아합니다. 사장님 혹시 신청 곡도 받으시나요?"

"그럼요. 어떤 음악 듣고 싶으세요?"

"아까 나왔던 <Tea For Two> 있잖아요. 1950년에 도리스 데이가 동명의 뮤지컬 영화에서 불렀던 버전으로 틀어주시겠어요? 예전에 제가 존경했던 교수님이 자주 불렀던 노래거든요. 오랜만에 그게 듣고 싶네요."

"아, 교수님도 'Tea For Two'를 좋아하시나 보네요. 재즈를 좋아하는 손님들이 가끔 틀어달라고 하시거든요. 워낙 유명한 곡이고 커버 버전도 많아서 다들 신청하는 버전은 다르긴 했지만요. 틀어드릴게요. 아 그리고 와인은 줄리앙 델리우의 퐁 부흐소 2018 빈티지예요. 프랑스 루아르 지역의 젊은 와인 메이커인데 화려한 경력을 가졌죠. 마치 교수님처럼요."

"아니, 우리 이 교수와 비슷한 사람이 또 있다고?"

"하하하, 세상에는 참 대단한 사람이 많죠? 와인 양조의 이 교수님이라고 부르면 되겠네요. 줄리앙 델리우씨는 디종에서 와인 양조를 공부했고 벨기에에서는 수도사들과 맥주를, 이탈리아에서는 치즈를, 일본에서는 사케 효모를 연구한 경력이 있대요. 와인 양조에 중요한 발효와 숙성의 영역에서는 정말 다양한 경험을 쌓은 셈이죠. 재밌는 건 줄리앙 델리우씨도 감명을 받은 와인 메이커가 있었다는 점이에요. 루아르 지역에서 유명한 와인 메이커 히샤 르후아씨. 그가 루아르 지역의 토양에서 키운 슈냉 블랑으로 만든 와인에 완전히 매료돼버린 거죠."

"공감되네요. 제가 다양한 분야를 공부했던 이유도 미국인 교수님의 조언 때문이었거든요. 나만의 무언가를 가지려면 절대 한 분야의 지식으로만 만들 수가 없다고 하셨었어요. 학생들을 가르치는데 있어서 여전히 부족한 점이 많다고 생각해서 다른 공부도 쉬지 않고 하고 있고요."

"그런 것 같아요. 저도 이 와인바를 시작하고 다양한 이야기를 가진 손님들을 만나면서 한층 성장하고 있다는 생각이 들거든요. 어쩌면 그게 인생을 사는 재미일지도 모르죠. 그러면 젊은 와인 메이커가 만든 생기 넘치는 와인을 만나보실까요?"

"궁금하네요. 와인 양조의 이 교수가 만든 와인은 어떨지."

"1973년에 심어진 포도나무에서 수확한 포도로 만들어진 와인이라서 매우 풍부하고 화사한 과실 향을 느끼실 수 있을 거예요. 짭짤하고 새콤한 특징을 가진 슈냉 블랑은 마치 별빛을 연상시키거든요. 다양한 시트러스 향과 사과, 모과의 풍미로 시작해서 은은하게 올라오는 돌의 향기, 꿀을 가득 머금은 하얀 꽃향기까지 만나보세요. 그러면 오픈해드릴게요."

퐁 부흐소를 열자 물음표와 느낌표가 별처럼 허공을 가득 채웠다. 오늘을 살아가는 우리가 하루에도 수십 번씩 느끼는 감정이었다. 저 멀리 프랑스에 사는 누군가의 심장에서 피어난 물음표와 느낌표로 만든 와인이 있다. 줄리앙 델리우의 퐁 부흐소 2018 빈티지. 그 와인은 우리에게 끝없는 연구의 성과가 무엇인지 말해준다. 그리고 서울에도 그런 사람들이 살고 있다.

9화. 레 비뉴 드 바바스 🍷

브루탈 바바스

지역 : France, Loire

품종 : Chenin Blanc

오늘의 예약 손님이 오기 전, 석영은 의자에 앉아 10년 전에 나왔던 다큐멘터리 영화를 보고 있다. 한 여성이 의자에 앉아 맞은 편에 앉은 사람들과 눈을 마주치는 중이었다. 그녀의 이름은 마리나 아브라모비치. 이 여성에 관한 이야기는 예전에 런던에서 예술을 공부하던 석영의 친구가 한번 언급한 적이 있었다. 저 여성은 무슨 생각으로 의자에 앉아 사람들과 눈을 마주치는 것일까? 서로 눈을 마주치는 것이 무슨 의미가 있을까? 그렇게 정말 긴 시간 동안 수많은 사람이 그녀와 눈을 마주치고 갔다. 어떤 사람은 묘한 감정을 느껴서 눈을 피했고, 어떤 사람은 울기도 했으며, 어떤 사람은 화를 내기도 했다. 그리고 한 남성이 그녀 앞에 와서 앉았다. 22년 전 헤어졌던 그녀의 연인, 울라이였다. 이 행위예술을 하는 내내 평온한 표정을 유지하던 그녀가 처음으로 미소를 띠었다. 그리고 결국 눈물을 보였다. 석영은 한동안 아무런 말을 하지 않고 깊은 여운을 즐겼다. 와인을 마시고 입에 남아있는 잔향을 음미하는 것처럼.

붉은 조명과 푸른 조명이 와인바의 한쪽 벽을 비추고 있다. 석영은 조명에서 나온 빛이 벽을 타고 옆에 걸어둔 커튼에 보라색으로 물드는 걸 보는 게 좋았다. 세상에 존재하는 와인은 정말 많다. 그중에 와인을 잔에 따르고 살짝 기울였을 때 보랏빛 띠를 보여주는 와인들이 있다. 석영이 개인적으로 가장 좋아하는 와인의 색이었다. 어쩌면 석영은 저 두 개의 조명으로 그 보랏빛 띠를 만들고 싶었는지도 모른다. 붉은 조명과 푸른 조명이 가진 빛의 파장이 겹쳐서 만드는 색의 변화가 너무 매력적이라서. 석영은 그걸 빛이 사랑에 빠졌다고 불렀다. 조명이 꺼지거나 각도를 바꾸면 사라지는 보랏빛. 그 빛은 사랑과 같았다. 빛이 우리 눈앞에서 사라졌다고 하나 빛이 아예 사라졌다고는 말할 수 없었다. 오래전에 헤어진 마리나와 울라이가 서로를 보자마자 미소를 짓고 눈빛으로 다독여준 까닭도 그런 이유라고 생각했다. 세월이 흘러 조명이 다시 켜지고 각도가 맞아떨어지는 순간이 찾아오면 보랏빛이 눈앞에 나타났다. 22년 전 선명한 보랏빛은 아닐지라도. 시음 적기를 맞이한 와인이 잔에 따라졌을 때 보여주는 연한 보랏빛 테두리 같았다. 석영의 눈가가 조금 촉촉해졌다.

"안녕하세요. 11시에 예약했는데요. 여기가 별 아래, 와인바인가요? 밖에서 봤을 때 간판은 없고 별만 그려져 있어서요. 조금 긴가민가했습니다."

"아! 어서 오세요. 제가 잠시 다른 생각을 하느라 손님 오실 시간이 다 되었는지도 몰랐네요. 편하신 자리로 앉으시면 됩니다.”

석영은 누구에게도 보여주고 싶지 않은 촉촉한 눈가를 부랴부랴 숨기며 메뉴판을 가지러 갔다. 남성은 구석진 자리에 앉아서 와인바 내부를 살피기 시작했다. 그 옆에 있는 책장에는 석영이 그동안 읽은 와인에 관한 책들이 꽂혀있다. 책에서도 와인 냄새가 나는 것만 같다.

“여기 와인 리스트 보시고 궁금하신 점이 있으시면 불러주세요.”

“네, 사장님. 책을 많이 읽으시나 보네요. 책장에 책이 가득한 걸 보니.”

“아, 사실 예전에는 책을 그렇게 많이 읽지는 않았는데 와인바를 오픈하면서부터 책을 많이 읽기 시작한 것 같아요. 여기서 거의 시간을 보내다 보니 자투리 시간에 아무것도 안 하면 하루가 무료해지더라고요. 물론 손님들에게 와인 설명을 해드리려면 아는 것도 많아야 하니까 자연스럽게 책임감도 느꼈고요.”

“그렇죠. 무언가를 유지하려면 정말 많은 책임감을 요구하죠. 가게도, 인생도, 사랑도.”

“그런 것 같아요. 책임감을 느끼지 않으면 너무 쉽게 무너질 것들이니까요. 매번 누가 대신 저를 위해서 이 와인바를 운영해줄 수도 없는 노릇이고.”

“사장님은 따로 직원을 쓰지는 않으세요?”

“직원을 쓰기에는 아직 가게가 작아서요. 그리고 제 인생의 첫 가게인데 모든 과정을 제 손으로 직접 해보지 않는다면 놓치는 것들이 너무 많을 거로 생각했어요. 그래서 조금 힘들지만 매일 문을 열고 이곳에서 일어나는 모든 일에 제가 관여하는 거죠. 제 가게니까."

"정말 좋은 마인드를 가지고 계시네요. 보통 잡다한 일들은 효율적으로 하려고 직원들에게 시킬 법도 한데."

"가끔은 저도 그런 유혹에 빠지고 싶은 날이 있죠. 특히 감기·몸살에 걸려서 의자에 앉아만 있어도 온몸이 쑤시는 날처럼요. 누가 대신 저기 쌓인 설거지 좀 해줬으면 좋겠다. 저라고 왜 그런 날이 없었겠어요."

"그런 날은 어떻게 넘기셨어요?"

"그래도 몸을 일으켜서 고무장갑을 꼈죠. 어쩌겠어요. 제가 하고 싶어서 시작한 일이니까 와인잔에 묻은 립스틱을 씻어내야죠. 그렇게 하나씩 닦다 보면 다 끝나요. 싱크대의 물기까지 닦아 내고 나서 창가에 서면 별이 더 아름답게 보이거든요. 그 맛에 그날과는 작별 인사를 했죠."

"후..."

"무슨 고민이라도 있으세요? 들어오실 때부터 안색이 조금 어두워서요."

"음...고민이라면 고민이죠. 그런데 덜컥 터놓기에는 좀 그런 고민이에요."

"하시는 일이 잘 안된다거나 이직을 준비 중시라거나 뭐 그런 건가요? 이곳에 오시는 손님들의 이야기를 들어주는 게 제 업무 중 하나거든요. 물론 말하기 힘드시다면 하지 않으셔도 됩니다. 저는 그저 들어드릴 뿐이니까요."

"그러면 그냥 듣고 흘려 주세요. 저도 말하고 잊어버릴 테니까."

"물론이죠. 손님이 원하신다면."

"6년을 만난 여자친구가 있었어요. 그리고 어제 각자의 길을 떠나기로 했죠. 사귀는 동안 몇 번 헤어지기도 하고 서로 붙잡기도 하면서 이어온 관계였어요. 그런데 이번에는 정말 끝이라는 생각이 드네요."

"재회도 다시 하셨다면서 왜 이번에는 붙잡지 않으시고요? 심경의 변화라도 생기셨나요?"

"당연히 그런 생각이 지금도 왜 안 들겠어요. 여러 번 생각해 봐도 제 인생에서 가장 좋은 여자라는 걸 부인할 수는 없으니까요. 좋은 여자거든요. 그래서 고민이 많이 돼요. 다시 잡아야 하는 건지 아니면 그 사람이 다른 사람을 만나서 웃는 모습을 보는 게 나은 건지."

"음... 아직 저는 그렇게 한 사람과 오랜 시간을 함께한 적이 없어서 손님이 어떤 감정에 살고 있을지 다는 알 수 없지만, 서로를 미워하는 관계로 끝난 것이 아니라면 며칠 시간을 가져 보세요. 어떤 날은 비가 오기도 하고 또 어떤 날은 햇살도 뜨지 않겠어요? 또 어떤 날은 몸살에 걸린 듯 바닥을 기어 다녀야 하는 날도 있을 거고요. 그래도 그 여자분을 사랑해서 벌어지는 일이니까 마지막까지 최선을 다해보셨으면 해요. 진심으로 사랑하지 않았다면 그런 날도 없을 테니까요."

"그렇겠죠. 사랑하지 않았다면 아마 이런 고민도 하지 않았을 거예요. 그냥 어제와 별반 다르지 않은 오늘을 살아갔겠죠. 늘 가던 카페에 가서 아메리카노를 한잔 사서 3호선 지하철을 타고 압구정역에 내려 일을 하러 갔겠죠. 그리고 집으로 돌아오는 길에 끌리는 음식 냄새가 있으면 캔맥주와 함께 밤의 시간을 채우면서 하루를 마무리했을 거예요. 오늘은 커피도 마시지 않고 늦잠을 자서 택시를 탔고 몇 정거장 뒤에 내리긴 했지만요. 사랑이란 걸 해서 그랬겠죠."

"그랬겠죠. 그리고 오늘은 캔맥주가 아니라 와인바를 오셨네요. 사랑이란 걸 해서 그랬겠죠?"

"하하하, 사장님이 보기보다는 유머 감각이 있으시네요. 이야기하다 보니까 주문하는 걸 잊었네요. 음... 어떤 와인이 좋을까요?"

"괜찮으시다면 하나 추천해 드릴까요? 손님과 대화하다 보니까 생각난 와인이 있어서요."

"궁금한데요? 어떤 와인일지."

"프랑스 루아르 지역에서 만든 브루탈 바바스라는 와인이에요. 이 와인을 만든 세바스티앙 데흐뷰씨도 오랜 시간 함께 와인을 만들던 파트릭 데플라씨와 2011년 아름다운 작별을 고하고 각자 와인을 만들기로 했대요. 루아르 지역에서 1세대 내추럴 와인 양조자로 널리 알려졌을 정도니까 둘이 얼마나 많은 대화를 나누고 추억을 쌓았겠어요. 그게 연인이든 동업자든 친구든 이별이란 이름 앞에서는 다 마음 아픈 일이잖아요."

"그렇죠. 이유야 다 다르겠지만 사랑하는 사람과 헤어지는 아

품은 형용할 수 없는 아픔이죠. 서로를 이어주던 마지막 손을 놓아야 하니까. 그리고 역설적으로 약간의 자유로움도 생기고."

"그래서 그런지 루아르 지역에서 나고 자란 세바스티앙씨의 와인에서도 왠지 모를 강렬한 자유로움을 느낄 수 있어요. 한 때 락 뮤지션이기도 했고요. 재밌는 건 와인 이름에서도 보이듯이 세바스티앙씨는 바바스라는 별명으로 더 많이 불려요."

"바바스... 정겨운 별명이네요. 별명을 가지고 있다는 건 그만큼 다른 사람과 비교할 수 없는 특징을 가지고 있다는 뜻이니까요. 이 와인 마음에 들어요. 오늘 밤은 이 와인으로 남은 시간을 채워야겠네요."

"그러면 오픈해드릴게요. 이 와인은 슈냉 블랑이란 품종으로 만들었는데요. 슈냉 블랑은 한 송이 내에서도 알맹이마다 익는 속도가 다르대요. 그래서 포도를 수확하고 나서 가지를 제거하고 잘 익은 알맹이들만 섬세하게 골라내야 하죠. 그렇게 철저한 계산 아래 잔당이 남은 와인을 병에 넣고 발효과정에 들어가죠. 와인에 잔당이 남아있으면 기분 좋은 탄산이 생겨요. 마치 이별한 사람들이 지나간 추억을 찬찬히 되돌아보는 시간을 보내고 나면 그저 흐뭇한 웃음을 짓게 되는 것처럼요."

"저도 그랬으면 좋겠네요. 좋은 사람과 좋은 사랑을 했으니까."

누군가는 오늘도 새로운 사랑을 시작하고, 누군가는 오늘도 지나간 사랑을 끝낸다. 22년 전 헤어진 연인과 눈을 마주쳤던 마리나와 울라이도 했던 그런 사랑이다. 누군가를 사랑하면 포도에서 만들어진 당분처럼 달콤한 감정이 생긴다. 그리고 사랑이 끝나면 미처 빠져나가지 못한 감정이 한동안 우리와 같이 살게 된다. 발효과정을 닮은 그 시간 동안 우리는 많은 생각에 빠진다. 와인을 잔에 따르면 하나씩 생성되는 기분 좋은 탄산이 될 때까지. 그리고 기포를 보며 흐뭇한 미소를 지을 때까지.

10화. 까흐나쥬

알리깐떼(바카) 2019
지역 : Jura, France
품종 : Alicante from Carcassonne(Aude)

오후 6시, 퇴근하는 인파로 성수동의 거리는 분주하다. 백팩을 메고 지하철로 뛰어가는 남성, 하루종일 신었던 구두는 쇼핑백에 넣어두고 슬리퍼를 신고 나오는 여성, 넥타이를 풀고 굽은 허리를 펴는 중년의 가장, 유치원에 맡겨둔 아이를 데리러 급하게 가는 워킹맘. 이곳 성수동에는 다양한 사람들이 직장에서 하루를 보내고 자신만의 공간이나 아끼는 사람들을 만나러 간다. 늘 그렇듯 만남이란 단어는 왠지 모르게 우리를 설레게 하고 기분을 좋게 만든다. 사람과 사람이 만나서 나누는 정신적 온기가 가진 특별함이 있기 때문이다. 성수동을 떠나는 사람들, 성수동을 찾아오는 사람들. 오늘도 사람들이 성수동을 더 따뜻하고 특별하게 만들고 있다.

석영은 어제 설거지를 하고 물기를 말리기 위해 엎어둔 와인잔들을 행거에 하나씩 걸고 있다. 이상하게도 이 시간이 석영을 너무 행복하게 만들었다. 서빙을 위해 행거에서 하나씩 빠져나갔던 와인잔들이 손님과의 만남을 끝내고 깨끗하게 씻겨져 다시 행거에 걸리는 모습을 보면 자신의 와인바가 잘 돌아가고 있다는 뜻으로 느껴졌으니까. 이곳에서 일어나는 만남이 주는 소박한 성취감이었다. 새벽 2시가 되면 모든 손님이 떠나가고 난 자리에 앉아서 남은 음식과 와인들을 가만히 쳐다보았다. 어떤 음식은 소스까지 싹싹 긁어먹은 흔적으로 가득했고 어떤 음식은 몇 번 뒤적인 자국만 남아있었다. 당연히 요리를 만든 사람인지라 저 아래에서 차오르는 쓸쓸함이 느껴졌지만, 그 감정에 너무 빠지지는 않으려고 노력했다. 모든 자영업자는 자신감과 오만함 사이에서 균형을 찾으려고 해야 한다는 것을 아니까. 대신 오늘의 만남에서는 어떤 부분이 부족했었을까? 라는 질문에 더 집중하려고 했다. 표고버섯 조림은 언제나 인기가 많아 보이는데 왜 새우 페스토를 얹은 이베리코는 몇 점씩 꼭 남겨질까? 새우의 향과 돼지고기의 육즙은 내 생각보다 잘 어울리지 않는 걸까? 질문이 끝을 모르고 이어졌다. 다음 만남을 위해서 그런 질문들은 꼭 필요한 재료였다. 그렇게 재료를 손질하다 보면 어두웠던 밤하늘이 푸르스름하게 변해가는 모습과 건배하기도 했다. 와인바를 하는 사람만이 누릴 수 있는 낭만이라면 낭만이라고 생각했다. '나 좀 분위기 있는 사람이네.' 나중에 다시 생각해보면 얼굴이 붉어지는 기억의 잔상일지라도 그 순간의 낭만은 무엇과도 비교할 수가 없으니까. 인간과 술이 만난 이유도 낭만이란 가치를 공유하기 위해서니까.

마지막 와인잔을 행거에 건 석영은 음악을 틀기 위해 턴테이블로 걸어갔다. 너무 빠르지도 너무 느리지도 않은 음악이면 좋겠다. Duffmusiq의 <O Holy Night>. 석영의 와인바 앞을 지나가는 사람들이 이 음악을 듣는다면 어떤 영향이든 받을 것이다. 너무 급하게 걸어가는 사람들에게는 마음의 여유를, 너무 느리게 걸어가는 사람들에게는 서두를 필요가 있다는 신호를 줄 것이다. 석영의 작은 와인바가 골목에 끼칠 수 있는 영향력은 딱 거기까지니까. 세상에 너무 큰 영향력을 끼치려고 하면 때때로 탈이 나기 마련이다. 음악처럼 서서히 스며드는 방식으로 이 골목을 지나가는 사람들에게 영향을 끼치는 게 석영이 원하는 바였다. 오늘은 그 욕심이 조금 커져서 볼륨을 더 올릴 뿐이다.

오후 7시 반. 오늘의 첫 예약 손님이 찾아왔다. 한 손에는 명품 가방과 검은색 원피스에 가죽 재킷을 입은 세련미 넘치는 여성이었다. 그리고 최근 유행하는 향수를 뿌린 손목이 훤히 보일 만큼 밝게 인사했다.

"안녕하세요. 사장님. 제시간에 딱 맞춰왔죠? 제가 시간 개념은 정말 철저하거든요. 하하하."

"어서 오세요. 그렇네요. 정말 딱 7시 반에 맞춰서 오셨네요."

"그럼요. 제가 1분 1초를 얼마나 중요하게 생각하는데요. 업계에서 최연소 팀장 기록을 세울 정도면 그렇게 해야 하고요. 어디에 앉으면 될까요?"

"보시다시피 예약된 시간 내에서는 손님이 원하시는 자리 어디든 앉으셔도 됩니다. 음악이 더 듣고 싶으시면 창가 쪽 턴테이블 옆에 앉으셔도 되고, 혼자서 조용한 시간을 보내고 싶으시다면 구석 자리에 앉으셔도 되고요."

"흠... 그러면 오늘 밤은 제가 주인공이 되고 싶으니까 저기 중앙에 있는 큰 쇼파에 앉아야겠네요. 하하하. 제가 좀 성격이 과하게 밝죠?"

"어두운 성격보다는 밝은 성격이 직장을 다니는 데 더 유리하지 않나요? 제가 보기에는 그런 밝은 성격 덕분에 더 빠르게 승진하시지 않았나 싶네요."

"그럼요. 일도 물론 잘해야 하지만 동료든 거래처든 사람들이랑 많이 만나야 하는 직책이니까 성격이 밝으면 금방 친해지죠. 아, 명함을 안 드렸네. 여기 제 명함이요."

-피델리티 마케팅 컴퍼니 팀장 조윤아-

"마케팅 회사라서 그런지 명함도 엄청 멋있네요. 잘 보관하도록 하겠습니다."

"최근에 회사 차원에서 명함 디자인을 바꿀 일이 있었는데 제가 낸 제안이 채택됐어요. 미국에서 디자인을 전공했거든요. 저희 회사가 주로 유명 뷰티 브랜드나 패션 회사와 협업을 많이 해서요. 명함도 좀 멋져야 건넬 맛이 있잖아요? 사장님은 혹시 명함 없으세요?"

"아, 저는 아직 없습니다. 안 그래도 하나 만들어야 하지 않나 했었는데 그저 생각에만 그치고 있네요."

"다음에 만들게 되면 저한테 카톡 하나 보내주세요. 제가 멋있게 만들어드릴게요."

"말씀이라도 감사합니다. 자, 이제 앉으실까요? 메뉴판이랑 물 가져다드릴게요."

여성은 가벼운 걸음으로 걸어가 기다란 쇼파에 몸을 기댔다. 온종일 발산한 에너지의 수도꼭지를 서서히 잠그고 휴식 모드에 들어간 것이다. 어쩌면 이 순간의 나른함을 즐기기 위해서 그녀는 하루를 바쁘게 달려왔는지도 모른다. 잠시 뒤 구두에 담겨있던 발을 살짝 꺼내 이리저리 소심한 탭댄스를 선보였다. 겉으로 보기에 활발한 사람도 깊은 내면에는 자신만 아는 수줍음이 있다. 석영이 고개를 돌리자 그녀의 발이 다시 구두로 들어가는 것처럼.

"하루종일 구두 신으셔서 발 아프시죠? 슬리퍼 있는데 하나 가져다드릴까요?"

"아! 아니에요. 괜찮아요. 오늘 미팅이 많아서 잘 안 신던 구두를 신었더니 발이 좀 불편할 뿐이에요."

"가져다드릴 테니까 혹시 필요하시면 쓰세요. 손님용으로 두 켤레는 준비해뒀으니까요."

"아... 괜찮은데. 감사해요. 잘 쓸게요."

석영은 작은 신발장에 회색 슬리퍼를 하나 가져왔다. 슬리퍼를 하나 고르는데도 꽤 많이 고민했었다. 세상에는 너무 다양한 디자인과 색깔의 물건들로 가득하니까. 그래서 고른 게 회색 슬리퍼였다. 회색이란 이도 저도 아닌 상태로 보이기도 하지만 중립적이기도 하니까. 누가 와서 신어도 큰 거부감을 느끼지 않을 거란 생각이 들었다. 그리고 오늘, 석영이 만든 회색 지대가 첫 만남을 가지려고 한다.

"여기 슬리퍼요."

"아, 감사해요. 회색이네요? 역시 슬리퍼는 회색이 제일이죠. 저도 집에서 회색 슬리퍼 신고 다니거든요."

"정말요? 특별한 이유라도 있어요?"

"얼핏 보면 회색이 제일 정 없어 보이는 색깔인데 하루종일 색색의 디자인 도안이든 마케팅 기획안이든 잔뜩 보고 집에 돌아오면 더 이상 눈에 색깔이 보이지 않았으면 하거든요. 그런데 희한하게 회색은 그런 생각이 들지 않더라고요. 마치 제가 없어도 혼자서 잘 놀고 있던 고양이 같다고 할까요? 다시 만나서 반갑다고 뛰쳐나오지는 않지만, 물끄러미 저를 바라보다가 슬쩍 다가와서 제 다리에 몸을 비비고 가주면 마음이 편해지거든요. 그 맛에 고양이를 키우기도 하고요."

"제가 생각해보지 않은 회색에 대한 정의네요. 이 맛에 손님들과 대화하기도 하고. 하하하."

"사장님 연애 많이 해보셨죠? 어쩜 그렇게 수학의 정석처럼 여자랑 대화하는 법을 잘 아세요?"

"제가요? 그냥 들어주고 조금 맞장구쳐드렸을 뿐인걸요. 뭘."

"그러니까요. 그거요. 딱 그래 주기만 하면 되는데. 보통 너무 많은 걸 하려고 해서 탈이죠."

"누군가를 만나서 그 사람이 너무 좋아지면 생기는 자연스러운 현상이라고 생각해요. 좋아하는 마음을 얼른 알리고 싶어지는 게 사람의 본성이니까요. 그 세기의 차이가 있을 뿐이지. 보통 그 세기가 잘 맞는 사람들과 연인이 되는 문턱을 넘죠."

"그런 사람을 만난다는 건 참 행운인 것 같아요. 점점 나이가 들수록 그런 사람을 찾기가 힘드네요."

"가끔 그런 시기도 있잖아요. 인생에 서리가 내리는 시기. 아무리 포도를 살려보려고 해도 혹독한 날씨 앞에서는 속수무책이기 마련이니까."

"아, 맞다. 여기 와인 마시러 온 걸 깜빡했네요. 사장님이랑 대화하는 게 재밌어서 주문하는 것도 잊어버렸어요. 혹시 추천해주실 와인 있으세요? 저도 요즘 와인에 관심이 생긴 와린이거든요. 최근에 친구들이랑 와인 시음회도 몇 번 갔었고."

"와인 시음회에 가셔서 특별히 좋았던 종류들은 있으세요? 레드 와인이 입에 더 잘 맞는다든지 화이트 와인이 더 좋다든지."

"음, 다른 친구들은 로제나 화이트 와인이 더 상큼하고 깔끔하다고 했었는데, 저는 의외로 레드 와인이 더 좋더라고요."

"와린이라고 하셨는데 어쩌면 타고난 재능을 가진 와린이실지도 모르겠네요. 보통 와인을 처음 접하시는 분들은 레드 와인의 높은 탄닌이나 바디감 때문에 상대적으로 가벼운 화이트 와인을 더 좋아하시기도 하니까요."

"아, 정말요? 저 좀 재능있는 사람이었네요? 하하하."

"그러신 것 같아요. 그러면 레드 와인으로 하나 추천해 드릴까요?"

"네, 좋아요."

석영은 와인 냉장고 제일 구석진 곳에 숨겨둔 와인 하나를 가져왔다. 알록달록한 색깔로 그려진 라벨이 제일 먼저 눈에 들어왔다. 현대미술의 거장이 잠시 길을 가다가 본 새벽녘 하늘에 와인으로 채색을 한 것만 같은 독특한 라벨이다.

"제가 오늘 추천해 드릴 와인은 프랑스의 주요 와인 생산지 중 하나인 쥐라에서 온 까흐나쥬에요. 어때요? 보기만 해도 기분 좋아지는 말린 장밋빛의 와인이죠? 까흐나쥬는 쥐라 지역의 유명 인사 찰스 다간드씨와 아흐부와 마을에서 유명 와인 샵을 운영 중인 스테판 플렌치씨가 협업을 해서 탄생한 와인이라고 해요."

"아 정말요? 와인도 지금 제가 하는 일처럼 협업을 해서 만드는지 처음 알았네요. 와인 샵을 운영하시는 분과 협업했으니 분명 장점이 있었을 거라는 생각이 들고요."

"맞아요. 손님도 잘 아시다시피 물건을 만드는 회사는 시장에서 자신의 제품이 어떤 위치에 있고 시장점유율을 올리려면 뭘 더 해야 하는지 객관적으로 판단하기 어려우니까요. 그래서 까흐나쥬처럼 와인 메이커와 와인 판매상의 협업은 좋은 만남이라고 생각해요. 만남을 통해서만 생성되는 새로운 세상이 분명히 있으니까요."

"맞아요. 서로 다른 두 존재가 만나서 뭔가를 한다는 게 결코 쉽지는 않지만 긴 토의 과정을 통해서 만들어지는 결과물을 보고 있으면 그간의 고통은 눈 녹듯이 사라져요. 특히 이번에 제가 맡은 화장품 회사와 도자기 장인이 협업해서 출시하는 한정판 제품 같은 경우처럼. 몇 달 동안 잠도 제대로 자지 못했지만, 제품이 딱 나왔는데 너무 예쁜 거 있죠? 아니나 다를까 몇 시간 만에 품절이 나버렸어요. 진짜 그 맛에 일하는 거 같아요. 매번 새로운 사람과 뜨거운 연애를 하는 것 같으니까. 잘 여문 열매가 세상에 나가서 많은 사람에게 좋은 평가를 듣는 순간을 무슨 말로 표현하겠어요."

"멋진 마인드네요. 스티브 잡스도 그런 말을 했잖아요. 자신의 일을 사랑하라고. 그러면 만남과 자신의 일을 사랑하는 사람들이 만든 와인을 열어볼까요?"

"좋아요. 괜찮으시면 사장님이랑 같이 건배하고 싶은데 같이 한잔할까요? 와인 한 병을 다 마시기에는 제 주량이 그렇게 많지도 않고요."

"음... 원래 일할 때는 술을 마시지 않지만... 저도 손님과의 만남이 좋으니까 딱 건배를 할 만큼만 따를게요. 그 정도의 여유는 가지면서 살아도 되겠다는 생각이 요즘 많이 들었거든요."

만남이 주는 묘한 기분이 있다. 흔하지는 않지만 처음 보자마자 나랑 잘 맞겠다는 느낌을 풍기며 다가오는 사람들이 있다. 까흐나쥬를 오픈하자마자 느껴지는 강한 감칠맛의 뉘앙스는 도저히 거부하기 힘든 매력이다. 진한 검붉은 과일과 허브 향들이 후각 세포를 자극한다. 서로의 눈을 바라보며 나누는 한 잔의 와인이야 말로 인생의 부드럽고 산뜻한 조화니까.

11화. 제호인

🍷

플루 2019
지역 : Jura, France
품종 : Ploussard

　오후 4시, 석영은 장바구니를 들고 근처에 있는 뚝도시장을 걷고 있다. 새로 구상한 요리에 필요한 재료를 사기 위함이다. 석영은 채소에 관심이 많다. 그건 집 앞 텃밭에서 웬만한 채소는 직접 키우시는 어머니의 영향을 받아서일 테다. 가끔 어머니를 따라 기다란 호스를 어깨에 메고 따라가곤 했다. 방구석에서 누워있는 것보다는 어머니를 도와드리고 받는 작은 용돈이 더 가치 있게 느껴졌기 때문이다. 아파트 외부에 있는 수돗가에서 흘러나온 물이 어머니의 텃밭에 뿌려졌다. 맑은 하늘에서 날아온 햇빛과 물이 만나서 만드는 색의 향연은 텃밭에 뿌려질 물을 더 맛있게 만든다. 석영에게 요리란 그런 것이었다. 아주 싱싱한 채소를 프렌치 풍으로 어루만지는 것. 석영은 뚝도시장에서 대파 한 단과 콜리플라워를 샀다. 데친 대파의 흰 부분을 파스타 면처럼 사용해보려고 한다. 그리고 콜리플라워를 삶아 으깬 뒤 크림소스와 함께 졸이면 향긋하고 담백한 소스가 될 것이다. 물론 상상으로 만든 요리라서 실제로 어떻게 나올지는 해봐야 안다. 뚝도시장에는 석영이 장을 보고 나서 가는 정통 인도식 짜이 가게가 있다. 간판도 없는 5평 남짓한 그 가게에는 편히 앉아서 마실 테이블도 없다. 단지 가게 외부에 임시로 가져다 둔 작은 의자와 선반이 부족한 대로 채워줄 뿐이다. 가게로 돌아가기 전 이곳에 들러 짜이 차를 한 잔 마시는 것이 석영이 누리는 유일한 낙이었다. 가게 앞에 놓인 길고양이들을 위한 사료통이 있다. 그리고 매번 다른 얼굴을 가진 길고양이들을 만날 수가 있다. 소심해서 멀리서 쳐다만 보는 고양이, 친구와 함께 산책을 나온 고양이, 새끼를 달고 나타난 고양이. 고양이가 사는 세상을 인간의 눈으로 바라보는 독특한 재미가 있다. 30분쯤 고양이들을 쳐다보다가 소심한 고양이가 나타나면 자리에 일어선다. 배가 고파 보이는데 석영의 눈치를 보느라 다가오지 못하는 게 내심 마음에 걸리기 때문이다. 따뜻한 짜이 차를 한잔했으니 이제 가게로 돌아가 재료를 손질할 시간이다.

오후 5시, 끝이 누렇게 변한 대파의 머리 부분을 떼어내고 식초를 살짝 푼 물에 콜리플라워와 함께 목욕시켰다. 점점 매끈해지는 채소의 피부를 슬쩍 만지며 식칼을 갈아본다. 물론 칼을 가는 것은 보여주지 않으려고 한다. 채소가 기분 좋게 목욕을 다 마치길 바라는 마음이다. 채소가 기분이 좋아야 음식도 맛있어지는 법이니까. 오늘의 예약 손님이 오시기까지 2시간이 남았다. 요리를 준비하기에 부족한 시간은 아니지만 늘 그렇듯 예약 손님이 많은 날은 더 긴장된다. 와인바를 연지도 6

개월이 넘어가면서 이제 일이 익숙해져 가고 있지만, 자신감과 오만함 사이에서 항상 힘겨운 줄다리기를 하고 있다. 눈에 보이지 않는 가치를 책정하고 사용한다는 것은 정말 어려운 일이다. 너무 주관적이고 코에 걸면 코걸이, 귀에 걸면 귀걸이가 되기 때문이다. 이제 대파와 콜리플라워가 식초 목욕을 마칠 시간이다. 아름답다. 뚝도시장에서 사 온 채소들이 한껏 부드러워진 피부를 보여준다. 입안에 들어가면 사르르 녹아 없어질 부드러움이다. 채소가 가진 맛과 향은 육류나 해산물에 절대 뒤지지 않는다. 그것을 누가 어떻게 사용하냐에 따라서. 마치 같은 포도 품종이라도 어떤 와인 메이커가 어떻게 와인을 만드느냐에 따라 그 맛과 풍미가 천차만별로 달라지는 이유다.

오후 6시, 석영은 늘 그렇듯 오픈 사인을 내걸었다. 그리고 턴테이블로 다가가서 음악을 고르고 있다. Yama의 <어쩌면 영화 같은>. 석영은 오랜만에 J-pop을 선곡했다. 한국과 일본은 가깝지만 먼 나라라는 말이 있듯이 비슷한 문화를 공유하지만, 각자의 고유한 정체성을 가지고 있다. 오늘 오실 손님은 특이사항란에 자신을 여행가라고 소개했다. 보통 못 먹는 음식이나 선곡 리스트를 남기는 경우가 많은데 이분은 특이하게 "저는 여행 중이에요."라는 문구를 적었다. 오늘도 궁금하다. 어떤 손님이 오실지.

몇 곡의 일본 노래들을 연속으로 들었다. 일본 노래 특유의 밝음이 느껴져서 가게의 공기가 상쾌해졌다. 그리 큰 가게는 아니지만, 석영은 이 공간의 온도와 습도에 관심이 많다. 와인바를 하므로 더 열성을 들이는 것일 수도 있다. 와인은 보관을 어떻게 하냐에 따라서 그 맛과 향이 미세하게 달라지니까. 어떨 때는 아무리 좋은 와인이라도 보관을 잘못해서 완전히 마시지 못하게 되는 때도 있다. 그런 상황이 벌어지면 무한한 죄책감을 느낀다. 와인 메이커가 공들인 시간을 내가 다 망치는 느낌이다. 보관을 잘해서 손님 앞에 잘 따르기만 하면 되는데 내 실수로 인해서 소중한 와인을 하수구에 부어야 할 때 가슴이 찢어진다. 세면대가 붉게 물들어가는 모습을 보고 있으면 내가 마치 혈우병에 걸린 환자가 된 것 같다. 그런 순간을 최대한 만들지 않기 위해서 석영은 온도와 습도, 향기에 많은 신경을 쓴다. 그것은 단지 냉난방 시스템으로 해결할 수 있는 것이 아니다. 그래서 음악, 인센스, 햇빛, 창문으로 들어오는 바람까지 다 섬세하게 조절한다. 오늘은 그 조건들이 아주 완벽하다. 그래서 근거 있는 자신감이 생긴다. 손님들이 어서 왔으면 좋겠다.

오후 7시, 오늘의 예약 손님이 왔다. 베트남 전통 복장을 입은 한 여성이 나타났다.

"어? 안녕하.. Hello?"

"안녕하세요. 7시에 예약한 사람이에요."

"아, 한국 분이시구나. 외국 손님이 오신 줄 알고 조금 당황했네요."

"하하하, 죄송해요. 베트남에서 남편과 여행하다가 급하게 서울에 볼일이 있어서 들어온 거라 옷을 갈아입을 시간이 없었네요. 이번에 저희 부부의 여행기를 책으로 만들기 위해서 출판사랑 미팅이 있었거든요."

"아, 그러셨구나. 우선은 자리에 앉으세요. 메뉴랑 물 가져다 드릴게요."

여성은 창가 쪽으로 가서 앉았다. 그리고 한쪽 팔을 창밖으로 내밀어 서울의 공기를 만지고 있다. 훨씬 가볍고 부드러운 느낌이다.

"서울은 이제 완연한 봄 날씨로 변했네요. 베트남은 아직 한국의 초여름 날씨거든요. 아침저녁으로는 살짝 쌀쌀함도 느껴지지만, 여전히 다들 반소매를 입고 다녀요."

"기후가 다른 나라에 살다가 오셨으면 감기 조심하셔야겠어요. 아직 히터를 집어넣지는 않았는데 필요하시면 가져다드릴까요?"

"괜찮아요. 많은 나라들을 여행하다 보면 자기도 모르게 강해져 있거든요. 이 정도 온도 차이는 별로 제 컨디션에 영향을 주지 않으니까. 정말 오랜만에 한국으로 돌아오는 거라서 온전히 한국의 봄 날씨를 느껴보고 싶어요. 그래서 오기 전부터 되게 설 었고요. 남편이랑 같이 이 기분을 느꼈으면 좋았을 텐데 조금 아쉽네요."

"남편분은 왜 같이 오시지 않으셨어요?"

"베트남에서 지인이 하는 작은 비즈니스를 돕고 있거든요. 물론 다음 여행지가 정해지는 대로 떠날 생각이지만. 그래서 이번에는 저 혼자 오게 됐어요. 남편은 책에 들어갈 사진을 주로 찍고 저는 글을 써서 출판사와 미팅을 하는데 굳이 두 사람이 올 필요도 없었고요."

"원래 작가를 하셨었나요?"

"아, 아니요. 원래는 코트라에서 해외 박람회 진행 담당으로 12년을 일했었어요. 그러다가 뉴욕에서 열렸던 식품 박람회에서 바이어로 참여한 남편과 만나게 되었죠. 왜 그런 거 있잖아요. 첫눈에 반한다는 말처럼 저희 부스를 찾아오는 손님들이 무지막지하게 많은데 저기 멀리서 빛이 나는 사람이 걸어오는 경험. 저는 평생 그런 말을 안 믿었거든요. 그런데 운명이란 거 정말 있더라고요. 신기한 건 저희 남편도 똑같이 느꼈대요."

"정말요? 듣기만 해도 영화 같은 이야기네요. 그래서 어떻게 되셨어요?"

"박람회가 열렸던 4일 내내 저녁에 만나서 같이 밥 먹고 술 먹고 했어요. 그때 뭘 먹고 뭘 마셨는지는 기억이 하나도 안 나는데 남편의 열정적인 눈빛은 아직도 기억이 나요. 와인에 대해서 어찌나 그렇게 많이 아는지 누가 보면 3대째 와인을 만드는 집안의 장손인 줄 알았다니까요. 하하하. 지금은 제 앞에서 조잘조잘하는 모습이 지겨울 때도 있는데 그때는 저한테 무슨 콩깍지가 씌었었는지 너무 멋져 보이더라고요."

"때때로 누군가에게 반하는 순간은 시간이 지나고 나서 다시 봤을 때 살짝 단점이 되기도 한다는 말을 어디서 들은 것 같아요."

"맞아요! 딱 그 말이 맞는 것 같아요. 같이 자려고 침대에 누웠는데 귀에 대고 조잘거리면 베개를 집어서 입을 막기도 하거든요. 하하하. 처음에는 왜 자기 말을 못 하게 하냐고 투덜대기도 했는데 이제는 무슨 신호인 줄 알아요. 그러면 서로 깔깔 웃고 넘어가는 거죠. 사장님은 혹시 결혼하셨어요?"

"아, 저는 아직이요. 손님의 이야기를 들으니까 부럽네요."

"사장님도 곧 운명 같은 사랑을 만나게 되실 거예요. 자기도 모르게 갑자기 찾아오더라고요. 행운과 사랑은 그래서 타이밍이 중요한 것 같고요. 그걸 알아보는 눈만 있다면 우리에게 꼭 찾아오거든요."

"음, 실례가 안 된다면 오늘의 와인은 제가 추천해드려도 될까요? 손님과 딱 어울리는 와인이 있거든요."

"물론이죠. 대신 남편처럼 너무 길게 설명하면 안 돼요. 세상에 그런 남자는 제 남편 하나로 이미 충분하거든요. 하하하."

"하하하, 최대한 간단명료하게 설명해 드릴게요. 잠시만요."

석영은 와인 냉장고로 가서 쥐라 지역의 유명한 와인 하나를 꺼내왔다.

"제가 추천해 드릴 와인은 제호인, 플루 2019 빈티지에요. 쥐라 지역 최고의 와인 생산자 중 한 명인 장 프랑수와 갸느바씨의 아내, 멜리스 버나드가 설립한 와이너리에서 만든 와인이죠. 그녀는 원래 20년 이상 IT업계에서 일한 유능한 프로젝트 관리자셨는데 남편을 만나면서 자연스레 와인에 관심을 가지게 되고 자신의 커리어를 포기하고 와인 양조자의 길로 들어섰죠. 전문직 여성으로서 일에 대한 감각이 있으셔서 그런지 와인 양조도 금방 배우신 것 같아요. 2018년에 첫 와인을 만들기 시작하셨고 남편의 장비와 저장고를 빌려서 자신만의 와인을 출시해내죠. 멜리스는 최소한으로 양조 과정에 개입해서 그녀를 닮은 순수하고 아름다운 와인을 만들어 내는 것으로 잘 알려져 있어요. 보통 와인은 양조자의 성격을 닮기 마련이죠. 이 정도면 간단명료한 설명이었을까요?"

"너무 훌륭한 프레젠테이션네요. 저희 남편보다 훨씬 잘하시는 것 같아요. 하하하. 다음에 남편이랑 같이 서울에 오게 되면 사장님이 하시는 법 좀 배우라고 해야겠네요."

"과찬이십니다. 저도 딱 여기까지만 알아서요. 더 말씀드리고 싶어도 제 지식이 남편분을 따라가지는 못하네요. 그러면 오픈해드릴게요."

서울에서 8,965km 떨어진 쥐라에서 날아 온 와인이 입을 열었다. 옅고 섬세한 붉은 과실 톤이 은은하게 피어났고, 분홍꽃과 우아한 미네랄 감이 아주 단아한 면모를 자랑한다. 막 베트남에서 서울로 날아온 여성 손님을 닮아있다. 언제나 그렇듯 와인과 손님을 만나게 해주는 일은 첫눈에 반한 연인처럼 느껴진다. 그래서 옆에 앉아 그 만남을 지켜보기만 해도 설렌다. 석영은 점점 이 일이 즐거워지고 있다. 마치 아름다운 여성과 사랑에 빠진 듯이.

12화. 밀란 네스타레츠

🍷

트랜센던트 2020
지역: Morava, Czech Republic
품종: Regent, Neuburger, Riesling

일찌감치 와인바에 나온 석영은 의자에 앉아서 사색에 빠져있다. 6개월 남짓한 시간이 흐른 현재, 그는 무엇을 위해서 달려왔을까? 이 와인바를 열기 전 부모님과 나눴던 대화처럼 그는 지금 좋은 경험을 하는 것일까? 경험으로 삼는다는 말 뒤에 얻으려고 했던 나 자신을 능가하는 압도적인 최선을 다했었을까? 먼 훗날 그냥 흘려보내지 않고 기억할 수 있는 경험을 만드는 중일까? 6개월 동안 이곳에서 벌어졌던 사소한 순간까지도 다시 되새겨보고 있다. 세상의 모든 일이 그렇듯 반복되고 익숙해지면 사람들은 매너리즘에 빠지게 된다. 어쩌면 석영은 그 감정의 늪에 빠지고 있는 게 아닐까? 하는 작은 의구심을 스스로 품기 시작했다. 정해진 시간에 출근해서 복장을 단정히 하고 장을 봐서 재료를 다듬고 와인잔을 닦는 일이 최선일까? 뭔가 더 새롭고 의미 있는 행동을 할 수는 없을까? 삶은 끝없는 질문의 연속이다.

이런 사색에 빠질 때면 생각의 엘리베이터는 한없이 지하로 내려간다. 그 엘리베이터에는 버튼이 존재하지 않는다. 오로지 자신만의 감으로 지하 몇 층을 내려가고 있는지 파악해야 한다. 사람에 따라서 지하의 깊이는 6층이 될 수도 있고 23층이 될 수도 있다. 단지 엘리베이터가 바닥에 닿는 순간 모든 것은 소멸하고 만다는 사실이다. 석영은 지금 자신은 지하 몇 층을 가진 사람일지 궁금해서 내려가 보는 중이다. 지하 3층까지는 별 무리 없이 내려온 것 같은데 지하 4층부터는 조금 숨이 막히기 시작한다. 아무래도 지구의 내핵에서 올라오는 뜨거운 온도가 수증기를 만들기 때문이다. 서서히 땀이 나기 시작하고 콧잔등에 습기가 차기 시작했다. 지하 5층, 지하 6층, 지하 7층... 계속 내려가고 있다. 그리고 정신이 아득해지기 시작했다. 그때 누군가의 음성이 들려왔다. "석영아, 호스 들고 텃밭에 물 뿌리러 가자." 어머니의 목소리였다. 지하 8층에 막 다다르기 직전 석영은 엘리베이터를 멈춰 세웠다. 분명 잠이 든 것은 아닌데 마치 잠에서 깨어난 기분이었다. 본능적으로 느꼈다. 석영의 생각 엘리베이터는 지하 8층이 바닥이구나. 멀리 있는 어머니가 나를 살리셨구나. 온몸이 땀에 젖은 석영은 셔츠를 벗고 세면대에서 세수하기 시작했다. 물에 젖은 눈썹을 추슬렀다. 그리고 눈물이 또르르 흘렀다. 누구에게도 보여주고 싶지 않은 석영의 내면, 그 자체였다.

오후 6시, 별 다름없이 오픈 사인은 돌려졌다. 석영은 오늘의 예약 손님 명단을 체크하고 있다. 이 손님은 특이사항란에 신청 곡을 요청하셨다. Bronze의 <Ondo with 이하이>. 손님이 오시기 전에 어떤 노래일까 궁금해서 먼저 들어보았다. "도와

줘"란 브릿지 파트가 인상 깊은 시티팝 장르의 신나고 발랄한 노래다. 가끔이긴 하지만 신청 곡을 요청하시는 손님들의 음악 취향을 보면 아직 손님을 만나보지는 않았더라도, 어렴풋이 손님의 성격과 취향을 유추해볼 수 있다. 석영과 비슷한 나이일 것 같고 활발한 성격에 도전적이지만 깊은 내면에는 여린 아이가 웅크리고 있는 사람. 음악이란 한 사람의 취향을 넘어서 그 사람을 잘 보여주는 창문이다. 각기 다른 모양과 재질로 만들어진 창문을 통해 세상을 바라보는 재미가 있다. 오늘은 또 어떤 창문에서 들려오는 마음의 소리를 들을 수 있을까?

오후 7시, 다소 펑키한 스타일의 옷차림을 한 젊은 남성이 계단을 걸어 올라왔다. 유명 등산복을 리사이클링한 모자와 과자 포장지를 잘라서 패턴으로 사용한 열쇠고리가 그의 청바지 주머니에 달려있다. 언뜻 보기에도 보통 솜씨와 재능을 가진 사람이 아니다.

"안녕하세요, 7시에 예약한 오훈이라고 합니다."

"어서 오세요. 기다리고 있었습니다. 편하신 곳에 앉으시면 메뉴판과 물 가져다드릴게요."

바닥에 거의 닿을듯한 바지를 살짝 부여잡고 7시 손님은 바 테이블로 가서 앉았다. 매번 오시는 손님마다 선호하는 자리가 조금씩 다르다는 건, 오늘 밤만큼은 정형화된 삶의 방식에서 벗어나게 해주고 싶다는 석영의 의도와 손님의 선택이 합쳐져서 만들어지는 소소한 행복이다.

"손님이 요청하셨던 음악 바로 틀어드릴까요?"

"아, 사실 그 노래를 신청하고 나서 100번은 넘게 들었거든요. 하하하. 굳이 또 듣지 않아도 될 것 같아요. 죄송해요."

"전혀요. 음악 주문은 요리 주문처럼 손님의 마음이 변했다고 해서 낭비되는 재료가 없으니까요. 저도 처음 들어보는 음악이었는데 손님이 남겨주셔서 좀 전에 미리 들어봤더니 좋더라고요. 세상에는 아직 저도 들어보지 못한 음악이 많으니까요. 손님들 덕분에 저의 음악 세계도 덩달아 넓어진다고 생각해서 늘 감사하게 생각해요. 그나저나 패션 스타일이 독특하시네요. 혹시 패션 쪽에 종사하고 계시나요?"

"아, 맞아요. 홍대에서 시각디자인을 공부하고 나서 영상, 패션, 등등 여러 방면에서 인턴도 해보고 회사도 다녔었는데 1년 전에 작은 공간을 얻어서 작업실 겸 팝업 스토어를 운영하고 있어요. 소셜미디어에 제가 만든 상품을 팔기도 하고요."

"아, 어쩐지 시중에서 보기 힘든 기발하고 독특해 보이는 아이템들을 많이 가지신 것 같아서요. 특히 형광색 모자가 제일 먼저 들어오네요."

"하하하, 3년 전에 샀던 등산복인데 조금 낡기도 하고 유행이 지나서 잘 안 입게 되더라고요. 나름 거금을 주고 산 옷인데 그냥 버리기는 아까우니까 어떻게 활용해볼까 하다가 모자로 만들어봤어요. 예쁘죠?"

"네, 리폼, 리사이클링 제품들을 많이 본 건 아니지만, 길 가다가 벼룩시장에서 몇 번 본 적이 있는데 손님이 만드신 건 저도 탐이 나네요. 제품이라는 게 기발하다고 해서 무조건 사람들의 지갑을 열게 만드는 것은 아니니까요."

"정확히 보셨네요. 저한테도 그게 가장 큰 고민거리거든요. 제 눈에는 너무 예쁘고 세상에 하나밖에 없는 아이템이라고 말하고 싶을지라도 제각기 다른 취향을 가진 사람들이 모여서 사는 곳이란 걸 결국 인정할 수밖에 없더라고요. 그런데 역설적으로 제가 느꼈던 답답함 때문에 지금까지 더 좋은 제품을 만들 수 있지 않았나 싶어요. 모든 사람이 한두 개의 제품만 좋다고 하면 문명의 발달과 창의적인 일들은 생기지 않았을 테니까요."

"맞아요. 누군가 느낀 답답함이 계속해서 새로운 세상을 만들게 한다고 저도 생각해요. 얼마 전에 인터넷 기사에서 본 건데 덴마크에 있는 세계적인 식당, 노마가 문을 닫는대요. 저도 아직 가보지 않았지만, 세계일류급이라고 칭해지는 식당이나 비즈니스나 사람들은 비슷한 고민을 했을 거로 생각해요. 지금 있는 이 자리가 최선일까? 매번 세상이 감탄할 무언가를 만들어 내야 한다는 부담감도 분명 있었을 거고요. 자기가 가진 모든 시간과 노력을 쏟아부어도 그 답이 나오지 않으면 선택지는 두세 가지로 좁혀진다고 생각하고요. 지금까지 쌓은 유명세로 비슷한 제품을 만들며 현상 유지만 할 것인지, 잠시 휴식을 가질 것인지, 아니면 왕관을 벗고 자리에서 내려올 것인지. 결국 어떤 선택을 내리긴 해야 하죠."

"맞아요. 정말 맞아요. 마지막 선택지인 왕관을 벗고 자리에 내려오기는 죽기보다 더 싫으니까 한동안은 아무것도 하지 않고 여행을 떠났었어요. 여기저기 돌아다니다가 발리에 갔던 적이 있거든요. 아무래도 섬이니까 바다에서 떠밀려온 쓰레기들이 해변에 많이 보이죠. 왜 저렇게 사람들이 쓰레기들을 버려서 아름다운 해변을 아프게 할까? 라는 생각에 빠져있던 순간 현지인 한 분이 쓰레기 더미들을 뒤지시더니 환한 미소를 짓더라고요. 아마도 찾던 물건을 발견한 눈치였어요. 그 순간 아이디어가 뇌리를 스쳤죠. 누군가에게 쓸모없어져서 버려진 물건도 전혀 쓸모가 없지는 않구나. 그래서 한국으로 돌아와서 리사이클링 제품을 만들게 된 거예요."

"정말 흥미로운 이야기네요. 저도 요즘 매너리즘에 빠진 것은 아닌가? 하는 생각이 들었거든요. 잘하는 게 맞을까? 지금 내가 하는 게 최선일까? 어쩌면 우울한 생각일지도 모르죠. 시간이 지나고 보면 아무것도 아니었던 생각일지도 모르고요. 그런데 오늘 다시 느끼게 되네요. 나란 사람은 계속 손님들의 이야기를 들어주는 방식으로 가야겠구나. 그게 내가 알을 깨고 나올 방법이구나."

"맞아요. 우리 포기하지 말고 계속 가봐요. 뭐라도 나오겠죠. 이제 와인 좀 골라볼까요? 보자, 딱 눈에 들어오는 와인이 하나 있는데. 사장님, 분홍색 미토콘드리아같이 생긴 동그라미가 그려진 이 와인은 어떤 와인이에요?"

"아, 밀란 네스타레츠라고 체코에서 만든 와인이에요. 아주 젊은 와인 메이커임에도 불구하고 빠르게 탑 메이커가 됐죠. 젊은 양조자 특유의 활력과 힙하고 펑키한 독창성을 갖췄다는 평을 듣고요. 라벨을 보시다시피 팝아트적이고 개성적인 모습이 밀란 네스타레츠씨를 똑 닮았죠. 그 덕분인지 내추럴 와인을 즐기는 젊은 소비자층에게 각광받고 있다고 해요. 그러고 보니 손님과도 닮은 부분이 많은 와인이네요. 역시 와인은 닮은 사람을 찾아 윙크를 보내나 봐요."

"재밌는 표현이네요. 닮은 사람을 찾아서 윙크를 보낸다. 그러면 저도 마음을 읽고 같이 윙크를 보내줘야겠죠? 저는 이걸로 고를게요."

"트랜센던트 2020 빈티지는 로제 와인이고 세 가지 포도 품종을 블렌딩해서 만들었죠. Neuburger와 Riesling이 발효되고 있는 통에 직접 압착한 Regent 포도 주스를 추가했대요. 아무래도 다양한 품종을 블렌딩해서 와인을 만들면 각기 다른 품종의 장점을 보여주면서 부족한 단점을 채워주죠. 그리고 양조자가 원하는 특성을 구현해내는 데도 도움을 주는 역할도 하고요. 밀란 네스타레츠씨는 트랜센던트 2020 빈티지가 밝고 강렬한 분홍색을 가진 로제 와인이지만 화이트 와인의 특성을 유지하길 원했다고 해요. 그러면 오픈해드릴게요. 마음껏 서로에게 윙크를 보내보세요."

누구나 삶을 살아가는 과정에서 혼란스러운 시기를 겪는다. 그러나 지금까지 우리는 모두 잘해왔고 앞으로도 잘해나갈 것이다. 때론 지하로 내려가는 생각의 엘리베이터에 올라타 봤으면 좋겠다. 어디까지 내려가야 할지는 각자의 몫이지만 나를 사랑하는 사람이 보내오는 음성과 윙크가 멈춤. 버튼을 누르게 만들 테니까. 너무 두려워하지 말자. 잘할 수 있다.

스페셜화. 히포크라 🍷

히포크라 2023

지역 : 별 아래, 와인바

품종 : Cabernet Sauvignon, 생강, 정향, 계피, 꿀, 과일

"대림창고와 건대입구역 사이, 빽빽하게 건물들이 자리한 골목길에는 눈에 잘 띄지 않는 작은 와인바가 있다. 그리고 그곳을 찾아오는 사람들은 모두 각자의 사연을 가지고 있다. 수줍음이 많은지 조용하게 찾아와 여자친구에게 프러포즈하려고 하는데 도와줄 수 있냐고 하는 남자, 수년째 공방을 운영하며 무언가에 몰두하는 듯 보이는 중년의 여자처럼 말이다. 그리고 오늘의 이야기는 강도 높은 외래진료에 몸과 마음이 지친 의사의 사연이다."

일요일 아침이 밝아 왔다. 석영은 이미 새벽에 한강 근처를 달리고 나서 오는 길에 순대국밥을 먹었다. 어제 단골손님과 함께 먹은 술을 해장하기 위해서다. 영업시간까지는 아직 이른 시간이지만 오늘은 중요한 일이 있어서 늦게까지 누워있지는 않았다. 아주 가끔이지만, 술을 마시고 나면 오히려 아침에 일어나기 쉬운 날이 있다. 어떤 규칙성이 있는 것 같지는 않아서 정확한 이유는 잘 모르겠다. 이상하게 그런 날은 미루어두었던 일을 도전해보기 좋은 날처럼 느껴진다. 석영은 샤워를 끝내고 지하철역으로 걸어갔다. 경동시장에 가서 약재 몇 가지를 사 오기 위해서다. 오늘은 히포크라라고 불리는 향신료 와인을 만 들어 보려고 한다. 석영은 와인바를 시작하기 전에 읽었던 책 에서 언급된 히포크라가 뭔지 늘 궁금했었다. 현대적인 약이 부족했던 로마 시대 때부터 일찍이 사용되었다고 하는 신비의 약이 21세기에도 효과가 있는지 한 번쯤은 꼭 실험해보고 싶었 다. 언제 한번 해봐야지 했던 일, 오늘이 딱 적당하게 맞아떨어 졌다. 약은 그런 날 만들어야 효과가 더 좋으니까.

　석영은 헤드폰을 끼고 즐겨듣는 재즈 리스트를 들으며 지하 철에 앉아 있다. 바쁜 현대인들이 주말에도 어딘가로 향하고 있다. 정확한 목적지와 이유는 모르겠지만 지하철에 탄 사람의 차림새와 하는 행동을 지켜보면 대충 어디로 가는지 유추할 수 있다. 옆에 앉은 할아버지는 상자에 오래된 물건을 한가득 담 으신 것을 보니 황학동 벼룩시장으로 가실 것 같다. 아마도 이 칸 안에서는 석영과 가장 비슷한 목적지를 향해서 가지 싶다. 반대편에는 공무원 시험 책을 열심히 보고 있는 청년이 앉아 있다. 반으로 갈라져 있는 책의 가르마가 헐렁해진 것을 보면 3년은 족히 공무원 시험에 도전한 것 같다. 굳이 먼저 다가가 서 말을 걸지는 않았지만 이번 해에는 시험에 꼭 붙길 응원해 본다. 그리고 그 옆에는 할머니가 반찬통을 보자기에 싸서 품 안에 감싸고 계신다. 아마도 자식이나 손주에게 전해줄 반찬을 들고 가시는 것 같다. 고소한 참기름 냄새가 지하철 안에 퍼져 나갔다. 언제나 할머니가 손으로 비빈 나물 만찬은 입 안에 침이 고이게 만든다. 갓 지은 밥을 한 공기 퍼와서 따라가고 싶은 심정이다. 지하철은 고요하지만 많은 이야기를 담고 있는 공간이다. 꼭 누가 소리를 크게 낸다고 해서 이야기가 잘 들리는 것은 아니다. 눈으로도 충분히 세상에 담겨있는 많은 소리를 들을 수가 있다. 그래서 석영은 자신이 가진 눈에 감사를 표한다.

　오전 8시, 아직 경동시장은 한산하다. 대신 점포마다 상자에 넣어두었던 약재들을 진열하기 바쁘다. 밤새 묵혀있던 약재 냄새가 시장 골목을 채워나가기 시작한다. 마치 누군가가 인센스에 불을 붙인 듯이. 냄새를 맡기만 해도 몸이 건강해지는 느낌이다. 경동시장은 서울에 살아 있는 자연 휴양림이다. 석영은 히포크라를 만드는 데 꼭 필요한 재료들을 적은 메모지를 꺼내 보며 머릿속으로 정리를 해나가고 있다. 생강, 정향, 계피는 무조건 사야 한다. 꿀과 과일은 와인바 근처에 있는 뚝도시장에 가서 사도 되니까 단골 과일 가게 사장님과의 우정을 위해서 경동시장에서는 약재만 딱 사려고 한다. 석영은 인터넷에서 찾아본 약재 고르는 법에 따라서 소량의 약재를 구매했다. 사장님이 덤으로 넣어주신 감초 덕분에 봉지는 빵빵해졌다. 역시 시장에서만 느낄 수 있는 상인들의 정이 있다. 석영은 다시 지하철을 타고 집에 잠시 들른 다음 곧장 가게로 나왔다. 이른 시간이라고는 하나 집에서 뭉그적거릴 이유가 없었다. 오늘 해야 할 일은 명확하니까.

와인바에 들어온 석영은 앞치마를 두르고 시장에서 사 온 재료들을 펼쳐 놓았다. 경동시장의 향기가 석영의 와인바에 그대로 배달되었다. 처음 시도해보는 히포크라에 어떤 와인을 쓰면 좋을까? 피노 누아? 메를로? 네비올로? 시라? 와인 냉장고 앞에서 한참을 고민하던 석영은 결국 포도의 제왕, 카베르네 쇼비뇽으로 만든 와인 4병을 골랐다. 아무래도 탄닌과 신맛이 강한 품종이니 꿀과 향신료가 들어갔을 때도 와인의 힘을 쉽게 잃지 않을 거로 생각했다. 그리고서 석영은 커다란 용기에 와인을 콸콸 부어 신약의 제조가 시작되었음을 알렸다. 각종 향신료는 겉에 묻은 먼지만 살짝 털어내고 과일은 너무 작고 얇지 않게 썰어냈다. 와인을 넣어둔 용기에 모든 재료를 밀어 넣었다. 그리고 커다란 곰 인형을 꽉 껴안듯 한동안 격정적인 포옹을 나눴다. 드디어 석영의 첫 번째 히포크라가 완성되었다. 이제 여러 재료와 와인이 동거를 하면서 만들어 내는 소식만 간간이 들으면 된다.

오후 11시, 몇 팀의 예약 손님이 왔다 가고 오늘의 리스트에 있는 마지막 손님이 오실 시간이다. 이 손님도 특이사항란에 신청 곡을 적어두셨다. 영화 러브레터 OST에 수록된 <His Smile>. 러브레터는 눈이 오는 겨울이 오면 생각나는 영화 중 한편이다. 이 영화의 OST를 신청하신 것을 보면 90년대 아날로그 감성을 경험한 중년의 손님일 것으로 생각된다. 한국이 일본 영화를 정식으로 수입하기 전, 오로지 입소문을 타고 퍼져나갔던 이와이 슌지 감독의 사랑 영화. 그 시절 우리는 새로운 감성을 원하고 있었다. 그리고 강렬했던 감정은 쉽게 사그라지지 않고 매년 겨울이 찾아오면 피아노 선율과 함께 다시 우리의 마음을 아련하게 만든다. 첫사랑이란 오랜만에 들어도 따라 부를 수 있는 동요 같은 존재니까.

월요일로 넘어가기 한 시간 전, 졸린 눈을 껌뻑이며 한 남성이 걸어오고 있다. 며칠은 잠을 자지 못한 모양이다. 서류 가방을 든 팔에는 크고 작은 상처들이 가득하다. 그리고 신발은 수술실에서 의사들이 자주 신는 크록스로 보인다. 아무래도 신발을 갈아신을 정신도 없이 지친 몸을 이끌고 나온 듯하다. 아직 신발에 묻은 물기가 채 마르지도 않았다. 오늘 하루 그가 얼마나 바빴는지 단번에 알 수 있다. 그는 왜 부족한 잠을 자지 않고 석영의 와인바로 이 늦은 시간에 오는 것일까? 터벅터벅 무거운 다리를 계단에 올려 2층으로 온 남성은 문을 조심스럽게 열었다.

"어서 오세요. 11시 손님이시죠?"

"네, 늦은 시간인데도 예약을 받아주신다고 하셔서 얼른 진료를 마무리하고 왔습니다. 일요일이라서 거리가 한산하네요."

"네, 아무래도 내일은 다들 출근해야 하니까 일요일 밤은 성수동도 조금은 한산해요. 그런데 저는 오히려 이런 시간에 찾아와주시는 손님과의 시간이 좋더라고요. 저도 덩달아 센티멘탈해지거든요. 희한하죠? 매주 찾아오는 월요일인데 왜 월요일만 앞두면 사람이 약간 처지고 어딘가 기대고 싶어질까요?"

"하하, 맞아요. 주말을 보내고 맞이하는 월요일에 유독 환자들이 더 많아지는 이유기도 하죠. 다들 탈이 나는 거예요. 금요일 저녁부터 실컷 놀고먹고 자는 루틴에 몸과 마음이 맞춰져 있는데 다시 루틴을 바꿀 생각에 거부 반응이 찾아오는 거죠. 월요병이라고 불리는 그 몸과 마음의 병이요."

"그러면 의사님은 월요병이 없으세요?"

"저는 휴일이 딱히 정해져 있는 게 아니다 보니 월요병은 거의 없어요. 대신 번아웃은 가끔 겪죠. 그건 제가 진짜 에너지를 다 썼을 때 나타나는 증상이니까. 대학병원에서 근무하다 보니 정말 일이 많아요."

"그럴 것 같아요. 예전에 본 다큐멘터리에서 의사 선생님들의 일상을 보여주길래 잠시 시청했었는데 잠도 제대로 못 자고 끼니도 대충 때우고 일하시더라고요. 다들 대단하신 것 같아요."

"제가 하고 싶어서 선택한 일이니까 해내야죠. 정식 의사가 되기 전에 히포크라테스 선서를 낭독하거든요. 저는 아직도 그때가 잘 잊히지 않아요. 어떤 숭고한 사명감이 제 안으로 들어오는 느낌이었거든요. 생명을 살리기 위해서 이 몸 하나 다 바쳐도 좋다. 그러니 더 많은 사람이 삶을 이어나갈 수 있게 최선을 다하자. 그 생각만 하고 살았더니 벌써 7년이 흘렀네요. 마치 첫사랑을 잊지 못하고 재회를 기다리는 시간처럼."

"그렇게 오랜 시간을 버티고 기다리면 어떤 느낌이에요?"

"복잡미묘해요. 그냥 다 내려놓으면 그만인 걸 알면서도 그러지 못하는 나 자신이 밉기도 하고 도망가고 싶기도 하고 어떨 때는 희망이 보여서 일어서기도 하고요. 뭔가를 기다린다는 게 마냥 나쁘기만 한 건 아니에요. 대신 성장통은 어마어마하게 크죠."

"혹시 오늘도 통증이 있으세요?"

"음... 살짝 감기 기운 같은 게 있기는 하네요. 몸이 피곤해서인지 마음이 지쳐서 인지는 잘 모르겠지만요. 의사도 모든 병을 다 진단할 수는 없거든요."

"그러면 제가 처방을 해봐도 될까요? 좋은 약을 하나 만들어뒀거든요."

"사장님이요? 약도 만드세요?"

"하하, 저도 와인으로 약을 만든답니다. 비록 첫 시제품이긴 하지만. 잠시만 기다리세요."

석영은 용기에 담아둔 히포크라를 크리스탈 물컵에 담아 말린 귤을 얇게 썬 슬라이스와 정향으로 데코레이션을 했다. 제법 그럴듯한 약재의 향기가 레드 와인에 스며들었다.

"여기 주문하신 약 나왔습니다. 천천히 향기를 음미하면서 마셔보세요."

"음, 향이 너무 좋은데요? 마시기도 전에 눈이 번쩍 뜨이는 기분인걸요?"

"경동시장에서 사 온 약재와 제가 신중하게 고른 레드 와인으로 만든 히포크라예요. 서양에서는 아주 오래전부터 사용해 온 약이죠. 익히 들어보셨을 뱅쇼와 비슷하고요. 대신 이건 따뜻하게 끓이지는 않았어요. 천천히 약재의 성분이 나오도록 만든 거죠. 어때요? 드실만한가요?"

"오, 좋은데요? 이것도 파시려고 만든 거예요?"

"아, 이건 팔려고 만든 건 아니에요. 의사님처럼 몸과 마음이 많이 지쳐 보이는 손님에게 대접하려고 만든 거라서요. 보존기 간도 길어서 혹시 다음에 또 생각이 나는 순간이 오면 언제든 찾아오세요. 그리고 돌아가셔서 더 많은 환자를 살려주세요."

"그럴게요. 정말 그 어떤 약보다도 힘이 나게 만드는 약이네요."

인연은 늘 왔다가 사라지지만 순간순간 우리의 가슴에 새겨 진 말과 기억은 오래도록 남는다. 석영이 하고 싶었던 것도 이 곳을 다녀간 손님들의 마음에 작은 위로를 새겨주기 위함이었 다. 6개월 동안 별 아래, 와인바를 찾은 수백 명의 손님은 석영 의 숨겨진 마음을 눈치챘을까? 그리고 자신만의 이야기를 계 속 만들어 나가고 있을까? 끊임없는 질문이 이어졌다. 그리고 이 와인바가 문을 닫기 전까지는 계속될 것이다.

여름

1화. 샤펠

🍷

플뢰히 샤흐보니에 후즈 2019
지역 : Beaujolais, France
품종 : Gamay

석영은 3주간 가게를 닫고 혼자만의 휴식기를 가졌다. 물론 쉬운 결정은 아니었다. 대학을 졸업하고 나서 이렇게 열심히 살아본 적이 없었으니까, 휴식이란 게 왜 필요한지도 잘 몰랐었다. 아침에 일어나서 핸드폰을 만지며 빈둥거리다가 점심이 되면 집으로 돌아오시는 어머니와 점심을 먹는 게 가장 큰 하루의 일과였다. 그러다가 한심하게 자신을 바라보는 어머니의 눈살에 못 이겨 도서관에라도 가는 날이면 훌륭한 일을 했다고 느꼈다. 어쩌면 어머니의 눈살이 석영이를 살렸는지도 모른다. 남자의 성장은 여자의 품을 떠나는 시기를 반드시 거쳐야만 이루어지니까. 도서관에서 홀로 보낸 시간 동안 늘 같은 자리에 앉아있는 사람들을 볼 수 있었다. 나이와 성별에 상관없이 다들 무엇인가에 집중하고 있었다. 신문을 펼쳐놓고 돋보기에 의지해 천천히 글자를 읽어나가는 할아버지, 민법의 이해라는 두꺼운 책과 씨름하고 있는 청년, 어질러진 책들을 제자리에 꽂아두는 사서, 지하 1층에 있는 구내식당에서 3시간마다 라면을 끓여 먹는 학생. 다양한 사람들이 동네에 있는 작은 도서관에 모여 무엇인가를 하고 있었다. 석영의 와인바는 그곳에서 태어난 것이나 마찬가지였다.

3주의 휴식기를 가지면서 석영은 내추럴 와인 수입사에서 진행하는 와인 시음회에 가거나 해외 아티스트의 내한 콘서트에 갔다. 예전부터 좋아했던 아티스트를 몇 년 만에 직접 볼 수 있다는 것은 큰 행운이다. 이른 아침부터 새벽녘까지 한 사람의 음악을 들으면서 보냈던 나날들의 종착역은 콘서트니까. 석영의 와인바에서도 자주 흘러나왔던 FKJ의 음악들이 지난밤 연주되는 것을 보면서 무한한 감동을 하였다. 모네의 그림이 음악으로 태어나면 바로 FKJ의 음악일 것이다. 이미 한국에서도 알 사람들은 다 아는 아티스트들의 아티스트이기 때문에 콘서트 티켓 예매도 쉽지 않았다. 3층 I 열이라고 할지라도 누군가에게는 또 다른 몇 년의 기다림이 될 테니까. 풀잎들이 나풀거리는 소리가 은은하게 퍼져나가고 사람들의 기대감은 점점 차올랐다. KBS 아레나를 가득 채운 인파들은 FKJ의 작업실을 본떠 만든 무대에서 그가 걸어 나올 때부터 이미 사랑에 빠져버렸다. 그의 발걸음 소리마저도 하나의 음표처럼 들릴 만큼 황홀했다. 누군가와 사랑에 빠지면 그 사람의 모든 행동이 만드는 소음마저 음악처럼 들리니까. 석영에게 FKJ란 그런 존재였다. 수년간의 짝사랑 끝에 결국 내뱉고야 마는 조용한 고백이었다. 한 시간 반이란 시간이 한여름 밤의 꿈처럼 지나가고 나서야 사랑이란 감정은 사그라들었다. 행복했다. 그 사람을 내 눈으로 직접 볼 수 있어서. 콘서트장을 빠져나와 집으로 걸어오는 동안 좀 전의 여운을 잊지 않기 위해서 헤드폰을 끼고 FKJ의 음악을 다시 듣고 또 들었다. 그렇게 하면 꿈에서라도 다시 만날 수 있을 거란 작은 희망이 생길까 봐. 물론 다음 공연을 위해서 다른 나라로 떠나기 바빴는지 FKJ는 석영의 꿈에 나타나지 않았다. 대신 오랜만에 깊은 잠을 자고 일어날 수 있었다.

휴식을 끝낸 석영은 아침 일찍 와인바로 나와서 대청소를 시작했다. 창문을 다 닫고 떠난 공간이라고 해도 먼지들은 어디서 날아온 것인지 테이블 위에 살포시 누워있었다. 인제 그만 일어날 시간이야. 먼지들아. 먼지떨이의 몸짓에 한바탕 소동을 일으킨 먼지들은 창틀로 옮겨져 자유의 춤사위를 펼쳤다. 눈에 잘 보이지 않던 먼지라고 해도 하나둘씩 뭉치면 허여멀건 색이라도 입혀지기 마련이다. 성수동에 불어오는 여름날 눅눅한 바람과 함께 먼지들은 비행을 시작했다. 먼지가 날아가는 모습을 가만히 지켜보는 것도 소소한 삶의 묘미가 된다. 시야에서 먼지의 비행 궤적이 사라질 때까지 지켜보고 나서야 석영은 창문을 닫았다. 한동안 와인 냉장고에 있던 와인들의 상태도 큰 문제가 없어 보였다. 와인 잔에 묻은 먼지들도 하얀 행주가 살짝 시커메질 때까지 닦고 나서야 영업준비는 끝이 났다. 3주 동안 예약 문의가 쏟아졌지만, 더 나은 서비스를 위해서는 불가피한 휴식이었다. 가을의 끝이 다가올 때 문을 열었던 와인바는 봄의 문이 반쯤 열렸을 때 첫 휴식이 필요했다. 그리고 봄과 여름이 입맞춤을 나누는 5월의 시작과 함께 다시 문을 열었다. 이미 쌓여있던 예약 문의에 하나도 빠짐없이 사과의 말씀과 함께 재

오픈을 알리는 문자를 보냈다. 그중 가장 첫 번째로 답장이 온 손님은 미슐랭 식당에서 일하시는 소믈리에님이셨다. 석영은 휴대폰에 저장해둔 번호로 소믈리에님에게 전화를 걸었다.

"소믈리에님, 잘 지내셨죠? 제가 몇 주 휴식을 가지느라 이제야 연락을 드리네요. 언제 시간 되세요? 제일 먼저 예약 잡아드릴게요."

"마침 오늘이 쉬는 날이라 오늘 저녁에 갈게요."

"그래요. 저녁에 뵐게요. 소믈리에님이 좋아하시는 조개관자가 들어간 까뻬산떼 까펠리니랑 전복 보리 리조또 준비해둘게요. 오늘 수산 시장에 가보니까 조개랑 전복이 좋더라고요. 그래서 실한 놈으로 몇 개 사 왔거든요."

"지금 당장이라도 가고 싶은데요? 하하하. 나중에 봐요."

나긋나긋한 말투와 다정다감한 성격을 가지신 김시보 소믈리에님은 포근하고 푹신한 피에몬테산 바롤로를 연상케 했다. 와인도 지역과 떼루아에 따라서 제각기 다른 성격을 보여주듯 소믈리에도 저마다 다른 매력을 가지고 있었다. 와인을 즐기는 다양한 방법의 하나도 나와 맞는 소믈리에를 찾아 와인을 함께 탐구하는 것이다. 세상을 담은 와인을 같이 마시고 대화를 나누다 보면 혼자서는 찾기 힘든 와인의 부케를 만나게 되기 때문이다. 석영은 본능적으로 알았다. 김시보 소믈리에님과 함께라면 인생의 부케를 느낄 수 있다고.

전화를 마친 석영은 수산 시장에서 사 온 조개와 전복을 손질했다. 전복은 손이 많이 가는 해산물이다. 시장에서 막 사 온

전복을 보면 빨판이 시커먼 것을 볼 수 있는데 오랜 시간 바다에 살면서 얻은 때다. 사실 전복은 엄청 뽀얀 흰 속살을 가지고 있다. 칫솔로 정성껏 닦아주면 묵은 때를 벗고 본래의 모습이 드러난다. 마치 갓난아기의 엉덩이를 닮은 전복 손질을 끝내고 나면 묘한 뿌듯함을 느낄 수 있다. 이 맛에 요리하기도 하고.

오후 6시, 오픈 시간을 알리는 자명종 시계의 알람이 울렸다. 저 멀리서 잡지 한 권을 들고 걸어오는 소믈리에님이 보인다. 아무래도 석영을 위한 작은 선물이지 싶다. 건물 외벽에 별 그림을 지그시 쳐다본 소믈리에님은 곧장 2층으로 올라왔다.

"하하하, 소믈리에님 어서 오세요. 오랜만에 뵙네요."

"석영씨도 잘 지내셨죠? 저번 와인 시음회 이후로 처음 보네요. 요즘 시간이 어찌나 빠르게 흘러가는지. 한 달이 금방이에요."

"원래 열심히 사는 사람들의 시간은 총알 같이 흘러간다고 하잖아요. 배고프실 텐데 어서 앉으세요. 대충 오실 시간에 맞춰서 미리 준비하고 있었어요. 금방 플레이팅만 해서 드릴게요. 듣기로 미슐랭 식당에 입사하셨다면서요? 축하드려요."

"하하하, 그렇게 됐네요. 오래 알고 지내던 소믈리에 친구가 하는 레스토랑인데 이번에 저도 함께하게 됐어요."

"정말 잘됐네요. 다음에 휴무 날짜가 잡히면 꼭 가볼게요. 오늘은 음식 준비하면서 와인 페어링도 같이 구상해봤는데 괜찮으시면 제가 고른 와인으로 시작할까요?"

"물론이죠. 저도 오랜만에 휴무 날인데 둘이서 5병쯤은 기본으로 마셔야 하지 않겠어요? 그럴 각오 하고 저를 부르셨을 테고요? 하하하. 아, 그리고 여기 이번 달에 나온 와인 잡지인데 마침 오는 길에 보이길래 선물로 드리려고 가져왔어요. 나중에 시간이 되실 때 보세요. 잘 찾아보시면 저도 나와요."

"아, 정말요? 너무 감사해요. 어디에 나오는지 꼭 찾아볼게요. 그러면 와인부터 오픈해드릴게요."

"소믈리에한테 가장 듣기 좋은 말이죠."

석영은 몇 주 동안 입을 달고 있던 와인 냉장고를 열어 심플한 병 디자인을 가진 와인 한 병을 꺼내왔다.

"오늘 제가 고른 와인은 보졸레 지역의 도멘 샤펠에서 만든 플뢰히 샤흐보니에 후즈 2019 빈티지예요. 샤펠씨의 아버지는 미슐랭 3스타 레스토랑을 운영하시면서 가장 먼저 도멘 라피에르의 와인을 리스트업 했는데 그 인연 때문에 샤펠씨도 고베에서 소믈리에로 일한 뒤에 보졸레로 돌아와 도멘 라피에르에서 일하게 되죠. 그러던 중 뉴욕 브루클린에서 와인 디렉터로 있던 미셸 스미스와 사랑에 빠져 뉴욕에서 3년을 같이 지냈다고 해요. 그리고 2017년 보졸레로 함께 돌아와 자신만의 와이너리를 세우게 되죠. 샤펠씨는 섬세하고 우아한 보졸레의 와인을 잘 표현해요. 시음은 소믈리에님께 맡길게요. 저보다 훨씬 더 잘 아실 테니까요."

석영은 소믈리에님 앞에 놓인 잔에 천천히 와인을 따랐다. 또르르륵 흘러가는 소리가 이미 훌륭한 와인임을 알려준다. 소믈리에님은 잔에 따라진 와인을 들어서 요리조리 살펴보기 시작했다. 정면으로 보기도 하고 위에서 보기도 하고 불순물은 없는지 시각으로 검사를 하신 다음 향을 맡기 시작했다.

"강렬한 붉은 과일 향을 기반으로 분홍 꽃, 약간의 감초 향이 복합 미를 더해주네요. 음, 한 모금 마셔볼까요. 확실히 과일 풍미가 주를 이루고 부드러운 감촉, 입 안에서 맴도는 질감이 굉장히 우아하네요. 그리고 과즙 가득한 산미로 피니쉬를 이루는 게 마음에 들어요. 보졸레 지방의 가메이 품종의 특징이 잘 살아있는 와인이네요. 오늘의 음식과도 페어링이 훌륭하고요. 잘 선택하셨는데요? 하하하."

"소믈리에님이 마음에 드신다니 저도 긴장이 살짝 풀리네요. 전문가 앞에서 와인과 음식을 준비한다는 게 쉽지는 않으니까요."

"석영씨의 와인에 대한 관심과 탐구하려는 노력이 크다는 건 일찍이 알았으니까 이런 훌륭한 페어링을 준비한다는 게 전혀 이상한 일은 아니죠. 하하하. 그러면 음식도 와인도 훌륭하니 코가 삐뚤어질 때까지 마셔봅시다. 내일 해장은 제가 자주 가는 순대국밥 집으로 모실게요. 해장에 순대국밥만 한 게 없거든요."

"하하하, 그러시죠."

인생에서 좋은 벗을 만난다는 것은 큰 행운이다. 희로애락으로 가득한 인생에서 허심탄회하게 서로의 안부를 묻고 맛있는 음식과 와인을 나눌 수 있다는 것만으로도 이미 우리는 행복이란 것을 발견한 것은 아닐까? 와인의 부케를 함께 발견할 수 있는 사람을 만난 것만으로도 이미 성공한 인생이 아닐까? 그런 생각이 들게 만드는 김시보 소믈리에님에게 무한한 감사를 표한다.

2화. 베르트랑

🍷

플뢰히 노바 2019
지역 : Beaujolias, France
품종 : Gamay

　오랜만에 찾아온 주말 아침, 석영은 집 근처에 있는 나지막한 동산에 올라갔다. 어릴 때 동네 친구들과 함께 길가에 버려진 나무를 하나씩 쥐고 병정놀이를 한다는 핑계로 자주 올라왔던 산이다. 당시에는 산 정상까지 20여 분이면 다다랐던 것 같은데 서른이 넘은 나이가 되고 보니 꼬마의 체력이란 실로 무한대에 가까운 함수처럼 느껴진다. 내가 이 산을 잊고 지냈던 수십 년의 세월 동안 등산로는 많은 정비가 이루어졌다. 그 소식은 종종 어머니한테서 들은 적이 있었다.

　"석영아, 우리 동네 뒷산 요즘 엄청 잘해났더라. 새로운 운동기구도 많이 생기고."

　"아, 그래요? 어릴 때 이후로 올라가 본 적이 없어서. 다음에 언제 한번 가봐야겠네요."

　어머니와의 대화가 있은 뒤로도 석영은 동네 뒷산의 존재에 크게 관심을 두지 않았다. 지금 당장 가지 않는다고 해서 산이 어딘가로 사라지는 것이 아니란 생각이 안일함을 불러일으켰기 때문이다. 그런데 오늘은 왜 갑자기 산에 올라가야겠다는 생각이 들었는지 모르겠다. 어쩌면 이것도 나이가 들어감에 따라 생기는 변화일지도 모른다. 주말 아침이 되면 나이가 드신 분들이 가방에 몇 가지 주전부리를 챙겨서 산에 가는 것을 자주 봐왔으니까. 몇 년 전까지만 해도 산에 올라가서 뭘 하나? 라는 생각이 더 강했는데 몇 년이 흐르고 나니 산에 한번 가볼까? 라는 생각으로 변해있었다. 산이란 도대체 어떤 매력이 있길래 점점 나이가 들수록 뇌리에 떠오르는 것인지 오늘은 그 첫발을 내딛어보려고 한다.

그리 유명한 산은 아니기에 높고 아름다운 풍광을 가진 서울의 다른 산들보다 등산객들이 많지는 않지만, 주말이면 늘 이곳을 찾는 것으로 보이는 분들도 많이 계셨다. 산으로 들어가는 길 마지막에 자리한 주택이 나타나자 드디어 등산로가 나타났다. 이제 눈에 보이는 것은 나무, 흙, 끝이 보이지 않는 산길뿐이다. 인간이 만든 복잡함에서 벗어나 자연이 만든 단순함이 벌써 석영의 마음을 편하게 만든다. 고작 몇 걸음 걸어왔을 뿐인데 고개를 돌려 내려다본 도시의 소음이 희미하게 들린다. 보통 길을 걸어 다닐 때 들리는 다양한 도시의 회색 소음이 피곤하게 느껴져서 헤드폰을 끼고 다니는 석영이었다. 음악의 선곡도 가사가 있는 음악들보다는 잔잔한 연주곡의 템포에 보폭을 맞춰 걸었다. 도시에 살다 보면 나만의 보폭을 유지하면서 걸어간다는 게 사실상 어려우니까. 나의 의지와는 무관하게 초록불이 켜지면 차와 사람은 어떻게든 앞으로 나아가야 하고 빨간불이 켜지면 어떻게든 멈춰서야 하니까. 그런 게 도시 안에서 살아가는 사람들에게 적용되는 법칙이니까. 그런 법칙이 존재하지 않으면 그 많은 사람은 혼돈에 빠지게 되니까. 석영이 헤드폰을 끼고 걷는 것은 어쩌면 강력한 법칙에 반대하고 싶은 마음이 만들어낸 소리 없는 저항이었다. 단순히 석영만 그렇게 느끼는 게 아니라 헤드폰을 끼고 걸어가는 사람들 대다수는 비슷한 마음이라고 단정 지었다. 우리는 너무 작은 공간에 옹기종기 모여 살 수밖에 없는 도시인이니까.

그런데 산에 올라오니 헤드폰을 끼고 싶지 않아졌다. 도시의 소음보다는 바람에 나부끼는 풀잎의 춤사위가 더 아름답게 느껴져서 자연의 소리에 더 집중하고 싶어졌다. 마치 내추럴 와인을 열었을 때 들리는 미세한 숨소리 같았다. 병 안에서 자연 효모가 만들어 낸 여린 숨소리. 와인을 매우 사랑하는 사람들에게 들린다는 그 소리가 산에서는 쉼 없이 들렸다. 여름의 초입에 들어선 날씨라고 해도 밤사이에 내려간 기온에 떨었던 땅은 아침 햇살의 온기에 녹아 기지개를 켜는 소리를 냈다. 오랜 세월 쌓인 퇴적층 위에 자라난 초목 사이를 걸을 때 들을 수 있는 그 소리. 마치 LP판을 턴테이블에 올렸을 때 나는 미세한 잡음들같이 들려서 좋았다. 진정한 음악의 완성은 그런 미세한 잡음들까지 음악의 한 부분처럼 느껴지는 것이니까.

어린 날의 추억으로 가득한 산행을 마치고 석영은 곧장 와인바로 출근했다. 오늘도 예약 손님을 위한 몇 가지 준비를 해야 하기 때문이다. 오후 8시에 예약한 손님은 특별히 토마토를 사용한 요리를 부탁하셨다. 그리고 윤석철 트리오의 음악을 틀어달라고 하셨다. 석영은 뚝도 시장의 단골 과일 가게 사장님으로부터 사 온 토마토를 깨끗이 씻어서 소쿠리 위에 담아두었다. 토마토로 어떤 요리를 만들면 좋을까? 냉장고를 열어보니 어제 지인으로부터 공수받은 키조개와 갑오징어가 보였다. 흠... 토마토퓌레를 얹은 해산물 세비체는 어떨까? 그리고 석영의 어머니가 자주 하시던 토마토를 넣은 닭볶음탕이 메인 디쉬로 좋을 것 같다. 석영의 요리에 관한 관심과 도전 의식은 평소에 요리를 즐겨하시는 어머니로부터 물려받은 유산이다. 와인과 음식의 조화는 항상 중요하니까, 서양에서 건너온 와인이란 술을 한국 사람에 맞춰 우리만의 조화를 만들어내는 것. 요즘 석영이 부쩍 요리에 많은 시간을 할애하는 이유였다.

오후 8시. 오늘의 예약 손님이 차에서 내려 석영의 와인바로 걸어오고 있다. 한 손에는 토마토 주스로 가득한 선물 상자가 들려져 있다. 남자는 자신만의 보폭을 유지하며 걸음을 이어가고 있다.

"안녕하세요, 8시에 예약한 박민준입니다."

"아, 어서 오세요. 먼 길 오시느라 고생하셨습니다. 원하시는 자리에 앉으시면 됩니다. 요청하신 요리는 바로 준비해드릴까요?"

"네, 일을 마치고 바로 오느라 아직 저녁도 못 먹었네요. 너무 배가 고파요."

"네, 알겠습니다. 바로 와인 메뉴 보여드리고 음식 준비해드릴게요."

"아, 그리고 여기 토마토 주스요. 저희 회사에서 만드는 건데 한번 맛보시라고 들고 와봤어요. 이번 달에 수확한 토마토 100%로 만든 유기농 주스라서 맛이 좋을 것에요."

"와, 정말요? 너무 감사합니다. 그래서 토마토를 사용한 요리를 요청하셨군요."

"네, 토마토는 저한테 중요한 친구니까요. 제 인생의 순간에서 토마토가 빠진 적이 없거든요. 1954년에 할아버지가 처음 토마토 농장을 시작하신 이후로 저희 집안은 토마토와 함께 커 왔으니까요. 이제는 토마토로 만드는 다양한 제품을 만드는 영농 조합이 됐고요. 지금은 제가 선대의 유지를 이어가고 있죠. 저희 할아버지가 한국에 토마토를 본격적으로 식용 목적으로 재배한 1세대시거든요."

"한국에서 토마토를 먹기 시작한 역사가 생각보다 그렇게 오래되지 않았네요?"

"맞아요. 원래 토마토는 남미가 원산지거든요. 유럽 사람들이 아메리카를 개척해나가면서 원주민들이 막 먹는 걸 보고 유럽으로 가져와서 심기 시작했고요. 사실 피자에 토마토 페이스트가 올라간 지도 그리 오래되지 않았어요. 거의 1800년이 다 돼서죠. 우리가 아는 피자의 형태로 만들어진 지 고작 200년 남짓 됐을 뿐이에요."

"어디서도 들을 수 없는 재밌는 이야기네요. 저는 토마토가 아주 오래전부터 사용돼온 식자재일 거로 생각했거든요. 하하하."

"그렇죠. 많은 사람이 그렇게 생각하시죠. 제가 이런 이야기를 하면 다들 놀라셨어요. 하하하. 음. 혹시 오늘 추천해주실 와인이 따로 있나요?"

"손님과 짧은 대화를 나누고 나서 바로 생각 난 와인 있는데 바로 가져다드릴게요."

석영은 와인과 함께 전채요리로 준비한 키조개 갑오징어 세비체를 금방 만들어 내왔다.

"요리가 엄청 빨리 나오네요?"

"하하, 오로지 이 시간은 손님만을 위해서 준비된 시간이니까 손님 한 분이 느끼실 수 있는 최대의 만족을 드리고자 노력하거든요. 그래서 예약 시스템을 계속 고집하는 이유고요. 아무도 요리 하나가 나오는데 몇십 분씩 기다리길 원하지 않잖아요. 만약 오로지 나를 위해서 준비된 와인바가 있다면 얼마나 좋을까? 라는 바람에서 이 와인바를 시작하기도 했고요. 다행히도 손님들이 만족하시고 주변 지인분들에게도 좋게 말씀해주시더라고요."

"그렇죠. 저도 엄청 마음에 드는데요? 배가 고플 때 딱 음식과 와인이 나와주면 그것보다 행복한 일은 없거든요. 오늘 사장님이 고르신 와인은 어떤 와인이죠?"

"제가 오늘 음식과 함께 페어링하면 좋겠다고 생각한 와인은 베르트랑의 플뢰히 노바 2019 빈티지에요. 프랑스 보졸레 지역에서 가메이 품종으로 만든 와인이죠. 베르트랑도 1956년부터 가족 경영을 이어오고 있는 보졸레 지역의 와인 생산자인데요. 내추럴 와인계의 살아있는 전설로 불리는 쟈크 네오포흐

씨와 오랜 시간 동안 왕래를 거치며 양조 컨설팅을 꾸준히 받아 오고 있죠. 처음 시작은 손님의 할아버지처럼 브후이 언덕의 작은 와이너리였지만, 현재는 15헥타르에 이르는 대규모 와이너리로 성장했다고 해요. 그만큼 포도나무의 평균 연령도 높고 좋은 포도로 와인을 양조해내죠. 특히 베르트랑의 포도밭은 화산암 지역에 있어서 생산량은 규모에 비해서 적지만 화산토양 특유의 높은 미네랄감과 응축된 풍미를 느끼실 수 있을 거예요. 아무래도 설명보다는 직접 마시면서 느끼시는 게 빠르겠죠? 바로 오픈해드릴게요."

석영이 가장 좋아하는 내추럴 와인이 병 안에서 조용히 내뱉는 숨소리가 퍼져 나왔다. 오늘 아침 등산을 하면서 들었던 자연의 소리였다. 윤석철 트리오의 음악이 흘러나오는 와인바 안에서 잠시 음표들이 쉬어가는 타이밍에 나온 와인의 숨소리. 그마저도 하나의 음악처럼 느껴졌다.

"진하고 잘 익은 보랏빛 과실향과 라벤더, 꽃향기를 먼저 느껴보세요. 뒤이어 올라오는 향신료와 약간의 바닐라 뉘앙스가 다양한 복합미를 선사할 거예요. 한 모금 입 안에 넣었을 때 만날 수 있는 벨벳 같은 질감과 타닌감, 쭉 이어지는 산도가 오늘 준비한 요리와도 잘 매칭될 거예요. 그러면 맛있는 시간 보내세요."

오랜 시간 동안 한 자리를 지켜온 산, 사람, 와이너리, 이야기는 쉽게 카피하기 힘든 고유의 가치가 있다. 우리는 많은 설명을 하지 않아도 느껴지는 깊이감을 가진 존재를 항상 동경한다. 접하기 쉬운 동네의 뒷산에도 깊이감이 있고, 자주 먹는 토마토에도 깊이감이 담기려면 얼마든지 담길 수 있다. 그런 깊이감을 느낄 수 있었던 하루가 있어서 행복했다. 석영도 이 와인바에서 그런 깊이감을 쌓아가는 중이다.

3화. 빈뉴 뒤 맨느 🍷

마콩 후즈 망가니트 2018
지역 : Bourgogne, France
품종 : Gamay

아직 본격적인 장마가 오려면 멀었지만, 하늘에는 먹구름이 가득하고 스산한 소리를 내며 바람이 불어온다. 이곳 성수동에도 흐린 날이 있기 마련이다. 습기로 가득한 와인바에는 몇 개의 향초가 켜졌다. MAD et LEN이라는 프랑스 브랜드의 향초였다. 독특한 외형의 용기 안에는 프랑스 남부의 향기가 꾹꾹 담겨 있다. 석영은 그중에서도 작은 종이라는 뜻의 PETITS PAPIERS 향을 좋아했다. 보통 향초를 사러 가면 이 향초가 어떤 향을 가졌는지 직접적으로 표기해두기 마련이지만 MAD et LEN의 향초들은 조금 더 궁금증을 유발하는 향초가 유독 많았다. 아무래도 예술적인 가치를 향초에 더 담고 싶은 의도가 깔려있지 않나 싶다. 작은 종이라는 이름의 향초는 과연 어떤 이야기를 품고 있을까? 라는 궁금증을 참지 못한 석영은 며칠 전 구매 버튼을 눌렀었다. 그리고 오늘 아침 프랑스에서 향초가 배송되었다. 향초를 켜기에 딱 안성맞춤인 습기 가득한 날이다. 향초의 향기가 어느 한 공간을 천천히 메워나간다는 것은 그 공간 안에 존재하는 많은 사물과 함께 향을 즐긴다는 말과 같다. 약 65시간의 향초의 생명이 다할 때까지는 말이다. 향기란 향을 내는 근원이 사라지면 함께 사라지기 마련이니까 더 애틋하게 느껴진다. 뭐든 무한하지 않다는 의미를 가장 잘 내포하는 것이 바로 향기라고 생각한다. 오로지 자연의 힘을 빌려서 모든 조향 작업을 하는 MAD et LEN의 향기는 더더욱 향의 유한함이 있다는 사실을 슬프게 만든다. 와인도 시향을 하면 처음 맡았을 때 느껴지는 향과 점차 와인이 열리면서 올라오는 향이 다르다는 것을 느낄 수 있다. 자연의 향을 그대로 담았다는 원리는 같으니까. 더군다나 자연의 힘을 소중하게 생각하는 내추럴 와인 양조자들의 철학은 니치 향수 브랜드의 조향사들과 비슷한 면이 많다. 오랜 세월 향에 대한 집념과 신념이 만들어낸 걸작들이란 면에서 말이다. 많은 사람이 알지는 못하지만, 소수의 사람을 만족시키기 위해서 소량으로만 생산되는 제품들에는 고유한 매력이 담겨있다. MAD et LEN이 태어난 동네, 생 쥘리앙 베르당은 고유한 매력을 끊임없이 만들어 낼 수 있는 향기의 도시다. 도시는 저마다의 색다른 이야기를 담고 있고 향기는 그런 이야기를 더욱 아름답게 만들어주는 매개체다. 저 작은 향초가 담고 있는 이야기는 절대 유한하지 않다. 석영처럼 향초에 불을 붙이는 사람들은 앞으로도 계속 있을 거니까.

　와인바 안에 작은 종이라는 이름의 향초에서 나온 향기로 가득해질 때쯤 오늘의 예약 손님이 찾아왔다. 흐린 날씨 때문인지 오늘은 예약 손님이 그리 많지 않았다. 물론 그렇다고 해서 석영의 기분이 상하거나 하지는 않았다. 적은 손님이 온다면 그 손님과 나눌 수 있는 이야기의 농도는 더 짙어진다는 뜻이니까. 우리가 요즘 잃어버린 것은 농도 짙은 사람의 이야기라는 생각에 예약이 적은 날에는 더 집중해서 손님의 이야기를 들어주려고 노력한다. 오늘은 검은색 정장을 입고 나타난 30대 초반 여성의 이야기를 들어주려고 한다.

"안녕하세요, 오늘 예약한 이가람이라고 해요. 비 소식이 없었던 것 같은데 재판을 마치고 나오니 날이 흐리네요? 길거리에 사람도 별로 없고."

"어서 오세요. 그러게요. 비가 온다고 해도 많이 올 것 같지는 않은데 엄청 습한 날이네요."

"어! 그런데 여기 향이 왜 이렇게 좋아요? 전에 맡아보지 못한 향인데요?"

"아, 날씨가 너무 흐려서 향초를 켜놨어요. 햇빛이 강하지 않은 날이면 실내가 조금 어둡기도 하고요."

"오히려 더 분위기가 좋은데요? 햇살이 강하지 않은 날이라고 해도 해가 지고 나면 공간을 밝혀줄 무언가가 필요해지잖아요. 그럴 때 향초만 한 게 없죠. 저도 퇴근하고 나서 집에 가면 향초 자주 켜두거든요. 어디 향초 쓰세요? 저도 가르쳐 주세요."

"MAD et LEN이라는 프랑스 향초인데 철제 용기에 담긴 포푸리도 같이 만들어요. 사실 포푸리가 더 유명한 브랜드고요. 모로코의 공방에서 수제로 만든 철제 용기부터 향기가 재료에 자연스럽게 향을 머금고 나서 최종 제품으로 세상에 나오기까지 보통 5년이 걸린다고 하고요. 그래서 저도 아직 MAD et LEN의 모든 향을 다 맡아보지는 못했어요. 혹시 제가 맡아보지 못한 향을 만나게 된다면 꼭 알려주세요."

"와, 사장님 이야기만 들어도 너무 궁금한데요? 알겠어요. 저도 써보고 다음에 꼭 다른 향은 어땠는지 알려드릴게요."

"네, 우선 원하시는 자리에 앉으세요. 와인 리스트 바로 가져다드릴게요."

손님은 향초를 켜둔 창가 쪽 자리로 자연스럽게 향했다. 창문 틈새 사이로 미세하게 불어오는 바람이 향의 근원지가 어딘지 명백하게 알려주었기 때문이다. 인간은 기분 좋은 향이 나면 자신도 모르게 이끌려 가는 본능에 충실한 동물이니까. 손님은 향초의 철제 용기에 가만히 손을 가져다 대고 한동안 온기를 느꼈다. 향초가 가진 장점은 따뜻함을 동시에 느낄 수 있다는 것이기도 하니까. 밖에서 머금은 냉기 어린 손을 녹일 시간도 필요하니까.

"손님, 여기 와인 리스트요. 아까 들어오시면서 듣기론 재판을 하시고 온 것 같은데 혹시 무슨 일이라도 있으세요?"

"아, 제 직업이 변호사라서요. 오늘 최종 선고가 내려지기 전에 2차 공판이 있는 날이라서 조금 바빴어요."

"아, 그러시구나. 어떤 재판이었는데요?"

"음, 자세하게 말씀드릴 수는 없지만, 재물손괴죄에 관련된 재판이었어요. 어떤 분이 다른 분의 물건을 훔치거나 부수거나 한 거죠. 제가 주로 맡는 굉장히 흔한 사건이고요."

"대단하시네요. 변호사 되려면 공부 많이 해야 한다고 들었는데."

"음, 그런 편이죠. 운 좋게 저는 어렸을 때부터 할아버지랑 아버지랑 법조계에 계셔서 이런저런 이야기를 많이 듣다 보니 자연스레 법에 대해서 알게 됐던 것 같아요. 소송에 들어가면 법조항을 아는 것보다는 여러 가지 판례를 많이 아는 게 중요하거든요. 가족들과 밥 먹을 때마다 다들 맡은 소송에 관해서 주로 이야기하시니까 듣기 싫어도 들었던 게 지금 와서 보니 다 재산이더라고요. 오히려 요즘은 제가 더 재판 이야기를 많이 하는 거 있죠? 하하하. 할아버지가 인제 그만 말하고 밥 좀 먹자고 하실 정도로요."

"아이러니한 상황이네요. 하하하. 이제는 손녀가 더 법에 열정적이고 진심이라니. 변호사 일을 하다 보면 어떤 어려움 같은 게 있어요?"

"사실 서류 작성이나 변론 같은 일은 제 성격이 밝고 사교적이라서 큰 어려움이 없는데 꼭 이기고 싶은 재판에서 승소하지 못할 때가 심적으로 힘들죠. 가끔 억울하게 소송에 휘말리는 분들도 있거든요. 그분들의 억울함을 제가 해결해드리지 못했다는 생각이 들면 며칠 동안은 정말 마음이 불편해요. 아직도 그 불편함은 익숙해지지 않네요. 아마도 제가 감정이란 걸 느끼는 한 안고 가야 할 영원한 숙제겠죠?"

"왠지 모르게 공감이 가는 말씀이네요. 저도 제가 추천한 와인에 손님이 흡족해하시고 기댈 곳이 필요한 분들이 이곳에 와서 잠시나마 쉬고 가신다면 더 바랄 게 없는데. 가끔 손님의 취향과 잘 맞지 않는 와인을 추천했을 때 느껴지는 미묘한 미소와 마주하는 날이면 조금 마음이 무거워지더라고요. 물론 제가 완벽하게 와인을 추천할 만큼 뛰어난 전문가도 아니고 매일 와인 공부가 더 필요하다고 생각하지만요. 세상에는 너무 와인의 종류가 많고 다양한 취향을 가진 손님들이 있으니까요. 계속 새로운 상황을 만나게 될 제가 안고 가야 할 숙제라는 점에서 손님이 이해되어요."

"그럼요. 새로운 하루를 만날 수 있어서 긴장도 되고 즐거움도 동시에 있는 거죠. 우리 둘 다 지금까지 잘 해왔으니까 앞으로도 잘 이겨낼 거예요. 그럼 저도 사장님한테 와인 추천받아 볼래요. 제가 좋아하는 향을 아시는 분이라면 제가 좋아할 와인도 아실 것 같거든요."

"너무 힘이 되는 말씀이신데요? 그러면 자신감을 가져 볼게요. 잠시만요."

석영은 와인 냉장고로 가서 찬찬히 가지고 있는 와인을 보기 시작했다. 그리고 고민 끝에 한 병의 와인을 꺼내왔다.

"오늘 제가 손님에게 추천해드릴 와인은 부르고뉴의 가메이 품종으로 만든, 빈뉴 뒤 맨느 마콩 후즈 망가니트 2018 빈티지에요. 빈뉴 뒤 맨느는 아키텐 공작이 클뤼니 수도원을 만든 서기 910년 이래로 계속 와인이 양조 되어 온 유서 깊은 포도원에 조성된 와이너리인데요. 5대 이상 지속된 가족 경영의 가운데 할아버지 때부터 유기농법으로 와인을 양조했고요. 아버지인 알랭은 같은 철학을 지키며 프랑스 국립 유기 농업 연맹의 의장을 맡고 프랑스 유기농법의 입법에 큰 힘이 되신 분이라고 해요. 2001년에는 아들인 줄리앙이 도멘을 인수하고 7헥타르의 포도밭 전체를 비오디나미 농법으로 전환하죠. 그의 와인 양조법은 매우 독특한데요. 오크통을 미리 철저하게 세척하고 브랜디의 한 종류인 막 드 부르고뉴로 한 번 더 씻어내는 과정을 통해 효모를 자극한다고 해요."

"오, 이야기만 들어도 벌써 궁금해지는 와인인데요?"

"맛을 보시면 더 놀라실 거예요. 현재 도멘을 이끄는 줄리앙 씨의 밝고 사교적인 성격을 닮아서 입안에서 표현되는 와인의 개성을 매우 중요하게 생각하거든요. 특히 실크나 벨벳의 부드러운 질감과 섬세하지만 풍부한 미네랄을 느끼실 수 있고요. 특히 요리와 함께할 때, 입 끝에서 느껴지는 염분이 와인의 진가를 더 발휘하게 만들죠. 그러면 바로 오픈해드릴게요."

와인을 오픈하자 우아하고 기품이 넘치는 장미와 석류, 버찌를 짓이겨 놓은 듯한 매혹적인 향이 올라왔다. 오늘의 손님을 닮아있는 향이었다. 그리고 입안에서 실크처럼 느껴지는 매끄러운 타닌과 풍성한 과실의 풍미가 오래도록 여운을 남겼다.

"역시 사장님은 제 취향을 정확히 파악하셨네요. 너무 마음에 들어요. 오래도록 기억에 남을 향기를 오늘 제게 알려주셔서 감사해요."

"향기는 유한할지도 모르지만, 거기에 담긴 이야기는 영원하니까요. 이곳에서 저와 나눈 이야기를 영원히 간직해주세요."

4화. 포베트

드 로브 아 로브 부르고뉴 피노누아 2019
지역 : Bourgogne, France
품종 : Pinot Noir

석영의 집에는 오래된 필름 카메라가 몇 대 있다. 정확히 언제부터 저 카메라들이 이곳에 있게 됐는지는 알 수 없다. 아주 어렸을 때 아버지가 가족 여행에서 몇 번 사용하셨던 기억이 흐릿하게 있기는 하지만 그 기억들 또한 내가 상상해낸 기억일지도 모른다. 대신 집에 있는 사진첩에 오래된 사진들이 빼곡하게 꽂혀있는 걸 보면 젊은 날의 아버지가 사용했을 거라는 추측은 할 수 있다. 성인이 된 석영은 서랍에 있던 아버지의 카메라를 꺼내와서 자신의 방, 책장에 올려 두었다. 가족 누구도 더 이상 오래된 필름 카메라에 관심을 두지 않았기에 카메라의 행방에 대해서 궁금해하는 사람은 없었다. 유일하게 카메라에 관심을 보였던 사람은 석영이 유일했다. 1963년식 코니카 Auto S1.6, 한 시대를 풍미했던 레트로 문화는 그렇게 한 세대를 거쳐서 석영의 손에 쥐어졌다. 석영도 한동안 필름 카메라를 가지고 무엇을 할 수 있을지 생각해내지 못했다. 알루미늄 재질로 만들어져서 무겁기도 했고 필름 카메라의 특성상 현상을 하기 전까지는 결과물을 확인할 수 없다는 단점도 있었다. 스마트폰에 있는 카메라 기능이 더 편리하다는 것을 모르는 사람은 없으니까 석영도 외출하는 날이면 굳이 무거운 카메라를 가방에 챙겨가야 하나 싶었다. 요즘은 지갑도 없이 카드 하나만 휴대폰에 끼우고 다녀도 전혀 생활에 지장이 없는 세상이니까. 그런 석영이 필름 카메라에 본격적으로 관심을 가졌던 것은 30살이 넘어서다. 20대까지는 몰랐던 부모님의 노화가 뚜렷하게 눈에 보이기 시작한 시기였던 것 같다. 문득 두려워졌다. 부모님이 내 곁을 떠나고 나면 나는 어떻게 하나? 아직 부모님의 존재가 더 필요한데. 아니, 나이가 들수록 영원히 나와 함께 했으면 싶은데. 나이가 점점 드시는 부모님을 어떻게 하면 더 오래 내 곁에 둘 수 있을까?

그때 석영의 눈에 아버지가 썼던 필름 카메라의 사용법이 보였다. 저 카메라로 부모님을 찍어두자. 물론 휴대가 간편하고 저장해두기 좋은 디지털 방식으로 사진을 찍을 수도 있지만, 아버지가 갓난아기 때 나를 찍어주셨던 카메라로 이제는 내가 부모님을 찍어드리자. 그게 더 의미 있는 방법이라는 생각이 들었다. 한 컷 한 컷 공들여 찍어야만 하는 필름 카메라는 부모의 사랑을 닮은 물건이니까. 눈부시게 빛나는 날이면 조리개를 조금만 열고 흐린 날이면 조리개를 더 열어야 하는 방식. 자식을 아끼는 마음처럼 사진을 찍어주셨던, 함께 울고 웃어 주셨던 부모님을 이제 내가 찍어드리자. 그 후로 1년에 두 번 정도 가는 가족 여행마다 석영은 필름 카메라를 챙기기 시작했다.

제주도 섭지코지에서 한 컷, 영주 무섬마을에서 한 컷. 그렇게 36번의 카메라 셔터가 눌러졌을 때 느꼈던 성취감은 실로 표현하기 어려울 만큼 벅찼다. 이런 게 부모님이 나를 키우면서 느끼셨을 감정이었을까? 유치원에 가고, 초등학교에 가고, 대학까지 무사히 졸업하는 모습을 보셨을 때 느끼셨을 감정이었을까? 고작 필름 카메라로 부모님의 시간을 이해하기에는 너무 보잘것없는 비유일까? 자식이 부모님의 마음을 이해하기란 불가능한 것일까? 석영은 처음 찍어본 필름 카메라의 필름을 다시 감기 위해서 커버를 열고 손잡이를 돌리기 시작했다. 사실 그때까지는 커버를 열면 안 됐었다고 생각하지 못했다. 며칠 뒤 사진관에서 전화를 받기 전까지는 말이다.

"안녕하세요, 한일사진관인데요. 필름에 빛이 들어왔는지 상이 맺힌 게 아무것도 없어요. 다시 오셔서 필름 찾아가시겠어요?"

"네? 그게 무슨 말씀이시죠?"

"필름이 너무 오래됐거나 필름을 감을 때 커버를 열면 이런 현상이 일어나는데. 혹시 필름 감으실 때 커버 여셨어요?"

"아... 네. 그랬던 것 같아요. 처음 사용해보는 필름 카메라라서 제가 작동법을 잘 몰랐거든요."

"아, 그러셨구나. 다음에는 필름 감으실 때 절대로 커버 여시면 안 돼요. 필름에 빛이 닿아버리면 못 쓰게 되거든요."

전화를 끊고도 허망한 느낌이 쉽게 사라지지 않았다. 거의 1년 반 동안 정성스럽게 준비한 시간이 한 번의 실수로 날아갔다는 허탈함. 다시 처음부터 한 컷 한 컷 찍어야 한다는 실망감. 온갖 부정적인 감정들이 차올랐다. 결국 새로운 필름을 다시 끼워 넣을 수밖에 없었지만, 커버를 절대 열면 안 된다는 교훈은 확실하게 얻었다. 인생이란 실수를 통해서 배워 나가는 과정이 모인 집합체니까. 무거운 마음을 최대한 가라앉힌 석영은 와인바로 출근했다. 늘 하던 일들의 연속이지만 오늘은 조금 하기 싫은 마음이 들었다. 그래도 오늘의 예약 손님을 위해서 하나도 빼먹지 않고 마쳐야 하는 일이다. 청소기를 돌리고 와인 잔을 닦고 요리를 준비하는 일. 단순히 하기 싫다는 핑계로는 전혀 해결되지 않는 나만의 하루였다. 그렇게 지지부진하게 3시간이 흘러갔다.

오후 7시. 다들 퇴근이 한창인 시간. 성수동 거리도 다시 북적이기 시작했다. 며칠 전 내린 비가 훑고 간 도로는 한층 산뜻한 모양새다. 대기 중에 가득했던 미세먼지도 날아가고 초록빛 나뭇잎들은 이제 여름이라는 것을 시각적으로 표현한다. 그리고 오늘의 예약 손님이 오실 시간이다. 딱히 특이사항란에 이렇다 할 메모를 남기시지 않은 탓에 어떤 손님이 오실지는 모르겠다. 이런 날은 무엇을 준비해야 할지도 모르겠다. 어쩌면 손님에게 무언가를 드려야 한다는 강박관념에서 나온 생각이겠지만 그렇다고 해서 어떻게든 되겠지 라는 안일함은 경계하는 편이다. 꼭 그럴 때 실수가 나오기 마련이니까.

오후 7시 반. 핸드헬드 카메라를 들고 성수동 이곳저곳을 찍으면서 걸어오는 오늘의 손님이 보인다. 시시각각으로 변하는 성수동을 한 컷도 놓치지 않겠다는 의지가 보인다. 뒤에서 오는 자동차 사이를 요리조리 피해서 영상 촬영에 진심인 여성. 그녀는 별이 그려진 와인바 앞에서 커다란 별을 줌인하는 것으로 오늘 영상의 마무리를 지었다. 그리고는 곧장 2층으로 올라왔다.

"안녕하세요. 오늘 예약한 안젤라예요. 성수동에 처음 와보는데 엄청 활기찬 동네네요?"

"그렇죠? 요즘 서울에서 이 동네를 찾는 젊은이들이 많거든요. 재밌는 일도 많이 일어나고. 카메라를 들고 다니시는 걸 보니 사진 찍는 게 취미이신가 보네요?"

"아, 제 남편이 포토그래퍼라서 저도 남편 따라 사진 찍는 게 취미거든요. 몇 년 전까지만 해도 사진에 대해서 아무것도 몰랐는데 남편을 만나고 나서 집에 있는 카메라로 찍고 찍히다 보니 어느새 제 삶의 일부가 돼 버린 거 있죠? 사장님도 사진 찍는 거 좋아하세요?"

"아, 저도 집에 오래 방치돼 있던 필름 카메라로 사진을 찍어서 현상을 맡겼는데 제대로 사용법을 몰라서 그런지 필름이 다 타버렸대요. 그래서 결국 한 장의 사진도 얻지 못했고요."

"사장님 필름 감으실 때 커버 여셨구나? 그렇죠?"

"어! 어떻게 아셨어요?"

"하하하. 저도 남편이 가지고 있던 필름 카메라 처음 썼을 때 같은 실수 했었거든요. 그래서 바로 알았죠. 그날 남편한테 가서 얼마나 펑펑 울었다고요. 파리, 피렌체에서 찍었던 모든 컷들이 한순간에 날아갔으니까. 여행은 얼마든지 다시 갈 수 있지만 같은 장면은 다시 만날 수 없잖아요. 사진은 순간의 아름다움을 포착하는 작업이니까."

"하… 맞아요. 저도 오늘 사진관에서 걸려 온 전화를 받고 나서 얼마나 허탈했는지… 어쩔 수 없죠. 살다 보면 공들여 쌓은 탑이 무너지는 날도 있으니까요."

"맞아요. 자꾸 생각해봤자 저만 괴롭더라고요. 다음번에는 같은 실수를 하지 말아야지. 그러고 끝내는 게 맞더라고요."

"손님 말씀 들으니까 위안이 되네요. 같은 실수를 했던 사람들만 공감할 수 있는 이야기니까. 편하신데 앉으세요. 메뉴판 가져다드릴게요."

손님은 가져온 짐이 많아서인지 중앙에 놓인 넓은 쇼파에 앉았다. 그리고는 카메라를 꺼내 석영의 와인바 이곳저곳을 카메라에 담기 시작했다. 아마도 자기 전까지 눈에 보이는 모든 순간이 그녀에게는 카메라에 담길 피사체로 보이나 보다.

"카메라를 몇 대나 들고 다니시는 거예요? 하하하."

"하하하. 오늘은 그래도 몇 대 안 들고나온 거예요. 남편이랑 출사 나가는 날에는 집에 있는 거의 모든 카메라를 다 챙기거든요. 카메라마다 다른 필름이 끼워져 있고 같은 장면이라도 다른 매력을 가진 사진이 나오니까요. 혼자 나오는 날은 보통은 4~5대는 가지고 나오는 거 같아요. 거기다가 렌즈까지 종류별로 챙기면 항상 이사 가는 분위기죠."

"정말 사진을 좋아하시는 거 같네요. 사진 이야기 하다 보니까 딱 떠오르는 와인이 있는데 추천해드릴까요?"

"오, 좋죠. 사진과 관련된 거라면 뭐든 다 모으거든요. 하하하."

"잠시만요. 금방 와인 보여드릴게요."

석영은 신이 나서 와인 냉장고로 달려갔다. 손님과 잘 어울릴 만한 와인이 떠오르면 이제 누구보다 행복감이 몰려온다.

"제가 오늘 추천해드릴 와인은 포베트의 드 로브 아 로브 부르고뉴 피노누아 2019 빈티지예요. 예전에 샤넬의 사진작가로 일하셨고 현재는 환상적인 화이트 와인을 만드는 알렉산드르 쥬브의 아내, 마리즈 샤틀랭이 만든 레드 와인이죠. 2015년이 그녀의 첫 빈티지임에도 불구하고 너무 아름다운 와인을 양조해내세요. 포도밭은 Uchizy 마을 해발 약 300미터 서늘한 기후에 있는데, 석회암 기반에서 섬세하게 키운 포도를 사용하죠. 그렇게 10kg의 작은 바구니에 손으로 수확한 다음 조심스럽게 옮겨서 부드럽게 압착해요. 마치 필름 카메라로 사진을 찍는 것처럼요. 그리고 1200리터의 큰 오크통에서 발효와 숙성을 거치면 매년 6,000병의 감각적이고 순수한 와인이 만들어지죠."

"와, 와인 양조도 필름 카메라로 사진을 찍는 것처럼 많은 정성이 들어간 작업이네요."

"그럼요. 한 병의 와인은 하나의 예술작품이다. 저는 그렇게 생각해요. 마음에 드시면 오픈해드릴까요?"

"물론이죠. 제가 아까 말했잖아요. 사진과 관련된 거면 뭐든 다 좋다고."

"와인 자체의 매력 또한 충분히 기대하셔도 좋을 거예요."

여명에서 여명이란 의미를 가진 와인답게 레드 베리류의 과일과 야생 베리의 짙은 풍미가 가죽과 허브향과 함께 뿜어져 나왔다. 그리고 입안에서 느껴지는 촘촘하고 부드러운 질감이 막 사진관에서 현상된 사진을 닮아있다. 오래 기다린 만큼 복합적이고 산뜻한 과즙을 닮은 여름날의 풍경. 포베트는 그런 와인이었다.

5화. 반바흐트

🍷

피노그리 퀴베리 2014
지역: Alsace, France
품종: Pinot Gris

창가에 햇볕이 따사롭게 스며든다. 봄의 전령이었던 벚꽃이 시들어갈 즈음 석영은 근처 꽃집에 가서 꽃을 사 왔다. 석영과 비슷한 또래의 꽃집 사장님은 퇴사 후에 차린 꽃집에서 바쁜 나날을 보내고 있다. 그녀는 일주일에 몇 번 양재동에 직접 가서 꽃을 사 올 때 가장 기분이 좋다고 했다. 누군가의 손에 쥐어졌던 꽃이 다른 이의 손에 쥐어져 새로운 공간을 밝히는 것은 향긋한 일이다. 이번 여름에는 꽃집을 찾는 빈도가 잦을 것만 같다. 어리숙함이 가득했던 지난겨울과 봄과는 다르게 향긋함이 가득한 와인바를 만들어보고 싶어졌기 때문이다. 신문지에 싸인 꽃들은 석영이 모아왔던 와인 병에 잘게 나뉘어 꽂혔다. 주황색 스티커가 붙은 와인 병에 나란히 꽂힌 꽃들은 테이블 이곳저곳에 놓였고 운이 좋은 병들은 창가에 앉았다. 물론 창가에 앉은 꽃들은 밖을 내다보는 특권을 얻은 대신 날씨의 변화를 더 빨리 느낄 것이다. 날씨의 변화를 더 빨리 느낀다는 것은 더 예민한 성격으로 자랄 수밖에 없다는 뜻이다. 그리고 예민해진 만큼 더 강하게 크거나 더 우울해지는 날이 많아지기도 한다. 창가에 앉은 꽃이 우울함을 이겨내지 못하고 시들어가기 시작하면 석영은 나머지 꽃들에도 우울함이 전달되지 않도록 특별히 더 관리해주거나 다른 위치로 보내야만 할 것이다. 만약 다른 곳으로 보내야만 한다면 마음이 조금 아프겠지만 창가에 꽂힌 꽃들을 이미 충분히 창밖의 풍경을 즐겼지 않나? 싶을 테다. 한 공간 안에서 특별한 권리를 얻었으니까 날씨의 변화를 몸소 알려주는 역할은 톡톡히 해야 하지 않겠니? 라고 말하며 꽃을 다독여야만 할 테다. 어른스러움이란 그런 것이니까. 창가에 놓인 꽃이 나중에 석영의 말을 잘 알아듣기를 바랄 뿐이다.

　꽃꽂이를 끝낸 석영은 자리에 앉아 음악을 틀었다. 아무래도 꽃들이 새로운 환경에 적응하려면 긴장을 풀어줄 필요가 있을 테니까. 물론 주관적인 견해이기도 하지만 긴장감을 풀어야 할 때는 쳇 베이커의 음악만큼 좋은 것이 없다. 얼마 전에 지인이 초청권을 주었던 디자인 박람회를 갔었을 때 샀던 쳇 베이커의 LP 포장을 뜯어 턴테이블에 조심스럽게 올렸다. 그 앨범에서 가장 마음에 드는 트랙은 <Look For The Silver Lining>. 쳇 베이커 특유의 밝고 경쾌한 피아노 연주와 부드러운 음성이 조화를 이뤄나갈 때 소금과 후추처럼 색소폰 소리가 더해지면 완벽한 음악적 마리아주를 이룬다. 언제 들어도 전혀 질리지 않는 재즈계의 피노 누아 같은 트랙이다. 이런 음악을 선곡해서 꽃들의 긴장을 풀어줄 수 있는 와인바 사장은 석영이 유일할 것이다. 그런 면에 있어서 석영은 스스로 큰 자부심을 가지고 있었다. 요즘 부쩍 자신감이 늘어난 자기 모습을 바라보며 6개월 전 방구석에서 누워만 있던 과거의 자신에게 그동안 잘 버텼다는 심심한 위로를 보낸다. 어쩌면 긴장을 풀어야 할 존재는 꽃이 아니라 자기 자신이었음을 이제야 깨달은 순간이다. 역시 긴장을 푸는 데는 쳇 베이커의 음악만 한 것이 없다.

오후 6시. 오늘도 어김없이 별 아래, 와인바의 오픈 사인은 돌려졌다. 한껏 상큼함으로 단장한 석영의 공간은 손님을 맞이할 모든 준비를 끝냈다. 충분히 긴장감을 덜어낸 꽃들과 석영은 조금 분위기를 바꿔서 안토니오 카를로스 조빔의 음악에 맞춰 템포를 올렸다. <The Girl From Ipanema>는 시대가 몇 번이나 바뀌어도 여전한 존재감을 뽐내는 전설적인 트랙이다. 석영은 보사노바 리듬에 맞춰 살짝씩 몸을 흔들며 예약 손님 리스트를 확인하고 있다. 오늘의 예약 손님은 특이사항란에 자신을 환경운동가라고 적어두셨다. 어떤 사연을 가진 분일지 무척 궁금하다.

오후 7시. 넓은 챙을 가진 밀짚모자를 쓴 여성이 걸어오고 있다. 한눈에 봐도 자유로움이 느껴지는 걸음걸이가 그녀의 성격을 가감 없이 보여주고 있다. 그녀가 입은 붉은 원피스는 바람에 흩날리며 한 송이 꽃처럼 춤을 춘다. 곧장 석영의 와인바로 걸어 올라온 그녀는 환한 미소를 지었다.

"안녕하세요. 7시에 예약한 줄리아나 강이에요."

"어서 오세요. 기다리고 있었습니다."

"어! 지금 나오는 이 노래 제가 가장 좋아하는 노래인데. 사장님도 좋아하시나 보네요."

"음악 좀 듣는 사람들은 다 아는 노래죠. 손님도 보사노바 좋아하시나 보네요?"

"그럼요. 제 남편이 브라질 사람이거든요. 브라질 하면 조빔의 음악을 빼놓을 수가 없죠. 1994년에 조빔이 뉴욕의 한 병원에서 죽었다는 소식을 들었을 때 남편의 품에 안겨서 얼마나 울었는지 몰라요. 저희 부부가 연애하던 시절에 조빔의 음악을 무척 사랑했었거든요."

"그러셨군요. 저도 언제 그의 음악을 처음 들었는지 기억은 잘 나지 않지만, 그의 음악을 들은 사람이 누구든지 사랑에 빠지지 않을 수 없다고 생각해요. 그냥 뜨거운 사랑을 떠올리면 조빔의 음악이 당연히 흘러나와야 한다고 믿는 편이죠."

"하하하. 맞아요. 저희 남편이 프러포즈했을 때 제가 조빔의 음악을 좋아하는 걸 알고 <Chega De Saudade>를 불러주었죠. 지금 생각해도 가슴이 뜨거워지는 느낌이 드네요."

"그 노래 제목이 슬픔은 이제 그만이라는 뜻이죠?"

"맞아요. 며칠 동안 제가 슬픔에 잠겨있는 모습을 보더니, 남편이 그 노래를 불러주면서 결혼을 하자고 하더라고요. 자신이 내 곁에서 평생 조빔의 노래를 불러주겠다면서. 어떻게 그런 생각을 했는지 모르겠어요."

"남편이 되게 자상하신 분이네요. 두 분은 어떻게 만나게 되셨어요? 브라질 남자와 결혼하신 분은 처음이라."

"오래전부터 미국에 있는 환경 보호 단체에서 일을 해왔는데 거기서 남편을 처음 만났어요. 같이 멕시코, 쿠바, 브라질 등 이곳저곳을 다니다 보니 자연스럽게 제일 친한 친구가 되었고요. 그냥 듬직한 친구라고만 생각했었는데 일을 마치고 같이 보사노바 음악을 듣다 보니 묘한 감정이 생기더라고요. 아마 남편이 보사노바 음악을 좋아하지 않았었다면 결혼을 하지 않았을지도 몰라요."

"그렇죠. 같은 음악 취향을 가진 사람을 만난다는 게 쉽지 않으니까요. 정말 운이 좋으시네요."

"맞아요. 거의 모든 사람이 음악을 사랑하지만 같은 장르의 음악을 사랑하기란 쉽지 않거든요. 거기다가 같은 음악가의 음악을 사랑하기란 거의 불가능에 가깝죠. 신기한 건 저희 아들도 보사노바를 사랑해요. 그래서 얼마나 기분이 좋은지 몰라요."

"정말 부러운 이야기네요. 온 가족이 음악 하나에 하나로 뭉칠 수가 있다니. 저희 부모님은 트로트만 좋아하시고 제가 좋아하는 재즈는 전혀 관심이 없으시거든요. 그래서 가족끼리 여행을 가도 어떤 노래를 틀어야 할지 항상 고민이에요. 운전 중에 재즈를 틀면 항상 아들아 우리 신나는 트로트를 듣자고 하시거든요. 하하하."

"하하하. 어떤 느낌일지 상상이 돼서 웃기네요. 사장님은 트로트를 별로 좋아하시지 않나 보네요?"

"딱히 싫어하는 건 아닌데 재즈로도 충분히 신나는 감정을 표현할 수 있다고 생각하는 편이죠. 그래서 저는 재즈를 듣자고 하는 거고. 사람마다 취향이 다르니 어쩔 수 없죠. 부모님을 위해서 트로트를 들으면서 가는 수밖에. 이야기가 길어졌네요. 편한 곳에 앉으세요."

"어머. 그러게요. 음악 좋아하는 사람을 만나서 이야기하다 보면 시간이 어떻게 가는지도 모른다니까. 저는 창가 쪽에 앉을게요."

"네. 그러세요. 메뉴판 가져다드릴게요."

창가에 둔 꽃병에 시선이 뺏긴 여성은 한동안 은은하게 퍼져 나오는 꽃향기에 집중했다. 석영이 메뉴판을 가지고 오자마자 여성은 말문을 열었다.

"병에 꽃을 꽂은 지 얼마 되지 않았나 보네요?"

"아. 맞아요. 오늘 꽃집에서 사 왔거든요. 봄이 지나고 여름이 왔으니 분위기를 조금 바꿔보고 싶어서요."

"공간의 분위기를 바꾸는데 꽃만 한 것이 없죠. 제가 지금 사는 곳은 미국의 세도나라는 작은 도시인데 사막 한가운데 숨겨져 있는 보물 같은 동네죠. 사막 기후라서 이런 꽃을 키우기에는 적합하지 않지만, 저도 집에서 큰 선인장들을 키워요. 주로 저희 부부는 다른 나라들을 다니며 환경 보호 활동을 하거든요. 그래서 오랜 출장을 끝내고 집에 돌아오면 가끔 선인장들에서 꽃이 필 때가 있는데 어찌나 이쁜지 온종일 쳐다봐도 질리지 않아요."

"맞아요. 저도 오늘 꽃을 사 와서 한참을 지켜봤지만, 여전히 아름답네요. 예전에는 사람들이 꽃을 왜 사서 집에 두나 했었는데 이제는 조금 이해가 돼요."

"기분도 좋은데 이제 와인을 마셔볼까요? 와인 리스트를 보니 처음 보는 와인들인데 혹시 추천해주실 수 있나요?"

"그럼요. 손님과 대화를 나누고 손님에게 어울리는 와인을 추천해주는 게 제 전문이거든요. 환경 보호 단체에서 일하신다고 하니 생각난 와인이 있는데 가져와서 설명해 드릴게요."

석영은 와인 냉장고의 세 번째 칸에 둔 와인 한 병을 꺼내서 손님에게 가져왔다.

"오늘 제가 추천해드릴 와인은 프랑스 알자스 지방에 있는 반바흐트라는 와이너리에서 만든 와인이에요. 반바흐트는 로랑 반바흐트와 그의 아내 수잔나가 1950년대부터 준비하여 1968년에 시작한 와이너리죠. 1987년부터는 아들인 Stephane도 참여하기 시작했다고 하고요. 와이너리는 처음부터 유기농으로 운영되었으며 2004년부터 비오디나미 전환을, 2007년에는 Ecocert의 AB 인증을 받았어요. 가족 경영 와이너리로서 오랫동안 자연에 가장 가까운 와인을 생산해 온 와이너리죠. 자연과 환경을 아끼는 손님의 가족과도 잘 어울리는 와인이라고 생각해서 추천해드리고요."

"어머 그렇네요. 요즘 와인 업계에서도 친환경이 중요하다고 들었어요. 아무래도 살충제나 화학비료를 쓰면 쉽게 농사를 지을 수 있을지는 몰라도 땅이 쉽게 오염되니까요."

"맞아요. 떼루아라고 불리는 개념을 중요시하는 유럽의 와이너리들은 더더욱 유기농 재배방식에 신경을 많이 쓰는 편이죠.

요즘은 신대륙의 와이너리들도 세계적인 추세를 따라서 친환경 재배로 전환을 많이 하고 있고요."

"맞아요. 얼마 전에 아르헨티나로 출장을 갔었는데 그곳에 있는 거대한 와이너리들도 예전처럼 관개농업으로 포도를 키우는 게 아니라 최대한 자연 그대로 포도를 키운다고 하더라고요. 물을 끌어다 작물을 키우면 토양 침식과 지하수 오염 같은 심각한 자연 파괴를 일으킬 수 있거든요. 우리 단체도 이런 문제에 대해서 국제사회의 관심과 주의를 촉구하고 있어요. 이 와인 마음에 드네요. 저는 이걸로 고를게요."

"그러면 오픈해드릴게요. 노란 자두, 잘 익은 배, 복숭아, 오렌지 껍질의 향과 캐모마일, 라벤더, 그리고 진저나 페퍼리한 뉘앙스까지 복합적으로 올라오니까 천천히 음미해보세요.

산미와 알코올의 밸런스가 매우 좋으며 긴 여운에 부드럽고 쓴 질감으로 마무리될 거예요."

보사노바의 흥겨움을 닮은 반바흐트의 포도는 요리하듯 와인을 만드는 덴마크 출신 와인메이커, 앤더스 프레드릭 스틴이 상위 퀴베를 만들 때도 사용할 만큼 품질이 뛰어나다고 한다. 품질이 뛰어난 포도로 만든 반바흐트의 와인은 환경과 보사노바를 사랑하는 부부가 기쁠 때나 슬플 때나 함께 할 것이다. 마치 조빔의 음악이 그들에게 다가와 "슬픔은 이제 그만"이라고 말해주었던 것처럼. 이제 우리만의 사랑을 할 시간이라고 말해주었던 것처럼.

6화. 파르티다 크레우스 🍷

브이엔 로호 2019

지역 : Penedes, Spain

품종 : Trepat, Sumoll, Garrut, Queixal de Llop,

Ull de Perdiu, Garnacha

요즘 요리에 부쩍 관심이 있는 석영은 근처 꽃집에서 몇 가지 허브 모종을 사 왔다. 사실 꽃집 사장님은 허브 모종을 팔지 않으시지만, 특별히 석영의 부탁을 받고 양재동 화훼시장에 꽃을 사러 가는 김에 석영의 허브를 구해다 주셨다. 어느덧 와인 바를 연지 8개월이 다 돼가다 보니 주변의 다른 가게의 사장님들과 점점 친해지기 시작했다. 꽃집 사장님, 짜이 찻집 사장님, 채소가게 사장님, 과일 가게 사장님. 모두 석영이 자주 가는 단골 가게들이었다. 처음에는 가게에 필요한 물건만 사 왔었지만, 점차 서로의 안부를 묻게 되고 석영이 멀리서 걸어오는 것이 보이면 사장님들은 손을 흔들어 주시기 시작했다. 내향적인 성격 탓에 소심한 손짓으로 화답할 뿐이었지만 그분들의 따뜻한 마음을 모르는 것은 아니었다. 아마 내년 즈음에는 단골 가게 사장님들에게 먼저 손을 흔들 정도의 여유를 부릴 수 있지 않을까? 싶었다.

여름이 되자 뚝도 시장에서 장을 보고 오는 날이면 등줄기에 땀이 맺히기 시작했다. 아직 푹푹 찌는 한여름은 아니었으나 아이스크림이 생각나는 날이 많아졌다. 석영이 가지고 있는 술버릇이 있다면 술을 먹고 집에 가기 전에 꼭 아이스크림을 먹어야 한다는 것이다. 언제부터 그런 버릇을 가지게 되었는지는 모르겠지만 재밌는 사실은 석영의 누나도 술만 마시면 꼭 아이스크림을 먹자고 한다는 것이다. 뚝도 시장에서 석영의 와인바로 걸어오다 보면 작은 젤라또 가게가 있다. 가끔 와인바를 찾아온 손님 중에 석영처럼 술을 마시고 난 뒤에 꼭 아이스크림으로 마무리해야 하는 분들이 있는데 그럴 때면 석영은 젤라또 가게에 다녀오곤 한다. 석영이 가장 좋아하는 젤라또는 피스타치오다. 예전에 이탈리아에서 오신 손님이 젤라또를 찾으셨던 적이 있었는데 그분이 요청했던 맛이 피스타치오였다. 그전까지는 피스타치오 젤라또를 먹어 본 적이 없어서 어떤 맛인지 알지 못했다. 단지 색깔이 푸르스름해서 민트 아이스크림 맛이지 않을까 하는 막연한 생각만 가지고 있었지만, 손님 덕분에 처음 맛본 피스타치오 맛 젤라또는 생각했던 맛과는 완전히 달랐다. 은은하게 퍼져오는 견과류의 고소함이 사람의 기분을 좋게 만들었다. 그 후로 석영은 젤라또를 고를 때 피스타치오 맛을 먼저 고려한다. 오늘도 어김없이 피스타치오 맛 젤라또를 손에 들고 할짝거리며 와인바로 돌아오는 중이다.

　석영은 와인바로 돌아오자마자 습관처럼 음악을 틀기 위해 오디오 장비가 있는 창가로 향했다. 젤라또 한입에 흥겨움이 오르기 시작했으니 이 기분을 더 극대화해줄 음악. 바로 자미로콰이의 <Seven Days in Sunny June>. 이상하게도 자미로콰이의 음악을 들으면 세상의 모든 걱정은 사라지고 기쁨과 환희가 찾아오는 느낌이다. 가수는 음악을 따라간다고 해서였을까? 예전 자미로콰이의 영상들을 다시 보면 진정으로 음악을 즐기고 사랑하는 아티스트였다는 게 한눈에도 보인다. 리더인 제이 케이가 가지고 있는 특유의 농염하고 간드러진 보컬에 애시드 재즈의 화려한 연주가 더해지면 그곳이 어디든지 축제의 장이 된다. 아직 손님이 오지 않은 시간. 석영은 종종 음악에 취해 혼자서 춤을 추곤 한다. 내향적인 사람이라고 해서 흥이 없는 것은 아니다. 단지 사람들 앞에서 자신의 흥을 내비치는 데 익숙하지 않을 뿐 어쩌면 외향적인 사람보다 더 큰 광기를 가지고 있다. 바닥에 스르륵 미끄러지듯 유려한 스텝을 밟는 석영은 마치 마이클 잭슨의 환생처럼 보인다. 빌보드 차트를 들썩이게 할 춤사위가 한바탕 끝이 나고 흐트러진 머리칼을 쓸어올린 석영은 오픈 준비를 하고 있다.

오후 5시. 이리저리 널브러진 CD와 LP를 케이스에 고이 넣어두고 오늘의 손님이 남긴 특이사항란을 열어본다. "산과 물로 건물을 짓는 사람."이라고 자신을 설명한 오늘의 손님은 건축업에 종사하고 계신가보다. 건물에 관해서는 와인바를 계약할 때 썼던 임대차계약서 말고는 아는 게 없는 석영은 새로운 이야기를 전해줄 오늘의 손님이 기다려진다. 매번 색다른 사연을 가지고 있는 손님들이 찾아와 들려주는 인생 이야기는 어느새 석영에게 없어서는 안 될 요리 재료가 되었다. 마치 파스타를 만드는 데 빠져서는 안 될 허브처럼.

　오후 8시. 여름의 초저녁은 아직 그리 어둡지 않다. 주택가 근처 외진 골목길에 자리 잡은 석영의 와인바를 찾아오기 어렵지는 않을 정도다. 베이지색 자켓에 갈색 구두를 신은 중년의 남성이 성수역 방면에서 걸어오고 있다. 뿔테 안경을 끼고 도면으로 보이는 서류 뭉치를 한가득 품에 안고 오는 남자. 오늘의 예약 손님이다. 주변에 새로 생긴 카페와 레스토랑의 기발한 인테리어를 흥미롭게 보며 석영의 와인바로 다가오는 중이다. 그는 계단의 높이까지 생각할 정도로 요즘 도면 그리기에 빠져있다.

　"안녕하세요. 8시에 예약한 안석준입니다. 올라오다가 보니 계단의 간격이 꽤 넓더라고요. 어르신들이 올라오기에는 힘드시겠어요."

　"어서 오세요. 맞아요. 오래전에 지어진 건물이라 딱히 규격이 없었던 것 같아요. 가끔 장바구니를 들고 올라올 때 저도 숨이 찼던 적이 있거든요. 계단이 조금만 낮았으면 쉽게 올라갔을 텐데 하고. 특이사항란에 건물을 짓는 사람이라고 써두셨던데 건축 쪽 일을 하시나 보네요."

　"네. 5년 전까지 중견 건설사에서 일하다가 건축사 자격증을 따고 나서부터는 혼자 일을 하고 있어요. 회사에 다녔던 5년 내내 저만의 설계를 하고 싶다는 욕심을 버릴 수가 없더라고요. 그래서 큰맘 먹고 퇴사를 했죠."

　"그러셨구나. 어떠세요? 퇴사 후의 삶은?"

"물론 장단점이 있죠. 회사원일 때는 매달 들어오는 고정적인 월급이 있으니까 어찌어찌 버텼었는데 혼자 나와서 건축사무소를 열고 나니까 다음 달에는 이번 달처럼 일이 들어오지 않으면 어떻게 하지? 라는 걱정이 이만저만 아니더라고요. 첫해는 정말 후회로 가득했어요. 3개월 동안 아무런 계약을 따내지도 못했으니까요. 모아둔 돈이 점점 사라질수록 불안하더라고요. 다시 회사로 돌아가야 하나 싶을 때 첫 수주가 들어왔었는데 정말 기뻤어요. 회사에 다닐 때 맡았던 공사에 비하면 너무나 작은 설계였지만 더운밥 찬밥 가릴 처지가 아니었으니까요. 사장님도 처음 와인바를 여셨을 때 비슷한 경험 하시지 않았어요?"

"저도 똑같은 시기를 겪었죠. 일주일에 손님이 두세 명 올까 말까 한 와인바에 홀로 앉아 창밖을 보는 게 유일한 일과였으니까요. 길에 사람들이 저렇게 많은데 왜 나의 가게에는 찾아와주지 않을까? 서러운 마음에 울먹였던 적도 많아요. 아마 알을 깨고 나와 홀로 길을 걸어가는 사람 대부분이 의례적으로 겪는 감기 같은 일 아닐까요? 한바탕 열병을 앓고 나면 언제 그랬냐는 듯 일어나서 밥을 찾죠. 서러워도 배는 고프더라고요. 하하하."

"하하하. 맞아요. 저도 건설 현장을 다녀와서 먹는 짜장면이 그렇게 서글프고 맛있더라고요. 정말 5년 동안 잠도 안 자고 열심히 살았어요. 그런데 앞만 보고 달렸더니 몸이 말을 안 듣기 시작하더군요. 병원에 가보니 과로래요. 이렇게 몇 년만 더 무리했다가는 큰일 날지도 모른다고 의사 선생님이 잔소리하시더군요. 그래서 요즘 한적한 시골로 내려갈 준비를 하고 있어요. 오래된 집을 하나 구매해서 보수하면서 적은 돈을 벌더라도 그곳에 있는 낡은 건물들도 보수하고 저만의 공간도 만들어보면 어떨까 해서요."

"듣기만 해도 좋은데요? 저희 부모님도 시골에 작은 과수원을 가지고 계시거든요. 주말이면 그곳에 가셔서 과일나무들을 키우세요. 할아버지가 심으셨던 나무들이 나이 들고 병들면 새로운 묘목을 사 와서 심으시죠. 두 분은 그곳에서 엄청나게 행복해하세요. 주변 지인들이 부러워하실 만큼. 꼭 도시의 생활이 좋기만 한 것은 아니니까 손님도 분명 알지 못했던 행복을 찾으실 거고요. 이야기가 길어졌네요. 이제 편하신 곳에 앉으시죠. 보니까 짐도 많으신데. 앉아 계시면 와인리스트 가져다드릴게요."

"네. 알겠습니다."

건축사는 중앙에 놓인 넓힌 테이블에 미래의 집이 될 도면을 놓아두고 기지개를 한번 쭉 폈다. 그리고는 석영의 와인바를 둘러보기 시작했다. 아무래도 건축사의 직업병인 듯하다.

"여기 와인리스트입니다. 특별히 찾으시는 와인이 있으신가요?"

"평소에 와인을 즐겨 마시기도 하는데 오늘은 평소에 알지 못했던 특별한 품종으로 만든 와인을 마셔보고 싶네요. 혹시 있나요?"

"특별한 품종으로 만든 와인이라... 혹시 스페인 와인 마셔본 적 있으신가요?"

"저는 주로 이탈리아 와인을 마셔서 스페인 와인은 생소하네요. 추천해주실 와인이 있으신가 보죠?"

"손님과 딱 어울릴 만한 스페인 와인이 떠올라서요. 가져와서 마저 설명해 드릴게요."

의미심장한 미소를 지은 석영은 와인 한 병을 손님에게 보여주었다.

"오늘 제가 추천해드릴 와인은 파르티다 크레우스의 브이엔로호 2019 빈티지에요. 바르셀로나에서 건축사로 일하던 이탈리아 출신의 부부가 설립한 와이너리죠. 두 분도 손님처럼 좀 더 느린 삶을 위해 바르셀로나 근교의 작은 마을로 이주하죠. 정말 여유롭고 평화로운 일상을 보내시던 와중에 단 한 가지 마음에 걸렸던 것을 발견하게 되는데 바로 좋은 내추럴와인이 없다는 점. 그래서 스스로 와인을 만들 생각을 해요. 오래되고 버려졌던 포도밭을 하나 찾았는데 그곳에 심겨 있던 품종들이 우리에게 아주 생소하고 잊힌 토착 품종이었던 거죠."

"마치 보물찾기를 나선 두 사람이 가장 값어치 있는 보물을 찾은 것처럼 들리네요."

"맞아요. 돌연변이가 잘 생기는 과일인 포도답게 스페인 카탈루냐 지역의 토착 포도품종의 보호구역과 같은 역할을 하며 잊히고 소외당하던 포도 품종들로 어디에 내놔도 손색없는 아름다운 와인을 만든 거예요."

"사장님이 왜 이 와인을 제게 추천해주시는지 알겠네요. 시골에 가면 잊히고 소외당하던 건물들이 있을 테니까 제가 잘만 보수하면 어디에 내놔도 손색없는 아름다운 건물로 재탄생 시킬 수 있다는 뜻이죠?"

"제 의도를 너무 빨리 파악하셨네요. 맞아요. 손님같이 따뜻하고 열정적인 마음씨를 가진 건축가시라면 충분히 해내실 수 있다고 믿어요."

"사장님의 와인 추천 솜씨가 보통이 아니시네요. 어쩜 이렇게 제게 딱 맞는 와인을 가져오셨는지 감탄밖에 나오지 않네요. 마시지 않을 수가 없을 정도네요. 저는 이걸로 하겠습니다."

"좋은 선택이십니다. 오픈해드릴게요."

와인을 오픈하자 놀라운 여름의 향기가 뿜어져 나왔다. 젊고 신선한 붉은 과일의 풍미가 주를 이뤘지만, 살짝 더해지는 가죽 향기가 마냥 가볍지만은 않은 레드와인임을 알려주었다. 새로운 도전을 앞둔 건축사 손님을 닮은 파르티다 크레우스의 브이엔 로호 2019 빈티지. 석영은 꿈과 희망을 오늘도 전달하는 중이다.

7화. 앤더스 프레드릭 스틴

I like it when your fingertips slide through my hair 2020
지역 : Ardeche, France
품종 : Viognier

따르릉. 집에 계시던 석영의 어머니로부터 전화가 왔다.

"석영아. 가게에 나갔니?"

"네. 어머니. 무슨 일이세요?"

"방이 이게 뭐니. 정리 좀 하고 살아라. 안 보는 책들도 좀 치우고."

"아. 집에 가면 제가 치울게요. 그냥 놔두세요."

"하도 답답해서 내가 지금 치우고 있다. 그런데 여기 상장들은 다 뭐야?"

"어릴 때 제가 나갔던 글짓기 대회에서 받은 상장들이죠. 뭐긴 뭐에요."

"우리 아들이 언제 이렇게 상장들을 많이 받았지? 엄마한테는 말도 안 하고."

"하하. 말을 안 하긴 제가 왜 안 해요. 15년 전에 다 보여드리고 자랑했던 건데 그때는 어머니가 별로 관심이 없으셨겠죠."

"그런가? 우리 아들이 글재주가 있는지 이제야 알게 됐네. 아무튼 집에서 잠만 자고 나가지 말고. 좋은 하루 보내라. 아들아."

"네. 어머니도 좋은 하루 보내시고요."

와인바를 연 뒤로는 부모님과 대화를 나눌 새도 없이 바쁘게 사는 석영이다. 하나를 얻으면 하나를 잃는다고 했던가. 성인이 된 자식으로서 부모님의 품을 벗어나 자기 일에 더 많은 시간을 쏟는 것은 어쩌면 당연할지도 모른다. 방구석에 누워만 있는 아들의 모습보다는 사회에 나가서 제 몫을 다하는 것을 보여드리는 편이 서로에게 안정감을 가져다줄 테니까. 그럼에도 불구하고 아들의 뒷바라지를 놓지 못하시는 어머니가 있고 여전히 투정 부리고 싶은 아들이 있다. 밖에서는 사장님 소리를 듣고 와인바를 찾아오시는 손님에게 따뜻한 말 한마디를 전할 만큼 강인해졌다고 생각했지만, 여전히 어머니라는 존재 앞에서는 한없이 어린 양이 되고 만다. 거의 14시간을 일하고 집에 돌아가면 씻고 자기 바쁘지만, 어머니는 지친 석영을 늘 품어주신다. 눈에 보이지 않는 어머니의 마음을 받고 나면 내일 다시 세상으로 나갈 힘이 생긴다. 오랫동안 어머니가 내 곁에 있었으면 좋겠다. 조금 더 성장해서 지친 어머니를 품어드릴 수 있을 때까지.

오후 1시. 석영은 새로운 요리 개발에 박차를 가하고 있다. 기본 안주로 나갔던 생아몬드와 비스킷이 와인과 잘 어울리지 않는 것은 아니지만 손님들에게 색다른 경험을 선사하고 싶다는 욕심을 버릴 수가 없었다. 그렇다고 해서 재료비가 많이 드는 요리를 기본 안주로 대접하기에는 경영 여건상 쉽지 않은 일이었다. 간단하고 맛있고 쉽게 만들 수 있는 와인 안주는 어떤 것일까? 라는 깊은 고민에 빠진 지 한 달쯤이 돼 갈 때 브라질인 남편을 둔 손님이 힌트를 주고 가셨다.

"저희 남편이 아침마다 만들어주는 빵인데 브라질 치즈 빵, 빵데께쥬를 아세요?"

"빵데께쥬요? 처음 들어보는 이름이네요."

"주로 남미에 사는 사람들이 아침이나 간식으로 먹는 빵이에요. 사장님이 간편하고 맛있는 안주를 찾으신다니 빵데께쥬를 만들어보면 어떨까 싶네요."

"빵데께쥬라. 제가 한번 레시피를 찾아보고 만들어볼게요. 조언 감사합니다."

"별말씀을요. 사장님이 좋으신 분 같아서 저도 뭔가 도와드리고 싶은 마음이 생겼을 뿐이죠."

손님이 돌아가시고 난 뒤 석영은 레시피에 나온 대로 재료를 사 와서 유튜브를 보기 시작했다. 빵데께쥬를 만드는데 필요한 재료는 간단했다. 타피오카 전분, 우유, 올리브유, 소금, 달걀, 치즈. 타피오카 전분 빼고는 석영의 냉장고에 이미 있는 것들이었다. 먼저 볼이 넓은 그릇에 타피오카 전분을 부어두고 냄비에 우유를 끓이기 시작했다. 그리고 레 코스테의 올리브유와 소금을 넣은 뒤 뽀글뽀글 기포가 올라오기 시작하면 타피오카 전분에 우유를 붓고 달걀, 치즈와 섞어 주기만 하면 반죽은 완성이다. 그다음 적당한 크기로 반죽을 떼 내어 미리 예열해둔 오븐에 15분가량 구우면 맛있는 빵데께쥬가 탄생한다.

"생각보다 쉬운데? 손님에게 드릴만한지 어디 맛을 좀 볼까."

갓 오븐에서 나온 따뜻한 빵데께쥬는 쭉 찢어졌다. 쫄깃하면서 치즈의 풍미가 그대로 느껴지는 환상적인 맛. 왜 남미 사람들이 아침마다 이 빵을 먹는지 바로 이해할 수 있었다. 한 판을 그 자리에서 다 해치운 석영은 만족스러운 미소를 띠었다. 이건 합격이다.

오후 8시. 오늘의 예약 손님이 오실 시간이다. 일찍 와인바에 나와서 요리 연구하느라 하루가 어떻게 흘러갔는지도 모르겠다. 대신 새로운 안주를 얼른 선보이고 싶은 마음이 굴뚝의 연기처럼 피어오르고 있다. 그런 석영의 마음을 읽었다는 듯이 빠르게 걸어오는 오늘의 손님이 보인다. 청바지에 티셔츠를 입은 남성은 멋진 턱수염을 가지고 있다. 한눈에 보기에도 한 분야에서 단단한 내공을 쌓은 사람처럼 보인다. 오늘의 손님은 어떤 이야기를 들려줄까?

"어서 오세요. 8시에 예약하신 손님이시죠?"

"네. 피터 차입니다. 어디 앉으면 될까요?"

"편하신 곳에 앉으시면 됩니다. 와인 리스트 바로 가져다드릴게요."

남성은 석영의 와인바를 쭉 훑어보고 곧장 바 테이블로 향했다.

"여기 메뉴와 와인 리스트입니다. 보시고 궁금한 것이 있으시면 불러주세요."

"그러죠. 와인 리스트를 보니 내추럴 와인이 많네요. 라 소르가, 라미디아, 라디콘. 다들 훌륭한 내추럴 와인을 만드는 와인 메이커들이죠."

"와인에 대해서 많이 아시나 보네요."

"아, 제 소개가 늦었네요. 최근까지 덴마크에 있는 레스토랑 노마에서 일하다가 한국으로 돌아왔어요. 요즘은 연남동에서 개인 레스토랑을 열 준비를 하고 있고요."

"그러셔서 와인을 많이 아셨군요. 노마는 저도 들어본 적이 있어요. 세계 최고의 레스토랑이고 사람들이 그러더군요. 예약 하기도 힘들다고."

"그렇죠. 전세계에서 노마의 선구적이고 도전적인 음식을 맛 보기 위해서 몰려드니까요. 저도 4년 동안 요리에만 미쳐있었 고요. 한국으로 돌아오기 전에 그 유명한 인어공주 동상을 처 음 봤을 정도죠. 노마랑 그리 멀리 떨어져 있지도 않았는데. 뭐 그래도 보기는 봤으니까. 하하하."

"유명한 레스토랑에서 일하셨던 셰프님이시라고 하니 조금 겁나기도 하는데. 제가 오늘 새로 만들어 본 빵이 있거든요. 혹 시 드셔보시겠어요? 오븐에 굽기만 하면 되는데."

"물론이죠. 안 그래도 조금 출출하기도 하고."

"그러면 15분 정도만 기다려주세요. 와인 먼저 주문하시겠어요?"

"그러죠. 보니까 노마에서 소믈리에로 근무하셨던 앤더스 프 레드릭 스틴의 와인이 있네요. 2020 빈티지는 저도 아직 마셔 보지 못해서 궁금하기도 하고요. I like it when your fingertips slide through my hair 2020 빈티지로 부탁할게요."

"네. 알겠습니다. 바로 오픈해드릴게요."

석영은 와인바에서 가장 잘나가는 와인들 중 하나인 앤더스 프레드릭 스틴이 진열된 칸에서 한 병을 꺼내왔다. 프랑스 론 지방의 비오니에 품종으로 만든 이 와인의 유명세는 내추럴 와인을 사랑하는 사람들에게 따로 설명이 필요 없는 전설적인 와인이다. 석영은 천천히 와인을 따라드리고 곧장 오븐 앞으로 가서 빵을 굽기 시작했다.

"음... 단단한 구조를 가진 산미, 쌉쌀함, 그리고 짭조름한 피니쉬감이 좋네요. 역시 도멘 뒤 마젤의 오래된 포도나무에서 수확한 비오니에 품종으로 만든 와인은 훌륭해요."

"앤더스 프레드리 스틴을 직접 만나보신 적도 있으세요?"

"제가 노마에서 일을 시작하기 전에 노마를 떠나셔서 저도 아직 만나본 적은 없지만, 동료들로부터 몇 번 이야기를 들은 적이 있죠. 워낙 유명하신 분이니까. 그분도 예전에 셰프로 일하셨던 경험 때문에 매년 직접 포도를 맛보고 어떤 와인을 만들 수 있을지 상상하신다고 들었어요."

"맞아요. 그런 능력이 정말 중요한 것 같아요. 저는 요리도 와인 양조도 다 예술의 한 장르라고 생각하거든요. 더군다나 이분은 와인의 이름도 시처럼 짓기도 하시고. 예술성을 타고나신 분 같아요. 빵이 다 구워졌네요. 처음 만들어 본 빵이라서 맛이 어떨지는 모르겠지만 맛보시고 보완점을 알려주시면 좋겠어요."

"그러죠."

석영은 오븐에서 빵데께쥬를 꺼내서 작은 바구니에 담아냈다.

"빵데께쥬네요? 와 정말 오랜만에 봐요. 저랑 같이 일하던 동료가 가끔 만들어주던 빵 중에 하나거든요. 만들기는 쉬운데 맛을 내기 까다로운 빵이죠. 따뜻할 때 먹으면 정말 맛있고요. 잘 먹을게요."

셰프님은 빵 바구니에 담긴 빵데께쥬를 하나 집어 쭉 찢어보기 시작했다. 반죽을 얼마나 잘 했는지 보기 위함이었다. 마치 찹쌀떡같이 쭉 늘어나는 것을 보니 반죽의 배합 비율은 적당해 보인다. 와인 한 모금을 마신 그는 빵데께쥬를 조심스럽게 입에 넣었다. 덴마크에서 동료가 해주던 맛과 흡사한 풍미와 식감이 느껴졌다.

"오. 맛있는데요? 현지에서 오래 살다 온 사람이 만든 것 같네요. 이게 반죽이나 굽기를 잘못하면 금방 식감이 딱딱해지기 마련이거든요. 그런데 이렇게 쫀득하게 만드셨다는 건 소질이 있다는 뜻이에요. 원래 간단한 재료가 들어가는 요리를 보면 그 사람의 실력을 가늠할 수 있거든요."

"하하하. 감사합니다. 셰프님 앞이라서 엄청나게 긴장했었는데 한시름 마음이 놓이네요. 조금 더 연습해서 기본 안주로 내놔도 되겠어요."

"어휴. 이렇게 맛있는 빵데께쥬를 기본 안주로 주는 와인바는 서울에 없을걸요? 자주 와야겠네요. 하하하."

"저도 셰프님이 연남동에 레스토랑 여시면 꼭 갈게요. 말로만 듣던 레스토랑 노마 출신 셰프님이 보여주실 요리가 너무 궁금하네요."

"오늘 사장님이 빵데께쥬를 만들어주셨으니 제가 노마에서

주로 만들던 레디쉬 파이와 스위트 머쉬룸 파이를 대접해드릴
게요. 엄청나게 좋아하실 거예요.”

“듣기만 했는데도 벌써 맛있을 것 같아요. 그때는 제가 앤더
스 프레드릭 스틴의 I hope everyday 2021 빈티지를 가져갈게
요. 좋은 페어링이 될 것 같은 느낌이거든요.”

“I hope everyday도 좋은 와인이죠. 쉬라, 멜롯, 까베르네 쇼
비뇽, 그르나슈 누아가 함께 만드는 산딸기 향이 파이와도 분
명 잘 어울리겠죠. 역시 와인과 요리를 사랑하는 분과 이야기
를 나누니 재밌네요.”

“저도 요즘 요리에 관심이 많이 생겼는데 셰프님과 대화를
나누니까 확실히 배울 것도 많고 즐겁네요.”

다른 공간에서 다른 시간을 보낸 사람들이 쉽게 친해지는 방
법이 있다. 먹고 마시는 이야기를 하는 것. 인간의 삶에서 먹고
마시는 이야기가 없었다면 더 많은 갈등과 혼란으로 우리의 삶
은 훨씬 삭막해졌을지도 모른다. 아름다운 시처럼 우리의 마음
에 낭만을 일깨워주는 앤더스 프레드릭 스틴의 와인은 오늘 밤
석영과 셰프님의 거리를 한층 더 가깝게 만들어주고 있다.

8화. 구트 오가우 🍷

테오도라 2021
지역 : Burgenland, Austria
품종 : Grüner Veltliner, Welschriesling

　어제 석영은 오랜만에 가진 휴무일에 아는 연극배우와 뮤지컬을 보고 왔다. 그녀를 알게 된 것은 우연한 기회였다. 대학로에서 새로운 공연을 준비하고 있던 오래된 친구가 석영의 와인바를 찾아왔고, 같이 왔던 배우 중 한 명이 그녀였다. 청초한 외모에 맑은 음성을 가진 그녀는 첫 만남이었지만 허리를 반으로 접어 깍듯이 배꼽 인사를 했다. 요즘 보기 힘든 인사법을 가진 그녀가 석영의 눈에 들어왔다. 물론 석영의 눈에 들어왔다고 해서 쉽게 친해질 수 있는 것은 아니었다. 둘 다 내향적인 성격을 가진 탓에 누가 먼저 말을 걸거나 대놓고 친한 척을 하지는 않았다. 대신 멀리서 각자의 삶을 지켜보기만 할 뿐이었다. 그녀는 가끔 석영의 SNS에 좋아요. 버튼을 누르며 수줍게나마 인연의 끈을 이어가려고 하는 듯 보였다. 며칠 전 그녀가 보고 싶은 뮤지컬이 생겼는지 같이 보러 갈 사람을 찾는 글을 올렸다. 24시간 후면 사라질 그녀의 공개적인 물음에 석영은 나름대로 자신만의 대답을 하고 싶었다. 석영의 와인바에서 단 한 번 봤을 뿐인 사이고 그녀에게 같이 보러 가자고 할 다른 사람들의 대답도 쏟아지겠지만 용기 있는 자가 미인을 얻는다는 옛말도 있지 않은가. 하루쯤은 용기를 내보고 싶었다. 설령 같이 갈 수 없다고 해도.

"같이 가고 싶어요."

몇 시간 뒤에 그녀의 답장이 왔다.

"다음 주에 제가 평일밖에 시간이 안 되는데 괜찮으신가요?"

"미리 날짜만 정하면 가능할 것 같아요. 휴무 공지를 올려야 하거든요."

"다음 주 목요일은 어때요?"

"그렇게 해요."

그녀의 번호도 그때 처음 알았다. 요즘은 누군가를 만나도 전화번호를 묻기보다는 SNS를 서로 팔로우하는 것으로 대신하는 경우가 많으니까. 어쩌면 전화번호를 안다는 게 조금은 더 가까운 사이로 발전했다는 의미가 되기도 한다. 물론 전화번호를 안다고 해도 종종 전화하는 사이까지로 가기에는 또 다른 단계들을 넘어야겠지만.

그녀와 뮤지컬을 보기로 한 목요일이 되었다. 둘은 공연이 시작되기 한 시간 전에 일본식 솥밥을 하는 식당에서 저녁을 먹었다. 석영은 그녀가 도착하기 전에 관자 버터구이 솥밥과 가마메시를 주문했다. 아무래도 주문과 동시에 밥을 안치는 솥밥 특성상 미리 주문해두는 편이 더 낫다고 생각했다. 좋은 만남이란 눈에 보이지 않는 작은 배려들이 쌓일 때 생기는 것이기 때문이다. 평소 와인바에서 주로 시간을 보내느라 밖에서 사람들을 만날 기회가 적은 석영에게 누군가를 만나는 일은 소중하게 다가왔다. 더군다나 배꼽 인사를 하는 사람과의 만남은 더더욱 소중하게 만들고 싶었다. 그런 생각이 드니까 메뉴판을 다시 한번 보게 되고 새우튀김까지 따로 주문했다. 그러고 나니 문을 열고 그녀가 들어왔다. 배우는 배우다. 저번에 봤을 때는 느끼지 못했었는데 오늘 다시 만나보니 그녀는 정말 주먹만 한 작은 얼굴을 가지고 있었다.

"잘 지내셨어요?"

"네. 잘 지냈죠. 제가 1분 늦었네요."

"아, 뭐 1분쯤이야."

그녀는 1분이란 나의 시간을 생각할 줄 아는 사람이었다. 말주변이 뛰어난 성격은 아니라서 재치 있게 그녀의 말을 받아주지는 못했지만, 속으로는 매우 감동한 석영이었다. 그렇게 식사하는 동안 일상적인 대화를 나눈 두 사람은 뮤지컬을 보기 위해 극장으로 향했다. 셰익스피어를 사랑하는 작가에 대한 뮤지컬이었는데 색다른 관점으로 인간을 바라보는 내용이 석영에게 깊은 인상을 주었다. 마치 석영의 와인바를 찾아오는 손님들의 사연이 늘 새롭게 느껴지는 것처럼.

"오늘 덕분에 좋은 뮤지컬 봤어요. 다음에 시간 되면 저희 와인바에 놀러 오세요."

"좋아요. 다음에는 같이 와인 마셔요."

막차를 타러 가는 그녀는 어김없이 배꼽 인사를 건네고 다음을 기약했다. 또 언제 그녀를 만나게 될지는 모르겠지만 석영의 기억 속에 아름다운 사람으로 오래도록 남게 될 것이다.

꿈같은 하루를 보내고 다시 일상으로 돌아온 석영은 오픈 준비로 분주하다. 오래전부터 기다렸던 내추럴 와인이 오늘 들어오기 때문이다. 내추럴 와인을 사랑하는 사람이라면 한 번쯤 들어봤을 구트 오가우. 17세기부터 존재한 오스트리아 부르겐란트 오가우 마을의 포도밭을 2007년에 인수한 스테파니와 에두아르드 부부가 만드는 환상적인 와인이다. 내추럴 와인 수입사의 시음회에서 우연히 맛본 테오도라 2020 빈티지에 깊은 인상을 받은 석영은 줄곧 이날을 기다려왔다. 석영에게 테오도라는 설렘 그 자체였다. 마치 단발머리를 가진 배우와의 만남을 일주일 내내 기다렸던 것처럼. 겉으로 보기에는 도도하고 말괄량이 같아 보이는 그녀지만 실제로 만나서 대화를 나누고 같이 밥을 먹을 때 느낄 수 있는 반전 매력은 테오도라를 닮아 있었다. 벌써 테오도라 2021 빈티지의 입고를 안 손님들의 예약 요청이 밀려 들어왔다. 와인 수입사로부터 건네받은 36병의 와인은 아마 며칠 내로 동이 날 예정이다. 마음 같아서는 한국에 풀린 물량을 다 가져오고 싶었지만 이미 세계적으로 유명한 구트 오가우의 와인은 그렇게 쉽게 얻을 수 있는 와인이 아니었다. 더군다나 구트 오가우를 대표하는 10종의 와인 중 테오도라는 유독 높은 인기를 자랑했다.

석영이 구트 오가우의 와인을 좋아하는 이유는 독특한 와인 라벨링 때문이기도 했다. 가상의 마을에 가상의 인물이 그려진 와인 라벨이 무척 매력적이기도 하고 매 빈티지마다 새로 그려지는 인물들의 변화를 지켜보는 재미도 있다. 라벨을 그린 유명 아티스트 Jung von matt는 각 와인의 개성을 그대로 담은 라벨로서 브랜드에 가치를 더한다. 각 인물의 설명과 관계를 담은 구트 오가우의 가계도를 천천히 읽어보면 마치 한 편의 연극같이 느껴진다. 연극이 끝남과 동시에 주어진 생명을 다하는 배우처럼 가상의 인물은 항상 무대 위에서 가장 아름답고 빛이 난다. 어쩌면 배우가 맡은 역할은 유한함이 있다는 걸 이미 관객들도 무의식적으로 알기에 한 시간 남짓한 연극과 사랑에 빠지는지도 모른다.

석영은 콘서트나 연극을 보고 난 뒤 포스터나 작은 기념품을 사곤 하는데 석영의 와인바에 와서 구트 오가우를 주문했던 손님 중에 병을 가져가도 되냐고 물어보는 손님들이 유독 많았다. 물론 석영은 그렇게 하시라고 정성스럽게 병을 포장해드린다. 손님들의 마음을 충분히 이해하기 때문이다. 한병의 와인을 기분 좋게 마신 뒤에 병까지 가지고 싶게 만드는 와인은 흔치 않으니까.

석영은 36병의 테오도라 2021 빈티지 중에 한 병을 빼서 와인 냉장고 깊은 곳에 따로 넣어두었다. 혹시나 그녀가 다음에 석영의 와인바를 찾아와서 와인을 마시고 싶다고 할지도 모르니까. 그냥 인사치레로 와인을 마시자고 했을지도 모르지만, 석영에게 배꼽 인사를 하고 1분도 소중하게 여기는 그녀라면 진심으로 석영과 와인을 마시고 싶었을지도 모른다는 희망이 담긴 한 병이었다. 그리고 석영이 그녀에게 할 수 있는 최대한의 배려였다. 배우라는 직업이 항상 안정적이기는 힘든 일이다 보니 석영에게 다 설명하지 못할 불안함을 가진 게 그녀의 표정에서 보였지만 잘 될 거라고 절대 포기하지 말라고 말해주고 싶었다. 그녀처럼 좋은 인성과 실력을 갖춘 배우라면 언젠가는 빛을 볼 날이 온다는 확신이 들었다. 한 명의 팬으로서 석영은 그녀와 함께 그날을 기다리고 있다. 그리고 몰래 남겨 둔 한병의 테오도라 2021 빈티지를 함께 마실 순간도 기다리고 있다.

9화. 라소르가 🍷

브루탈 2020
지역: Languedoc, France
품종: Cinsault

석영은 어머니의 잔소리를 이기지 못하고 결국 방 청소를 하고 있다. 물론 사람이 살지 못할 정도로 더러운 상태는 아니었다. 단지 몸이 빠져나온 그대로 이불은 펼쳐져 있고 책상에 책과 잡지가 널브러져 있을 뿐이다. 매일 집 청소를 하시는 어머니의 눈에 더러워 보일 뿐 다른 집에서도 흔히 볼 수 있는 상태의 방일지도 모른다. 가끔 아버지와 석영은 어떻게 어머니가 하루도 빼지 않고 집 청소를 하시는지 의문을 표하기도 했다.

"먼지도 뭐 별로 보이지도 않구먼. 당신은 매일 청소기를 돌리고 걸레질을 하려고 그래? 그냥 발로 쓱 닦으면 끝나겠구먼."

"어휴. 눈에 안 보여도 밖에서 들어오는 먼지가 얼마나 많은데. 다 우리 입과 코로 들어간다고. 걸레 빨아 줄 테니까 어서 작은 방부터 닦아요."

평소에는 전혀 집안일에 관여하지 않으시기에 어머니가 시키실 때는 군소리하지 않고 도와드리는 아버지였다. 점점 나이가 드시고 자식들이 밖에 있는 시간이 많아질수록 아버지는 어머니의 소중함을 느끼시는 것처럼 보였다. 예전에는 가족끼리 여행을 가도 어머니가 어디에서 뭘 하시던 크게 신경을 안 쓰셨던 것 같은데 몇 년 전에 갔던 가족 여행부터는 눈에 어머니가 보이지 않으시면 너희 엄마 어디 갔니? 라고 석영에게 묻곤 하셨다. 아버지의 낯선 변화가 금방 익숙해지지는 않았지만, 훨씬 부드러워진 아버지가 더 좋게 다가왔다. 나이가 들면 남자도 여성 호르몬이 더 많이 나온다고 하던데 아마 아버지도 그런 영향을 받는 게 아닐까 싶었다. 가끔 젊으셨을 때 나갔던 보디빌딩 대회 사진을 보여주시는 게 조금 부담스럽기는 했지만 말이다. 시골에서 헬스 기구도 없이 몸을 만들어 상을 받으셨던 추억이 아들에게 가장 자랑하고 싶은 아버지의 과거인 듯했다. 누구에게나 큰 성취감을 느꼈던 인생의 순간들은 존재하니까. 그리고 소중한 아버지의 기억을 같이 나눠주는 게 아들로서 드릴 수 있는 작은 효도라고 생각했다.

　방 청소를 하다 보니 어머니가 말씀하셨던 상장들이 눈에 보였다. 중학교와 고등학교 때 글을 써서 받은 상장들이다. 중학교 때 우연히 나갔던 글짓기 대회에서 1등을 하고 나서야 석영 자신도 글재주가 있는지 알게 되었다. 그 당시에 다녔던 학원의 원장 선생님이 지역 신문에 실렸던 석영의 시를 오려서 학원에 붙여두실 만큼 부모와 자식에 대한 관계를 빛과 그림자에 잘 비유한 시였다. 석영의 오래된 노트에는 아직도 신문에서 오려낸 시가 붙여져 있다. 어릴 때부터 수집하는 것을 좋아했던 석영은 물건 하나에도 큰 애정을 가지고 쉽게 버리지 않았다. 마치 예전에 만났던 여자친구들과 주고받았던 편지를 아직도 고이 간직하고 있는 것처럼. 그때로 돌아가거나 다시 그 사람들과 만나고 싶어서라기보다는 애틋했던 기억을 없었던 일처럼 만들고 싶지 않았기 때문이다. 그렇게 누군가는 짊어지고 가야 할 일이라고 생각했다. 잠시 과거에 다녀온 석영은 방 청소를 마치고 와인바에 나갈 준비를 한다.

요즘 새로 들어온 와인이 많아서 정리하는 데 많은 시간을 보내고 있는 석영은 늦게까지 와인바에 있다가 오곤 했다. 기존에 있던 와인 냉장고로는 보관이 어려워서 와인 냉장고를 한 대 더 들이기로 한 석영이다. 늘어난 공간만큼 더 다양한 와인을 보관할 수 있고 다양한 사연을 가진 손님에게 더 어울리는 와인을 추천할 수 있다는 장점이 있었다. 다른 술보다도 와인이 인간에게 더 어울리는 이유는 종류가 엄청나게 많다는 점이다. 또한 빈티지마다 조금씩 다른 맛과 향은 같은 이름의 와인이라고 해도 매년 다른 매력을 우리에게 선사한다. 어쩌면 인간과 가장 닮은 점이 많은 술이 와인이다.

오후 6시. 강한 여름 햇살이 아직 가시지 않은 시간. 거의 정리를 다 끝낸 석영은 평소보다 조금 늦게 오픈 사인을 돌렸다. 오늘의 예약 손님이 오실 시간이 얼마 남지 않았기에 남은 와인들은 잠시 그늘에 놔두고 오픈 준비를 해야 한다. 손님이 남기신 특이사항이 있는지 먼저 확인하던 석영은 재밌는 문구를 발견했다.

'시가 없는 세상은 이미 죽은 것이나 마찬가지다. 와인은 병

속에 든 시다. In vino veritas (와인 속에 진리가 있다)'

보통 손님들의 직업이나 좋아하는 와인의 취향을 알기 위해서 만든 특이사항란이지만 가끔 장난기 가득한 손님들이 적어둔 메모는 옅은 미소를 짓게 한다. 작지만 손님들과 소통할 수 있는 창구가 있다는 게 석영의 와인바가 가진 매력이기도 했다. 오늘 오실 손님도 와인을 무척이나 사랑하는 분인듯하다.

초여름의 더위가 한풀 꺾이는 7시. 오늘의 예약 손님이 시집 한 권을 들고 오고 있다. 하얀 셔츠에 베이지색 면바지를 입은 남성. 누가 봐도 숫기가 없어 보이는 조용한 성격을 가진 사람이다. 하지만 겉으로 보기에 조용해 보인다고 해서 그 사람이 가진 사연이 재미가 없는 것은 아니다. 오히려 말로 내뱉지 못하고 마음속 깊은 곳에 품고만 있었을 이야기가 있다. 그는 반듯한 외모를 가진 사람답게 다른 가게에는 한눈팔지 않고 곧장 석영의 와인바로 걸어 올라왔다.

"안녕하세요. 7시에 예약한 김신우입니다."

"어서 오세요. 재밌는 메모를 남기셨길래 어떤 분이 오실까 궁금해하며 기다리고 있었습니다."

"아, 어떤 말을 써야 할지 고민하다가 소설가 로버트 루이스 스티븐슨이 했던 말을 인용해봤어요. 와인은 병에 담긴 시라고 하셨죠. 예전부터 유명한 시인이나 작가들이 와인에 대한 예찬을 많이 남기셨길래 저도 몇 년 전부터 와인을 마시기 시작했는데 왜 다들 그렇게 와인을 사랑했는지 이제 조금 알 것 같아요."

"어떤 이유에서 그분들이 와인을 사랑했다고 생각하세요?"

"연금술사를 쓴 파울로 코엘료가 말했죠. 모든 와인을 맛보되 어떤 것은 몇 번 홀짝거리기만 하고 어떤 것은 병째 다 마셔라. 와인을 맛본다는 건 세상을 경험하는 일 같아요. 와인을 마시다 보면 시간에 따라 변해가는 풍미를 즐길 수 있어요. 물론 좋은 와인일수록 변해가는 정도가 풍부하죠. 마치 잘 쓴 시처럼요."

"잘 쓰고 못 쓴 시를 어떻게 구분하세요? 읽는 사람에 따라 각자 취향이 다를 수도 있지 않나요?"

"물론 그렇죠. 제 기준에서 잘 쓴 시란 처음에 느꼈던 감흥이 그리 크지 않아도 시간이 지나 다시 되새길수록 뇌리에 강하게 박히는 시라고 생각해요. 그런 시를 쓰려면 오랜 고찰을 통해 간결하지만 깊이 있는 단어들로 문장을 채워야 하죠. 예를 들면 프랑스의 시인 보들레르가 썼던 포도주의 혼이라는 시처럼요."

"아직 읽어본 적이 없는데 혹시 손님의 마음에 가장 와닿았던 문장이 있으세요?"

"있죠. 그 시는 제가 늘 외우고 다니거든요. 내 그대 가슴속으로 떨어져, 신이 드시는 식물성 양식, 영원한 파종자가 뿌린 진귀한 씨앗이 되리라, 우리들의 사랑에서 시가 움터서 한 송이 귀한 꽃처럼 신을 향해 피어오르도록! 포도의 탄생과 와인 제조 과정, 숙성된 와인을 즐기는 사람들의 심리를 잘 묘사한 시예요."

"신이 드시는 식물성 양식이라는 단어가 정말 기발하게 와인을 설명하는 것 같네요. 혹시 어떤 직업을 가지고 계세요?"

"저는 시도 쓰고 종종 다른 작가들과 같이 에세이를 쓰기도 하는 작가예요. 주로 광장시장 주변을 놀이터 삼아서 지인들과 어울려 다니죠. 이상하게 서울의 다른 시장들보다 저는 광장시장이 마음에 들더라고요. 거기 맛있는 음식도 많잖아요. 사장님은 가보셨어요?"

"네, 저도 동대문 근처에 친구가 살아서 몇 번 가본 적이 있어요. 가장 활기 넘치는 서울의 시장 중 한 곳이죠. 우선 편한데 앉으세요. 와인 리스트 가져다드릴게요."

작가는 뭔가에 홀린 듯 책장 옆에 있는 테이블로 향했다. 그리고 오래된 신문에서 오려진 석영의 시를 발견했다.

"여기 와인 리스트입니다."

"감사합니다. 여기 붙어있는 시는 누가 쓴 시죠?"

"아. 그거 제가 중학교 때 썼던 시예요. 공책에 붙여두고 한동안 잊고 살았었는데 오랜만에 다시 읽어보니 꽤 마음에 들어서 가게에 두려고 오늘 가져와 봤어요."

"빛과 그림자. 제목이 멋지네요. 빛은 자식으로 그림자는 부모에 대입해서 공감각적으로 표현한 잘 쓴 시네요. 저도 글을 쓰다 보니 항상 다른 사람이 쓴 글에 눈이 먼저 가거든요. 사장님도 재능이 있으신데요?"

"어휴. 뭐 재능까지야. 그냥 어렸을 적에 끄적였던 글인데. 그저 제 생각을 다른 사람과 공유하고 싶었을 뿐이에요. 살다 보면 우리가 남기고 왔던 무언가를 찾기 위해서 다시 그곳으로 가야만 하는 순간이 생기잖아요. 저한테는 저 시가 그런 존재였던 거죠."

"그렇죠. 예술가는 어렸을 적 추억을 먹고 산다고 하잖아요. 저도 글을 쓸 때 과거로 자주 돌아가요. 현재의 시점에서 아무리 돌아봐도 대체 불가능한 무언가를 과거에서 찾기도 하거든요. 저는 과거의 점과 현재의 점을 이어서 글을 쓸 때 가장 멋진 작품이 나온다고 생각해요."

"무슨 의미인지 알 것 같네요. 작가님이랑 이야기하다 보니 추천해드리고 싶은 와인이 떠올랐는데 하나 추천해드려도 될까요?"

"물론이죠. 저런 시를 쓰시는 사장님이 추천해주실 와인도 기대가 되고요."

석영은 이번에 새로 들어온 와인들 중 한 병을 꺼내왔다.

"제가 오늘 추천해드릴 와인은 프랑스 랑그독 지역의 라소르가예요. 자유라는 단어를 의인화하면 라소르가를 이끄는 안토니 토퇼이 떠오르죠. 히피처럼 질끈 묶은 그의 머리에서 볼 수 있듯이 랑그독 지역을 사방팔방으로 다니며 비오디나미 포도원에서 기른 질 좋은 포도를 구입해 환상적인 와인을 만드는 분이죠. 최근에 내추럴 와인 행사 때문에 한국에 오셨을 때 만난 적이 있는데 정말 와인을 사랑하시는 게 느껴졌어요. 그곳에서 안토니가 직접 따라주는 와인을 마신다는 것 자체가 영광이었고요."

"부럽네요. 와인 메이커가 직접 따라주는 와인을 마신다는 게 흔한 일은 아니잖아요."

"물론이죠. 안토니는 브루탈 운동을 시작한 4명의 와인 메이커 중 한 명으로 이미 전 세계적인 팬들을 가진 내추럴 와인의 거장이거든요."

"브루탈 운동은 어떤 운동이죠?"

"브루탈 운동은 앞서 말한 안토니를 비롯한 레미 푸욜, 로리아노 세레스, 호안 라몬, 에스코다 마르티네즈가 시작한 내추럴 와인 양조법이라고 설명해 드리면 되겠네요. 현재는 많은 내추럴 와인 메이커들이 동참하고 있는데 몇 가지 조건이 있어요. 모든 과정에서 이산화황을 비롯한 그 어떤 첨가물을 넣어서도, 와인에서 어떤 성분을 제거해서도 안 된다. 그리고 와인을 발효조에 넣은 뒤에는 그 어떤 인위적인 행동도 해서는 안 된다는 것이죠. 말 그대로 자연에 다 맡기는 거예요. 마침 극소량으로 만드는 라소르가의 브루탈이 며칠 전에 들어왔고요."

"오늘이 아니면 다음에는 만나기 힘들다는 말로 들리네요."

"맞아요. 너무 인기가 많은 와인이라 운이 좋아야만 만날 수 있는 와인이죠. 제가 운 좋게 라소르가의 안토니를 만났던 것처럼."

"그렇다면 저도 사장님처럼 운을 가질게요."

"잘 선택하셨어요. 자신의 운은 자신이 만든다고 생각하면서 살거든요. 그러면 오픈해드릴게요."

와인을 오픈하는 석영도 기다리는 손님도 기대감에 심장이 뛰는 와인이 있다. 라소르가의 안토니가 만드는 와인처럼. 우리는 어떠한 것을 찾기 위해서 우리가 지나온 생의 특정 장

소로 가야만 한다. 오늘의 예약 손님과 석영은 이곳에서 거대
한 이라는 뜻의 브루탈 와인을 만나기 위해 집을 나왔던 것인
지도 모른다.

10화. 도멘 라 꼬뜰레뜨 🍷

멜리고떼 2020
지역 : Bourgogne, France
품종 : Aligote, Melon de Bourgogne

한가한 오후 석영은 재즈를 틀어놓고 창밖을 보고 있다. 작년 11월 초에 문을 열었던 석영의 와인바는 어느덧 8개월이란 나이를 먹었다. 막 첫눈이 내리기 시작했을 때 건물 외벽에 걸렸던 별 모양의 간판을 보고 있으면 묘한 감정에 사로잡힌다. 두렵고 설 던 오픈 첫날 부모님과 함께 가게에 들어오는 손님들을 마음 편하게 보고 있을 수가 없었다. 소위 말하는 오픈빨이 끝나면 어떻게 될까? 라는 걱정이 앞섰다. 물론 부모님이 걱정하실까 봐 티를 내지는 않았지만 말이다. 아니나 다를까 석영의 와인바는 개업 효과가 끝나자마자 파리가 날리기 시작했다. 지인과 친구들이 한 번씩 왔다 갔던 첫 달 매상은 그럭저럭 괜찮았으나 다시 찾는 사람들은 반으로 줄었고 다음 달에는 또 그것의 반으로 줄었다. 하루에 몇백만 원의 매출은 금방 올릴 거로 생각했던 포부와 자신감은 점점 쪼그라들고 있었다. 어떤 날은 하루에 한 팀도 받지 못하고 문을 닫았던 날도 있었다. 그런 날 어머니가 전화라도 오시면 무슨 말을 드려야 할지 아무런 생각도 나지 않았다. 어머니에게 돈 많이 벌어서 빌린 돈을 금방 갚아드리겠다고 호언장담했었는데 말이다. 이렇게 가다가는 갚기는커녕 빌린 돈을 다 날릴 판이었다. 하도 손님이 오지 않다 보니 외부 조명을 제외하고 실내조명은 굳이 켜놓아야 하나? 라는 생각까지 들었다. 장사가 잘 안되다 보니 사람이 점점 옹색하게 변하고 있었다. 누가 말하지 않아도 석영 자신 스스로 느낄 만큼 말이다. 그냥 지금이라도 문을 닫고 집에 돌아가는 게 맞을까? 라는 생각이 들기 시작했다. 지금이라도 그만두면 매달 나가는 임대료라도 아낄 수 있을 테니 말이다. 그때부터였던 것 같다. 와인바에 출근하면 스피커의 볼륨을 최대로 올리고 오래된 재즈 뮤지션의 음악들을 하나씩 찾아 듣기 시작하는 버릇이 생겼다. 어떤 날은 빌 에반스의 모든 앨범을 다 듣고 갔던 적도 있었고 또 어떤 날은 버디 리치의 드럼 소리와 사랑에 빠지기도 했다. 특히 The Wailing Buddy Rich 앨범에 수록된 <The Monster>의 빠른 피아노 연주와 드럼 박자를 듣고 있으면 우울함이 한방에 사라지는 느낌을 받았다. 마치 버디 리치가 살아 돌아와 어서 일어나라고 말해주는 것만 같았다.

"석영아, 모든 연주에 있어서 말이야 드럼이 무너지면 끝이야. 지금 넌 드럼이 없는 재즈 연주를 하고 있는데 정신 차리고 어서 스틱을 잡아."

"버디 리치 씨. 저도 알아요. 스틱이 바닥에 떨어져 있다는 것을요. 그런데 스틱을 잡을 힘이 없어요."

"그래? 내 드럼 연주로 자네를 일으켜 세워주지."

누구보다 빠르고 활기 넘치는 버디 리치의 드럼 독주는 마치 등짝을 쉴 새 없이 때리는 것처럼 느껴졌다. 도저히 누워있을 수가 없는 드럼 연주였다.

"버디 리치 씨. 일어나서 스틱을 잡을게요."

"거봐. 내가 자네를 일으켜 세워준다고 했지? 힘들 때면 언제든 나를 찾아오라고."

그 뒤로도 버디 리치의 드럼 연주는 석영이 포기하고 싶을 때마다 나타나 와인바를 청소하고 와인 잔을 닦게 해주었다. 그렇게 3개월 차 와인바 사장 명함을 달았을 때 하나둘씩 손님들이 찾아오기 시작했다. 하루에 두 팀. 세 팀. 주말에는 예약하지 않고 찾아오는 손님들이 생겨났다. 그때 자리에 앉지 못하고 기다리는 손님들을 위해서 시작한 게 특이사항란 적기였다. 좋아하는 음악이 있는지 어떤 와인을 좋아하는지 적다가 보면 기다리는 시간이 조금이라도 덜 지루할 것 같았기 때문이다. 생각보다 손님들의 반응은 좋았다. 그리고 초보 와인바 사장에게는 손님들의 살아있는 취향 분석이 되었다. 어떤 와인을 새로 들여오면 좋을지 어떤 음악을 선곡해야 좋을지 알 수 있는 정보가 되었다. 역시 답은 손님에게 있었다. 와인바를 찾아오는 손님들을 행복하게 만들어주면 대부분 해결될 문제였다. 물론 그 단계까지 갈 수 있었던 힘은 버디 리치의 드럼 연주였다.

오후 6시. 오늘도 석영은 재즈 음악으로 짧은 샤워를 끝내고 손님 맞을 준비를 하고 있다. 이제는 손님을 위해 만들었던 특이사항란을 석영이 가장 즐기고 있다. 마치 멀리 떨어져 있는 애인의 연애편지를 기다리는 심정으로. 오늘의 예약 손님도 어김없이 메모를 남기셨다.

"아트 블래키의 드럼 연주를 듣고 싶어요."

아트 블래키는 1940년대에 활약한 미국의 재즈 드러머이다. 아트 블래키를 알 정도면 오늘 오실 손님은 재즈를 꽤 알고 즐기시는 분임이 틀림없다. 오늘은 손님과 재즈에 관해서 이야기를 나눠보면 좋겠다. 다른 건 몰라도 재즈라면 석영도 조금 안다는 자부심이 있기 때문이다.

오후 9시. 검은 가죽 재킷에 선글라스를 쓴 오늘의 손님이 걸어오고 있다. 한눈에 봐도 오랜 세월 음악을 한 사람이란 걸 알수 있다. 뚜벅뚜벅 계단을 올라온 손님은 힘차게 문을 열었다.

"안녕하세요. 여기가 별 아래, 와인바입니까?"

"네. 맞아요. 잘 찾아오셨네요. 아트 블래키의 드럼 연주를 듣고 싶다고 하셨던 손님이시죠?"

"오늘같이 낮과 밤의 온도 차가 크게 나지 않는 날이면 저는 꼭 아트 블래키의 연주가 생각이 나더라고요. 혹시 저녁에 <The Way You Look Tonight>을 들어보신 적 있으세요?"

"저녁에 들어본 적은 없지만, 손님이 왜 그 노래를 저녁에 들어봤냐고 물어보시는지 유추는 할 수 있을 것 같아요. 마치 1년에 한 번뿐인 선상 무도회에 온 것만 같은 느낌이 들어서죠?"

"맞아요. 대규모 콘서트장이라기보다는 선택받은 소수의 사람이 바다 위에서 춤추고 와인을 마시는 느낌이 드는 음악이죠. 흠. 사장님이 꽤 재즈를 아시네요."

"저도 재즈를 사랑하거든요. 물론 아직 들어보지 못한 음악이 너무 많아서 다 안다고는 할 수 없지만 말이에요. 내심 오늘의 손님을 기다리고 있었어요. 재즈에 관한 이야기를 나눌 수 있을 거로 기대해서요."

"주로 아는 사람만 듣는 음악 장르가 돼버렸죠. 하지만 재즈와 사랑에 한 번 빠지면 절대 헤어질 수 없어요. 그게 재즈의 매력이죠."

"하하하. 맞아요. 저도 다양한 장르의 음악을 듣지만 아무리 들어도 질리지 않는 음악 장르는 재즈라고 생각하거든요. 혹시 재즈 연주도 하세요?"

"광진구에 있는 재즈바에서 팀원들과 매주 토요일마다 연주해요. 주로 비밥 장르를 연주하죠."

"그래서 아트 블래키를 좋아하시나 보네요. 그분이 찰리 파커와 디지 길레스피와 함께 전설적인 비밥 연주를 하셨었으니까."

"맞아요. 기존에 춤을 위한 반주음악을 벗어나서 재즈가 연주자들의 창조성과 독창성을 극대화하기 시작한 태동이 비밥이었죠. 재즈를 잘 아시는 와인바 사장님을 만나서 기분이 좋은데요?"

"하하하. 저도 재즈를 잘 아시는 손님이 오실 때 가장 기분이 좋습니다. 그러면 듣고 싶은 아트 블래키의 음악을 고르고 계시겠어요? 와인 리스트 가져다드릴게요."

"그러죠."

손님은 석영의 CD와 LP가 꽂혀 있는 창가 쪽 테이블로 향했다. 그곳에는 아트 블래키가 리더로 있었던 재즈 메신저의 A Night in Tunisia 앨범이 있었다.

"여기 와인 리스트입니다. 듣고 싶은 음악은 찾으셨어요?"

"1961년에 발매된 A Night in Tunisia를 가지고 계시네요? 요즘 구하기 힘들 텐데."

"아, 저도 그 앨범 구하려고 발품을 정말 많이 팔았어요. 제일 어렵게 구한 앨범 중 하나죠."

"저도 예전에 미국에 연주하러 갔었을 때 빈티지 레코드 샵에서 사 왔는데 지금 들어도 명반이죠. 특히 2번 트랙인 <Sincerely Diana>의 트럼펫 연주는 전율을 일으킬 정도로 멋지고요."

"트럼펫 연주자가 리 모건이었죠?"

"맞아요. 제가 가장 좋아하는 트럼펫 연주자예요. 60년대를 대표하는 하드 밥 연주자 중 한 분이고. 재즈 이야기하다 보니 얼른 와인 마시고 싶은데요? 재즈와 어울리는 와인은 어떤 걸 가지고 계세요?"

"재즈와 어울릴만한 와인이라... 딱 생각나는 와인이 한 병 있네요. 잠시만요."

석영은 한 폭의 수채화처럼 아름다운 라벨이 그려진 와인 한 병을 가져왔다.

"제가 소개해드릴 오늘의 와인은 도멘 라 꼬뜰레뜨의 멜리고 떼 2020 빈티지예요. 꼬뜰레뜨를 운영하는 베누아 킬리안 씨는 15년 동안 와인을 판매하는 딜러이자 재즈 드럼 뮤지션이셨죠. 그리고 내추럴 와인 박람회인 Les Reunions Tu Peux R'Boire를 주최하셨고요. 부르고뉴 북부 Cote de Saone에 위치한 작은 포도원을 인수하면서 와인 메이커의 길로 들어섰는데 그곳은 숲과 과일나무 등으로 둘러싸여 높은 생물다양성을 갖추고 있는 축복 받은 땅이었죠. 베누아 씨는 몇몇 위대한 생산자에게서 와인 양조를 배운 뒤 2019년 첫 빈티지를 출시하셨는데 엄격하게 유기농, 비오디나믹으로 밭을 관리하고 토착 효모로만 발효하며 여과나 황을 쓰지 않으신다고 해요."

"흥미로운 이력을 가지신 와인 메이커시네요. 내추럴 와인 박람회까지 주최하실 정도면 와인에 대한 열정도 엄청나신 것 같고."

"저도 듣기만 했는데 박람회에 가면 와인 뿐만 아니라 많은 뮤지션들도 함께 참여해서 훌륭한 공연까지 즐길 수 있다고 해요. 그분이 말씀하시길 모든 것이 진동이고 일부는 다른 것들보다 더 강하다. 특히 즉흥 음악을 연주하거나 와인을 맛볼 때 이러한 진동을 더 강하게 느낀다고요. 참 재즈 드러머다운 표현이죠?"

"그렇네요. 저는 재즈와 어울리는 이 와인으로 할게요."

"좋은 선택이시네요. 그러면 오픈해드릴게요. 도멘 라 꼬뜰레뜨의 와인은 농부의 능숙한 손길을 거쳐 소량으로 만들어지기 때문에 매우 조율된 질감과 소박하면서도 미묘한 아름다움을 느끼실 수 있을 거예요. 혀 위에서 부드럽게 노니는 과일의 진정한 순수성을 가진 멜리고떼 2020 빈티지를 마음껏 즐겨보세요."

재즈와 와인은 서로 닮은 면이 많다. 종의 다양성을 추구하려는 시도가 끊이지 않게 일어나고 있고 자연 그대로를 존중하며 사람은 그저 재즈와 와인을 즐긴다는 면에서 말이다. 아주 오래전에 연주된 재즈 음악은 지금 들어도 사람을 신나게 한다. 그리고 순수하게 포도와 포도 껍질로만 만들어진 내추럴 와인과 함께하면 그 시너지가 극대화된다. 그 이치를 잘 아는 와인 메이커 베누아 킬리안 씨가 만든 도멘 라 꼬뜰레뜨는 와인과 재즈가 보여줄 수 있는 최고의 조합이다.

11화. 나투르킨더 🍷

바인슈바머 2019
지역 : Franconia, Germany
품종 : Grauburgunder(Pinot Gris), Riesling

와인바를 열고 나서 좋은 점이 있다면 다양한 사람들의 이야기를 들을 수 있다는 것이다. 사람들은 음악과 와인을 사랑한다는 이유 하나로 이곳에 모여 자신의 마음속 깊은 곳에 묻어두었던 이야기들을 꺼내곤 한다. 적다면 적고 많다면 많은 나이인 33살의 석영은 사람들의 이야기를 매우 사랑하는 중이다. 그리고 매일 매일 손님들의 이야기를 들으며 성장하는 중이다. 봄철에 만났던 손님들이 봄동을 닮은 사연을 들려주고 갔었다면 여름철에 만나는 손님들은 더욱 향이 짙은 미나리를 닮은 사연들을 들려주고 있다. 사람도 계절을 타는 것일까? 제철 음식을 마음껏 먹은 사람들은 그에 어울리는 사연을 말하고 싶은 것일까? 석영은 요즘 손님들이 가져오는 제철 사연을 듣고 추천해드릴 와인들을 더 유심히 골라 주문하고 있다. 장마가 오는 날에 마시면 좋을 와인, 무더위에 지친 손님들이 갈증을 잊어버릴 만큼 시원한 와인, 과일을 따로 먹을 필요가 없을 정도로 과실 향이 가득한 와인처럼. 언제 마셔도 좋은 와인들이지만 유독 여름 하면 생각나는 와인들이 있기는 마련이다. 손님들을 대신해서 그런 고민을 하는 게 와인바를 운영하는 석영이 해야 할 일이기도 했다.

또한 석영은 여름을 맞아 대대적으로 메뉴판도 수정했다. 간단하지만 재료 본연의 맛을 느낄 수 있는 여름 제철 나물과 채소로 만든 타파스 메뉴를 추가했다. 아무래도 혼자서 주방과 홀을 담당하기에는 복잡하고 어려운 요리를 만들기 어려웠다. 그리고 정식으로 요리를 배우지 않은 석영에게 전문적인 기술을 요구하는 음식들은 아직 버거웠다. 다행히도 요리 솜씨가 뛰어나신 어머니 옆에서 보고 들은 기술들을 활용하여 석영만의 타파스 메뉴는 충분히 가능하다고 생각했고 몇 달 동안 가게에 남아 남몰래 연습하기도 했다. 아직 거창하게 설명할 수준은 아니었지만, 자신만의 철학을 담은 음식을 선보이고 싶은 석영의 욕망은 꽤 커 보였다. 그렇게 탄생한 메뉴 중 하나가 바로 로메스코 소스를 올린 구운 채소였다. 사실 숯을 다루는 요리가 쉬운 것은 아니다. 화력을 마음대로 조절할 수 있는 가스레인지를 사용한 요리보다 훨씬 어려웠고 균일한 굽기를 유지하려면 과정에 보통 관심을 쏟아야 하는 게 아니었다. 그래도 포기하고 싶지 않았다. 다른 숯에 비해 가격이 훨씬 비싼 비장탄까지 구입해서 몇 상자의 양파와 파프리카를 태우고 설 익혔을까? 조금씩 감이 오기 시작했다. 그런 노력 끝에 맛보는 채소의 풍미와 단맛은 설명하기 힘들 정도로 맛있었다. 그래. 이 정도면 손님들에게 내보여도 되겠다.

첫 번째 숙제를 마친 석영은 소스를 만들기 시작했다. 물론 숯불에 구운 채소 그 자체로도 이미 맛있었지만, 한국인이 어떤 민족인가? 다양한 양념의 민족 아닌가? 남은 파프리카로 만들 수 있는 소스를 찾던 석영은 스페인 전통 음식인 로메스코 소스를 만들어보려고 한다. 우선 파프리카를 숯불에 올려 두고 아몬드는 프라이팬에 굽는다. 겉면이 까맣게 되도록 구운 파프리카는 찬물에 씻어주면 껍질이 쉽게 벗겨진다. 그리고 부드러운 파프리카의 속살과 아몬드, 마늘, 파마산 치즈 가루, 올리브유, 소금, 후추를 믹서기에 넣고 곱게 갈아주면 완성이다. 아주 간단해 보이지만 숯불에 구운 어떤 재료와도 잘 어울리는 훌륭한 소스다. 이제 모든 준비는 끝이 났다. 손님이 주문해주시길 기다릴 뿐이다.

여름날은 봄날보다 하루가 더 길게 느껴졌다. 물론 자영업을 하다 보면 하루가 어떻게 가는지 모를 정도로 바쁜 나날을 보낸다. 아마 석영뿐만 아니라 전국의 자영업자분들이 다들 그렇게 사실 거로 생각한다. 그러나 내가 바빠서 손님들이 더 행복한 시간을 보내고 가실 수 있다면 더 바랄 것도 없다. 그런 각오는 이미 와인바를 열기 전부터 가졌었기 때문이다. 딱히 정해진 휴무도 없이 사는 석영이지만 이미 삶의 일부분이 되어버린 와인바를 나오면 왠지 모르게 마음이 편해졌다. 매일 매일 일하러 갈 곳이 있다는 게 어쩌면 큰 행복인지도 모른다.

오후 5시. 석영은 평소보다 일찍 오픈 사인을 돌렸다. 오늘은 얼마 전부터 나가기 시작했던 독서 모임에서 만난 지인이 오기 때문이다. 대전에 사시는 그분은 도서관에서 돌봄 글방이라고 하는 글쓰기 수업을 하신다. 평소 글쓰기에 관심이 많았던 석영은 그분에게 서울에 오실 일이 있으시면 꼭 자신의 와인바에 놀러 오라고 말했던 적이 있다. 그리고 오늘이 그날이다. 저 멀리서 회색 재킷에 검은색 치마를 입은 작가님이 꽃 한 송이를 들고 석영의 와인바로 걸어오고 있다. 수줍음 가득한 얼굴에 온화한 미소를 가진 작가님은 겉보기보다 수다를 좋아하신다. 어쩌면 그래서 석영과 더 빨리 친해졌는지도 모른다.

"안녕하세요. 석영 씨. 잘 지내셨어요? 언제 한번 놀러 오나 했는데 이제야 오네요."

"아, 작가님. 어서 오세요. 기다리고 있었습니다. 먼 길 오시느라 고생하셨죠?"

"오전에 종로에서 글쓰기 강연하고 오느라 조금 바쁜 하루긴 하네요. 와인바가 너무 예뻐요. 아, 여기 선물이요. 빈손으로 오기 그래서."

"어휴. 무슨 꽃까지 사 오시고. 그냥 오셔도 되는데. 감사합니다. 얼른 앉으세요. 식사는 하셨고요?"

"아직 한 끼도 제대로 못 먹어서 배고파요. 강연이 있는 날은 너무 긴장돼서 아무것도 못 먹겠더라고요. 오늘 맛있는 요리 해주실 거예요?"

"새로운 메뉴가 있는데 작가님이 맛보시고 평가 좀 해주세요. 혹시 양파랑 파프리카 싫어하시지는 않으시죠?"

"그럼요. 지금 너무 배가 고파서 고무도 씹어 먹겠어요."

"하하하. 조금만 기다려주세요. 얼른 요리 만들어드릴게요. 와인은 어떤 걸로 하시겠어요?"

"제가 와인에 대해서 뭘 아나요. 석영 씨가 추천해주세요. 저보다 훨씬 와인에 대해서 많이 아시잖아요."

"음, 안 그래도 오늘 만들 요리와 어울릴만한 와인을 생각해두긴 했는데 그러면 그걸로 추천해드릴게요. 잠시만요."

석영은 작가님이 가져온 꽃을 바 테이블 위에 고이 놔두고 와인 냉장고로 향했다. 그리고는 박쥐가 그려진 와인 한 병을 꺼내왔다.

"오늘 제가 준비한 요리가 숯불에 구운 채소와 로메스코 소스인데요, 최대한 재료 본연의 맛을 끌어내려고 노력했어요. 예전에 친구랑 압구정에 있는 파인 다이닝 레스토랑에 간 적이 있는데 거기서 먹어본 숯불에 구운 채소가 내추럴 와인이랑 잘 어울리더라고요. 그 뒤로 메뉴에 넣기 위해 꾸준히 연습을 해왔었는데 마침 작가님이 오시는 날에 첫선을 보이게 되네요. 오늘 추천해드릴 나투르킨더의 와인과도 페어링이 아주 좋고요."

"어머, 얘기만 들어도 석영 씨가 많은 공을 들였다는 게 느껴지네요. 그런데 왜 하필 다른 재료도 많은데 숯불에 채소를 구웠어요?"

"아, 물론 고기나 해산물을 구울 수도 있는데 저만의 개똥철학일지 몰라도 내추럴 와인 특유의 쿰쿰한 맛과 숯불에 구운 채소가 제일 궁합이 잘 맞는다고 생각해요. 채소도 어떻게 요리하냐에 따라서 복합적인 맛과 식감을 가진 재료가 될 수 있거든요. 보통 한국인들은 샐러드나 무침으로 채소를 많이 섭취하지만, 유럽에서는 직접 불에 구운 채소를 많이 먹기도 하고요. 뭐랄까? 구운 채소와 내추럴 와인을 함께 먹으면 그 와이너리의 모든 것을 입에 넣는 느낌이 난다고 할까나?"

"그러시구나. 듣다 보니 석영 씨가 다른 와인이 아니라 구운 채소와 나투르킨더의 와인을 페어링한 이유가 있을지도 모른다는 생각이 드네요. 혹시 특별한 이유라도 있어요?"

"음…. 철학적인 이유라고 할까요? 요즘 자기 전에 철학자들이 남긴 말씀을 듣곤 하거든요. 그런데 어느 날 니체가 남긴 말이 가슴에 다가와 꽂혔어요. 춤추는 별을 잉태하려면 반드시 스스로의 내면에 혼돈을 지녀야 한다. 그러고 나서 나투르킨더의 와인을 다시 보니까 뭔가 이전과 다르게 보이더라고요. 나투르킨더를 운영하는 미카엘과 멜라니 씨는 대학에서 유대인 연구와 철학을 공부한 뒤 독일과 런던, 뉴욕에서 6년간 과학 출판 분야에서 일하셨다고 해요. 그래서인지 두 사람이 만드는 와인에서는 아주 뚜렷한 철학이 느껴져요. 마치 혼돈과 질서를 와인으로 표현하려고 하는 것처럼."

"혼돈과 질서를 와인으로 표현하려고 한다고요? 흥미로운데 조금 더 자세하게 설명해봐요. 석영 씨."

"두 분은 토양개선에 아주 많은 시간을 쓰고 큰 애정을 가지고 계시죠. 생물다양성, 즉 지속 가능한 생태계를 위해서 여러 가지 시도를 한다고 해요. 토양 내 질소와 탄소 비율을 최적화해서 다양한 미생물이 자랄 수 있게 한다거나 밭 주변에 연못을 만들어 잠자리, 나비, 꿀벌들이 포도원 주변을 함께 살아가도록 하는 방식으로요. 와인 라벨에 그려진 박쥐는 야생 박쥐를 보존하기 위한 프로젝트라고 해요. 자연을 자세히 들여다보면 다양한 생물이 혼돈에 빠진 것처럼 살아가지만 동시에 서로 간의 질서를 유지하면서 공존하죠. 나루트킨더의 와인은 그런 철학을 담으려고 노력한 와인이란 생각이 들어요. 뭐랄까 그들이 표현하는 진정한 자연을 닮았달까? 그래서 구운 채소 요리와 잘 어울린다고 생각했고요."

"석영 씨. 요즘 내적으로 많이 성장했다는 느낌이 드는 거 알아요? 저희가 처음 독서 모임에서 만났을 때보다."

"하하. 그런가요?"

"그럼요. 처음 만났을 때는 말도 별로 없고 조용히 자기 하는 일만 이야기 했던 것 같은데 요즘은 세상을 보는 시야가 많이 넓어졌다는 느낌이 드네요. 그리고 조금 더 세상을 따뜻하게 볼 줄 아는 것 같고."

"아무래도 와인바를 시작하고 나서 다양한 사연을 가진 손님들의 이야기를 듣다 보니 제가 이전에 알던 것이 전부가 아니란 생각을 많이 하게 된 것 같아요. 어쩌면 저도 질서와 혼돈을 오고 가면서 저만의 방식으로 조금씩 정리해 온 건지도 모르죠."

"좋은 표현이네요. 저도 철학이란 나와 세상을 보고 자신만의 생각을 정리하는 것에 가깝다고 생각하거든요. 그래서 많은 철학자가 공유하는 공통점도 있지만, 특색있는 차이점도 있다고 생각하고. 우리 모두는 다른 사람이니까. 그게 내추럴 와인을 만드는 와인 메이커들마다 다른 맛을 내는 이유가 아닐까 싶기도 하네요. 그리고 무언가를 창조하려면 철학이 중요하다고 생각하고요. 이야기를 나누고 나니까 석영 씨가 만든 요리와 나투르킨더의 와인이 더 궁금해지네요. 석영 씨. 나 너무 배고파요. 얼른 먹고 싶어요."

"하하. 이야기에 심취했더니 대화가 너무 길어졌네요. 와인 오픈해드리고 얼른 요리 만들어드릴게요."

초록색 배경에 그려진 나방이 특징인 바인슈바머 2019 빈티지가 입을 열었다. 특히 2019년에 완벽한 과실 향과 타닌의 균형을 가지고 태어난 Grauburgunder와 적절한 산미를 가진 Riesling 품종이 블렌딩 된 와인이었다. 작가님은 먼저 와인을 한 입 머금고 음미하기 시작했다.

"마치 면도날처럼 날카로운 산도가 느껴지네요."

"어린 리슬링 품종을 직접 압착해서 산도를 유지하려고 했다고 해요. 자, 여기 구운 채소와 로메스코 소스입니다. 같이 한번 드셔보세요."

산미로 가득한 입 안에 숯불 향을 머금은 채소가 들어왔다.

"우와. 석영 씨. 진짜 맛있어요. 저 이렇게 채소가 맛있게 느껴진 적은 처음이에요. 싱그러움으로 가득한 입 안에서 채소의 즙이 뿜어져 나와서 꼭 안아주는 느낌이네요. 정말 훌륭한 조합이에요. 석영 씨가 왜 그렇게 깊이 고민을 하셨었는지 이해할 수 있겠어요. 정말 철학이 느껴지는 맛이네요."

"하하. 제가 생각한 대로 전달이 되었다니 저도 기쁘네요. 원하시면 얼마든지 더 구워드릴 테니 마음껏 드세요."

"냉장고에 있는 채소를 다 구워달라고 할지도 모르는데? 하하."

다른 사람들과 다르게 유독 나에게 편하게 다가와 주는 사람들이 있다. 어제 마신 술이 깨지 않는다며 갑자기 손을 잡는 사람. 약속 시간보다 늦게 나타나서 짧은 포옹으로 사과하는 사람. 살아온 환경과 경험은 다를지라도 비슷한 방향으로 세상을 보는 사람들이다. 우리는 그걸 철학이라고 부른다. 석영과 작가님은 비슷한 결을 가진 사람이라서 쉬지 않고 말을 주고받을 수 있는 것이다. 점점 나이가 들수록 비슷한 철학을 가진 사람들이 좋아지기 시작했다. 그들과 함께 나누는 시간이 더 좋아지기 시작했다. 그리고 나투르킨더의 와인이 그 자리를 함께했다.

12화. 라미디아

🍷

프렉트 2020

지역 : Abruzzo, Italy

품종 : Pecorino

 오늘도 석영은 재즈로 하루를 시작한다. 찰랑거리는 와인을 닮은 빌리 홀리데이의 <Autumn In New York>은 언제 들어도 좋은 기상 음악이다. 마치 뉴욕의 5번가에 있는 플라자 호텔에서 센트럴 파크의 호수를 보는 느낌이랄까? 석영이 꿈꿀 수 있는 가장 좋은 장소에서 꼭 듣고 싶은 음악이었다. 행복은 상상이 더해질 때 더욱 찬란한 빛을 발하기 마련이다. 많은 영화의 배경이 되었던 뉴욕은 이번 가을 석영이 큰마음을 먹고 짧은 휴가를 보내려고 하는 곳이다. 와인바를 열고 1년을 버티면 자신에게 수고했다는 의미로 여행 선물을 주기로 다짐했었다. 책임감 때문에 가게를 비우고 긴 여행은 하지 못할지라도 어딘가로 떠나서 자유로움을 느껴보고 싶었다. 그리고 뉴욕은 좋은 재즈바와 와인바들이 가득한 도시가 아닌가? 핑계라면 핑계일지도 모르겠지만 역사 깊은 도시를 거닐고 온다면 자신의 와인바를 꾸려가는 데 큰 도움이 될 거로 생각했다. 아직 여름이지만 가을에 만나게 될 꿈을 가진다는 건 언제나 중요하고 행복한 일이다. 그리고 꿈을 꿨다면 실현하기 위해서 최선을 다해야 한다. 설령 그 꿈을 완벽하게 실현하지 못하게 되더라도 말이다. 꿈을 이루는 것만큼이나 중요한 것은 성실하게 과정을 채우는 것이라고 오래전부터 생각했었다. 누구에게 보여주기 위함이 아니라 자신에게 떳떳하고 싶다는 생각이 석영을 지금까지 버티게 해주었다. 그래서 작은 와인바일지 몰라도 많은 애정을 쏟는 중이다.

　일이란 하면 할수록 효율이 생기고 하다 보면 같은 일이라도 더 빨리 끝내게 된다. 모든 준비를 끝내고도 한두 시간의 여유가 생겼을 때 석영은 전자기타를 하나 주문했다. 중학교 때 잠시 통기타를 배웠고 하다못해 직장인 동호회까지 찾아갔던 적이 있다. 그곳에는 석영보다 나이가 세 살 많은 고등학생 누나가 있었고 마냥 어렵게 느껴지는 어른들 사이에서 친밀한 관계를 맺었던 사람이었다. 마침 같은 방향으로 가는 버스를 타고 뒷좌석에 앉아 집으로 돌아가는 저녁 시간은 아직도 좋은 기억으로 남아있다. 어쩌면 그때의 좋았던 기억이 여전히 남아있어서 다른 악기가 아니라 기타를 주문했는지도 모른다. 하얀 바디에 노란 헤드를 가진 기타가 며칠 뒤에 와인바로 배송되었다. 그 당시 고등학생 누나가 가지고 있던 기타와 비슷한 모양이었다. 세월이 너무 흘러서 누나의 이름도 잘 기억나지 않지만 누나가 메고 다녔던 기타의 모양과 색상은 또렷이 기억이 난다. 석영이 가지고 다녔던 초록색 통기타보다 누나가 연주했던 하얀색 전자기타가 늘 멋있어 보였다. 그래서 언젠가 전자기타를 가지게 되면 누나의 것과 비슷한 기타를 가지자고 중학생의 석영은 생각했었다. 십수 년이 지난 오늘 석영은 마침내 전자기타를 가졌다.

사실 지금 기억이 나는 거라곤 손가락이 기억하는 C코드뿐이다. 가장 기본적이고 많이 쓰는 C코드는 살면서 절대로 잊지 않을 거란 확신이 든다. 마치 손으로 살포시 기타를 움켜쥐는 듯한 C코드는 인간이 태어날 때부터 해온 가장 익숙한 손의 움직임이다. 무언가를 가지려고 하는 것은 인간의 기본적인 욕망이기 때문이다. 그래서 기타를 한 번이라도 배워본 사람들은 C코드를 절대로 잊지 않는 것으로 생각한다. 오랜만에 기타를 연주해보니 굳은 손가락이 말을 듣지 않아서 꽤 답답했다. 그렇게 몇 번 손가락이 아릴 정도로 지판을 눌러 보고 나서 책장 옆에 고이 모셔두었다. 처음부터 너무 큰 욕심은 내지 않으려고 한다. 대신 눈에 잘 보이는 곳에 두었을 뿐이다. 뭐든 눈에 잘 띄지 않으면 잊히기 마련이니까. 오픈 시간이 다가오고 석영은 영업준비에 다시 들어갔다.

오후 6시. 오늘의 예약 손님이 오실 시간이다. 또 어떤 이야기를 가진 손님이 오실까? 오늘 오실 손님은 특이사항란에 아무런 메모도 남기지 않으셨다. 그래서 손님이 오실 때까지 마냥 기다릴 수밖에 없다. 사실 모든 손님이 예약과 함께 메모를 남기시는 것이 아니기에 때에 맞게 손님의 반응을 보고 대처해야 하는 경우가 더 많지만 말이다. 처음 와인바를 열었을 겨울에는 어떤 인사말로 손님들에게 다가가야 할지 막막한 면도 있었지만 봄이 지나고 여름에 들어와서는 한결 가벼운 마음으로 손님에게 먼저 말을 거는 법을 배운 석영이다. 그래서였을까? 태어나서 처음 들어보는 칭찬을 듣기도 했다.

"사장님이 되게 성격이 좋으시네요. 늘 편안하게 맞아주셔서 감사해요."

33년을 사는 동안 석영 자신도 몰랐던 면을 알아봐 주는 사람들이 점점 생기기 시작했다. 그리고 자신에게 찾아온 싫지 않은 변화였다. 와인바를 열지 않았다면 오랫동안 몰랐을 자신의 숨겨진 모습이었다. 우리는 그렇게 새로운 나와 계속해서 만나는 중이다.

저 멀리서 큼지막한 악기 가방을 메고 걸어오는 오늘의 손님이 있다. 엄청 거대한 가방의 크기로 봐서는 콘트라베이스 정도 되는 악기로 보인다. 가끔 가는 재즈바에서 볼 수 있는 콘트라베이스는 너무 매력적인 악기다. 물론 다른 현악기들도 매력적인 음색을 가졌지만 유독 재즈 연주에는 더욱 묵직한 소리를 내는 콘트라베이스가 자주 등장한다. 아무래도 드럼과 함께 전체 연주를 이끌어가는 뼈대 같은 악기이기 때문이다. 오늘의 손님은 무거운 악기 탓인지 다른 곳에는 일절 시선을 주지 않고 바로 와인바로 올라왔다.

"안녕하세요. 6시에 예약한 권성철입니다."

"아, 어서 오세요. 엄청 큰 악기 가방을 메고 오셨네요. 혹시 콘트라베이스인가요?"

"네, 맞아요. 오늘 합주 연습을 마치고 바로 오느라 악기를 집에 두고 올 수가 없었어요. 오랜만에 만나는 친구가 오늘 와인을 마시자고 하길래 집에 갔다 오면 늦을 거 같더라고요. 혹시 악기 좀 저기 놔둬도 될까요?"

"물론이죠. 저한테 주세요. 저기 책장 옆에 두면 될 것 같아요."

"감사합니다. 어? 사장님도 악기를 연주하시나 보네요. 전자기타가 있는 걸 보니."

"아. 하하. 연주를 할 수 있는 건 아니고 예전부터 전자기타를 쳐보고 싶었는데 오늘 마침 배송이 왔네요. 오자마자 쳐봤는데 역시 쉽지 않더라고요."

"그러시구나. 학원에 가실 생각이세요?"

"아직 잘 모르겠어요. 꾸준히 학원에 다니기에는 시간이 없기도 하고 해서 그냥 인터넷 보고 혼자 천천히 연습해볼까 해요. 혹시 손님은 콘트라베이스를 전공하신 거예요?"

"아, 저도 전공을 하지는 않았고 독학한 지 4년 됐어요."

"정말요? 보통 콘트라베이스 같은 악기를 독학할 생각하기는 쉽지 않은데 대단하시네요. 어렵지 않으셨어요?"

"어려웠죠. 현악기의 특성상 정확한 소리를 내기도 어렵고 거의 감으로 계이름을 찾아야 하니까요. 피아노나 관악기보다 독학하기 더 어려웠던 것 같아요. 다행히 직장인 밴드에 바이올린 전공자가 계셔서 많은 도움을 받았어요. 크기만 다르다 뿐이지 연주하는 방식은 비슷하니까요."

"그러면 사람들이랑 같이 공연도 하세요?"

"네, 자주는 아니지만, 가끔 병원이나 요양원 같은 곳에서 재능기부 형식으로 공연을 해요. 몇 주 뒤에 있을 여름 정기 공연 때문에 연습을 하러 갔다 오는 길이고요."

"우와. 멋지네요. 저도 중학생 때 직장인 밴드에 가서 기타를 배운 적이 있거든요. 비록 오래 있지는 않았지만, 여전히 좋은 기억으로 남아있어요. 저랑 고등학생 누나 말고는 다들 성인들이었는데 많이 예뻐해 주고 챙겨주셨거든요."

"가끔 우리 동호회에도 어린 친구들이 찾아오곤 해요. 어떻게 알고 왔는지는 모르겠지만 보면 다들 어린 나이지만 배우려고 하는 열정이 대단해서 저도 많이 챙겨주려고 하죠. 보통 그 나이대 친구들보다 어른스러운 생각을 하는 게 기특하기도 하고. 또래 친구들이랑 노는 게 좋지 훨씬 나이 많은 어른들이 모인 곳에 오려고 하지 않잖아요? 사장님도 특이한 경우셨네요."

"지금 돌아봐도 어떻게 제가 그런 생각을 했었는지 희한하기는 하네요. 손님 말씀대로 흔한 경험은 아니었던 것 같아요. 무서운 곳일지도 몰랐는데 말이에요. 하하하."

"하하하. 그렇죠. 생각하는 만큼 무서운 일이 일어나는 곳은 아니지만 어린 나이에는 그렇게 생각할 수도 있거든요. 우리 동호회를 찾아온 어린 친구들에게도 물어보곤 해요. 어른들만 있는 곳에 가는데 부모님이 걱정하지 않으시냐고."

"그러면 뭐라고 대답해요?"

"잘 다녀오라고 하셨다던데요? 하하하. 보통 부모님들이 자식을 믿고 강하게 키우려는 경향이 짙은 분이셨어요. 물론 저희가 부모님도 아니고 어떻게든 배우고 싶어서 찾아온 어린 친구들이니까 자유롭게 연습하고 가라고 하기도 하고. 어차피 음악이 좋아서 찾아온 사람들이란 점에서는 나이에 상관없이 같잖아요."

"그렇죠. 제가 갔었던 동호회의 어른분들도 비슷한 생각이셨지 않을까 싶네요. 제가 그 나이가 되고 보니까 어떤 생각으로 어린 친구들을 봤을지 공감도 많이 되고요. 그나저나 친구분은 언제 오세요?"

"한 10분 뒤에 도착한다고 하네요. 나중에 친구가 오면 주문해도 되죠?"

"물론이죠. 와인 리스트는 가져다드릴 테니 먼저 보고 계세요. 궁금하신 점이 있으시면 물어보셔도 되고요."

"그럴게요. 감사합니다."

석영은 손님에게 와인 리스트를 가져다주고 손님의 콘트라베이스와 자기 기타가 잘 있는지 확인한 뒤 바 테이블 주변에 앉았다. 손님은 석영이 가져다준 와인 리스트를 보다가 빈 병이 모여져 있는 곳으로 시선을 옮겼다.

"사장님, 저기 손바닥이 그려져 있는 와인은 뭐예요?"

"아, 저 와인. 라미디아의 프렉트 2020 빈티지에요. 이탈리아의 아브루쪼라는 마을에서 만든 와인이죠."

"병 디자인이 되게 특이하네요."

"그렇죠? 라미디아는 두 명의 친구가 함께 만드는 와이너리인데 국내에 소개된 내추럴 와인의 1세대라고 볼 수 있어요. 그만큼 팬층도 많고 퀄리티도 검증된 와인이죠. 최근에 한국에 오셨던 적이 있어서 만나본 적이 있는데 엄청 유쾌한 성격을 가지신 분이세요. 특히 병에 그려진 손바닥 위에 자기 손바닥을 대고 그대로 따라서 그려주는 싸인 방식이 재밌었고요. 그때 기념으로 받아 온 병은 집에 모셔뒀어요. 혹시나 와인바에 두면 깨지기라도 할까 봐요. 하하하."

"재밌는 와인이네요. 조금 더 설명해주실 수 있어요? 친구가 오면 저 와인 마셔보자고 할까 봐요."

"물론이죠. 제가 좋아하는 와인 중 하나라서 조금 더 많이 알거든요. 라미디아는 3살부터 친구였던 다비드 젠틸레와 마르코 줄리아니가 2010년경에 내추럴 와인을 마시는 걸 넘어서 같이 만들어보자고 해서 탄생한 와인이에요. 2013년부터 첫 빈티지를 내놓기 시작했고요. 쉽게 말해서 와인 양조를 독학한 경우죠. 그들의 포도밭은 2헥타르로 매우 작지만 다른 포도밭의 포도를 구매해서 만드는 퀴베도 있어서 생산량은 꽤 되는 편이죠. 대부분의 내추럴 와인 메이커들이 그랬듯 처음 몇 번의 퀴베들은 발효도 진행해보지 못하고 실패했다고 해요. 물론 여러 이유가 있었겠지만, 다비드의 할머니는 귀신이 장난을 치는 것이라고 생각을 하셨죠. 그리고 이탈리아식 굿 풀이를 하게 되죠. 희한한 것은 그 의식을 한 퀴베들은 성공적으로 발효가 되었고 지금까지도 그 의식을 한다고 해요. 재밌죠?"

"하하하. 그렇네요. 와인 한 병에도 정말 재밌는 사연들이 담겨 있네요. 더군다나 두 친구가 독학했다는 게 대단하기도 하고요. 지금 오고 있는 친구도 피아노를 독학했거든요. 나중에 다른 악기를 연주하는 사람들과 저희만의 음악을 만들어보자는 목표를 세워서 많이 공감 가네요."

"라미디아를 이끄는 두 친구도 매년 실패와 경험을 통해서 발전하고 있고 가끔은 실험적인 퀴베를 선보이기도 해서 세상을 놀라게 하기도 하죠. 친구분이 오시면 이야기 나눠보세요. 포도 자체의 농익은 자연스러운 풍미와 미네랄, 크리스피한 산도, 리덕션이 특징인 와인이에요. 아주 개성이 뚜렷한 와인이라 몇 번 마셔보지 않은 분들도 금방 알아채시죠."

"네, 친구한테 이야기해줘도 흥미로워할 와인 같아요. 조금 있다가 친구가 오면 이야기 나눠보고 바로 주문할게요."

세상에는 도전을 멈추지 않는 사람들이 있다. 아직 가보지 않은 길이라서 두려움도 생기기 마련이고 더 많은 연습을 해야만 다음 단계로 갈 수 있다는 걸 알지만 자신이 사랑하는 것을 가지기 위해서 다들 용기를 내보는 것이다. 악기를 쥐는 손과 라미디아의 병에 그려진 손바닥처럼 우리는 도전 앞에서 늘 자신을 믿어야 한다. 그리고 충분히 해낼 능력이 있다. 가끔 망설여지는 순간이 있다면 자기 손바닥을 한번 보자. 할 수 있다는 용기가 샘솟을지도 모르니까.

13화. 스페셜 화 - 부아홍 🍷

뤼그 블랑슈 NV
지역 : Savoie, France
품종 : Barley Malt, Wheat Molt

　무더위가 기승을 부린다는 뉴스가 낯설지 않게 들리는 한 여름의 중간역을 지나가고 있다. 더운 여름보다는 차라리 추운 겨울을 선호하는 석영은 매년 여름이 되면 어떻게 덜 짜증을 내고 몇 개월을 보낼지 생각하곤 했다. 다행히 주변에 줄 지어져 있는 건물들 때문에 와인바로 침투하는 강한 태양이 실내 온도를 크게 올리지는 않았지만 덥고 습한 날에는 석영도 버틸 재간이 없었다. 그럴 때면 셔츠와 넥타이를 벗어 던지고 편한 복장으로 영업을 하고 싶은 마음이 들기도 했지만, 왠지 모를 불안감 때문에 넥타이를 풀 수가 없었다. 마치 재즈 공연을 하는 연주자가 된 심정으로 관객들에게 보여 줄 수 있는 가장 정갈한 모습을 보여주고 싶었다. 그리고 아버지가 오래전부터 해주셨던 조언이 생각나기도 했기 때문이다.

　"항상 밖에 나갈 때나 사람을 만나러 갈 때는 편하게 입고 나가지 말고 정장을 입고 가라."

　"아버지 무슨 친구들 만나러 가는데 정장을 입고 가요."

"정장만큼 가장 격식 갖추고 입는 옷도 없잖니. 슬리퍼 질질 끌고 나가는 것보다 깔끔하게 갖춰 입고 나가면 너를 보는 사람들의 태도와 시선도 달라지기 마련이다."

"아, 그냥 편하게 입고 갔다 올게요. 동네 근처에서 맥주 한잔 하는 건데."

예전에는 아버지의 말을 잘 이해하기 힘들었다. 아니, 어쩌면 아버지의 말이 맞다는 걸 알면서도 그저 하기 귀찮아서 등한시 했었는지도 모른다. 물론 구시대적인 마인드의 산물일지도 모르고 세상이 바뀌어서 요즘은 회사에 출근할 때도 평상복을 입고 가는 시대가 되었지만 말이다. 그런 것들에 별로 깊게 생각하지 않았던 20대가 다 지나가고 30대에 들어와서는 조금씩 생각이 바뀌기 시작했다. 저녁에 친구들을 잠시 만나는 날에도 다들 회사를 마치고 오다 보니 정장을 입고 오는 경우가 많았고 복장이란 게 사람의 상태를 나타내는 하나의 표식처럼 느껴졌다. 물론 옷이 그 사람의 모든 것을 다 설명해주지 않지만 말이다. 그러나 싫든 좋든 우리가 사는 세상에 엄연히 존재하는 일종의 규칙이었다. 규칙이라고 해서 다 따를 필요는 없지만 나름대로 최소한의 노력은 보여주는 것이 나를 둘러싼 세상에 대한 예의처럼 느껴졌다. 그래서 와인바를 열고 나서는 항상 셔츠에 넥타이를 맨다. 이곳까지 찾아와주시는 손님들에 대한 예의라고 생각했기 때문이다. 물론 그런 생각과 노력을 손님들이 알아주시지 않더라고 말이다. 그냥 석영이 사랑하는 재즈 피아니스트, 빌 에반스의 예전 영상들을 보면 항상 정갈하게 머리를 빗은 상태로 정장을 입고 무대에 오르는 게 멋져 보였으니까 마냥 따라 하고 싶었는지도 모른다. 때때로 거장들이 했던 일들을 따라 하다 보면 나만의 의미를 찾게 되기도 하니까. 설령 큰 의미를 발견하지 못하더라도 규칙을 세우고 지키려고 했던 습관은 어디 가지 않고 다른 습관을 만들 때 윤활제가 되기도 한다. 이미 해봤다는 자신감이 필연적으로 따라오기 마련이니까. 그래서 석영은 조금 덥더라도 매일 셔츠와 넥타이를 입고 손님을 맞이하고 있다.

계절을 타는 것일까? 더운 날에는 재즈도 좋지만 조금 빠르고 신나는 음악을 듣고 싶어진다. 그럴 때면 퓨전 국악을 찾는 석영이다. 와인바와 국악이 잘 어울릴까 싶기도 하지만 생각보다 페어링이 잘 되는 음악 장르다. 어젯밤에 찾아온 손님들은 그런 석영의 음악 선곡을 유독 좋아해 주셨다. 특히 국악과 현대적인 악기와의 조합으로 신선함을 주는 퓨전국악 비단의 도깨비란 노래를 좋아하셨다. 석영과 비슷한 세대의 손님이라서 그런지 이질적인 조합이라고 해도 개성과 멋으로 생각하셨고 석영이 알고 있던 퓨전 국악이 지난밤 와인바를 가득 채웠다. 와인바에서 흘러나오는 음악으로 손님들에게 색다른 경험을 시켜줄 수 있다는 건 석영이 가지고 있는 비장의 무기이다. 아직 어젯밤의 흥이 가시지 않은 석영의 와인바에는 몇 곡의 퓨전 국악이 흘러나오고 있다. 그 덕에 석영은 시원한 느낌을 받으며 오늘의 예약 손님 리스트를 확인하고 있다.

-대목수 라진석입니다. 전주에 살고 있습니다.- 라고 짧은 메

모를 남기신 손님이 눈에 띄었다. 대목수라? 낯선 단어 앞에서 석영은 검색을 시작했다. 대목수 : 전통 목조 건축의 기술을 가진 목수로서, 건축물의 기획·설계·시공은 물론, 수하 목수들에 대한 관리 감독까지 책임지는 사람.

"아, 전주에서 한옥을 짓는 손님이시구나."

예전에 한옥을 짓는 장인들에 관한 다큐멘터리를 본 기억이 어렴풋이 났다. 그리고 기회가 되면 언젠가 한 번쯤 뵙고 싶은 분들이었다. 오늘이 그날이 될 것 같아서 벌써 기대가 된다.

오후 9시, 오늘의 손님이 편안한 차림으로 걸어오고 있다. 그의 팔과 손은 오랜 대패질로 단련되었는지 단단한 형태를 보여주고 있고 큰 키와 덩치를 가지신 분은 아니지만, 균형이 잘 잡혀 있다. 한눈에 봐도 보통 내공을 가지신 게 아니다.

"안녕하세요. 여기가 별 아래, 와인바인가요?"

"맞습니다. 어서 오세요. 남기신 메모를 보고 많이 기다리고 있었습니다."

"저를요? 하하. 제가 뭐라고 썼더라?"

"대목수라고 쓰셨었죠. 저도 어떤 직업인가 해서 검색해보니 한옥을 짓는 분이시더라고요. 예전부터 한옥을 짓는 장인들을 한번 뵙고 싶었거든요. 한옥의 특징 중에 들어열개문이 저한테는 크게 와 닿았던 기억이 있어서요."

"아, 그러시구나. 사계절이 뚜렷한 한국의 기후에 맞게 집을 지은 우리 조상들의 지혜가 담긴 특징이죠. 요즘처럼 더운 날에는 들어열개문을 걸쇠에 걸어 집의 앞뒤로 바람이 통할 수 있게 만들 수 있으니까요. 한옥뿐만 아니라 석가탄신일에 오래된 사찰을 가셔도 볼 수 있고요. 평소에는 닫아두지만 특별한 날에는 열어두거든요. 요즘에 짓는 한옥은 편리한 현대식 창문이나 문을 달기도 하지만 사장님처럼 들어열개문의 매력을 알고 일부러 설치해달라고 찾아오시는 분들도 있어요."

"네, 저도 오래된 방식이지만 들어열개문이 너무 독특하고 매력적으로 다가오더라고요. 그런데 아까 찾아보니까 목수 중에도 대목수와 소목수가 있던데 뭐가 다른 건가요?"

"쉽게 생각하면 대목수는 큰 나무를 사용해서 전체적인 집의 뼈대를 짓고, 소목수는 작은 나무를 써서 집 안에 들어가는 가구나 소품을 만드는 거라고 보면 돼요. 종종 대목수가 더 직책상 높은 거냐고 물으시는데 그런 게 아니라 나무를 가지고 하는 일이 다른 거죠."

"아, 그렇구나. 어떤 계기로 한옥을 만드는 일을 하시게 된 거예요?"

"어렸을 때부터 그림 그리는 걸 좋아했어요. 그런데 집안 사정이 넉넉하지는 않아서 미대에 갈 수는 없었어요. 대신 건축공학과를 졸업하고 건설사에서 도면 그리는 일을 오래 했죠. 그러다가 우연히 유명하신 대목수를 만날 기회가 있었고 그분이 복원하거나 지은 한옥들이 참 멋지더라고요. 뭔가 변화가 필요했던 시기와 맞물리면서 회사를 그만두고 문화재수리기능자 자격증을 땄어요. 그렇게 한옥을 짓는 일을 하게 된 거죠. 요즘은 전주에서 목공예 강의를 나가기도 하고요. 나무라는 재료가 다루기 어렵지만 참 매력적이거든요."

"와, 멋지시네요. 목공예까지 가르치시면 나무로 못 만드시는 게 없겠어요."

"하하, 그럼요. 집에 있는 수저, 그릇, 컵 같은 건 길에 버려진 나무를 주워와서 다 제가 만든 거죠. 보통 사람들에게는 오래된 나무에서 잘려 나온 조각이 가치 없게 느껴지겠지만 저한테는 예술작품을 만드는 재료가 되거든요. 그래서 길을 가다가 버려진 나무가 보이면 얼른 주워와요. 마치 보물을 발견한 것처럼."

"하하하. 기발한 발상의 전환이네요. 저도 전혀 생각해보지 않았어요. 그러면 편하신데 앉으세요. 와인 리스트 가져다드릴게요."

"아, 날씨가 너무 더워서 오는 길에 땀을 많이 흘렸더니 시원한 맥주를 더 먹고 싶은데 혹시 여기 맥주도 있나요?"

"원래는 와인만 팔았었는데 여름이 되니까 손님처럼 시원한 맥주를 찾으시는 손님이 늘어나더라고요. 그래서 내추럴 맥주를 들여왔는데 괜찮으시면 보여드리고 설명해 드릴까요? 보통 맥주와는 조금 다르고 내추럴 와인과 맥주의 중간쯤 된다고 보시면 돼요."

"물론이죠. 그전에 안 먹어본 음식과 술을 경험하는 걸 좋아해서요."

"그러면 아마 좋아하실 것 같아요. 잠시만요."

석영은 여름을 맞아 야심 차게 들여온 내추럴 맥주를 꺼내왔다.

"제가 추천해드릴 맥주는 브라세리 데 부아홍(Brasserie des Voirons), 줄여서 부아홍이라고 불리는 양조장에서 만든 내추럴 맥주에요. 프랑스 사부아 지역 뤼상쥬 마을에 있는 부아홍의 꺄브는 순수하고 청량함이 흠뻑 느껴지는 곳이죠. 부아홍의 크리스토프 씨는 미슐랭 스타 레스토랑의 소믈리에였고 내추럴 와인바로도 큰 성공을 거두신 분이에요. 그런 단단한 배경이 있어서인지 비록 2013년부터 처음 맥주를 만드셨지만 빠르게 명성을 얻었고 다른 내추럴 와인 메이커들 사이에서도 큰 팬덤을 가지셨다고 해요. 무엇보다 가장 내추럴 와인에 가까운 맥주를 만드시는 걸로 유명하죠. 그래서인지 오로지 유기농 작물로만 맥주를 만드시고요. 무엇보다 맥주를 만드는데 물이 중요하잖아요? 해발 710m에서 공급되는 뤼상쥬 마을의 맑고 청량한 물로 맥주를 만든다고 하니 좋은 재료와 훌륭한 양조자가 만난 경우죠."

"많은 공감이 가네요. 한옥을 지을 때도 각각의 나무가 가지고 있는 특성을 이해하고 용도에 맞는 나무를 찾는 게 가장 중요하거든요. 그리고 실력 있는 목수가 나무의 결을 보고 살살 달래가면서 대패질을 해야 하죠. 안 그러면 나무가 짜증을 내거든요."

"나무가 짜증을 내요?"

"하하. 그냥 저만의 표현 방식인데 나무가 커온 시간을 무시하고 무작정 대패질이나 칼질을 하면 나무가 쪼개져요. 그러면 귀한 나무를 가져와서 못 쓰게 되죠. 나무도 잘려 나오기 전에는 살아있던 생명이었으니까. 그래서 못도 없이 오로지 나무로만 지어지는 전통 한옥은 나무를 잘 아는 사람이 지어야 하고요."

"음 그렇겠네요. 항상 궁금했었어요. 한옥을 짓는 분들은 어떤 생각을 하면서 사실까 하고. 무엇보다 오랜 세월 내려온 방식을 유지한다는 게 쉬운 일이 아니잖아요."

"그렇죠. 빠르게 변하는 세상에서 옛 방식을 유지한다는 게 쉬운 일은 아닌데 스스로 자긍심을 가지는 거죠. 내가 최선을 다해서 정진하지 않으면 우리가 보는 많은 건축물은 사라지고 말 거라고. 그 생각으로 일해요. 요즘 사람 구하기도 힘들거든요. 그래도 제가 가진 나무 다루는 기술을 높게 평가한 회사들이 같이 제품을 만들자는 연락도 종종 오고. 최근에는 유명한 오디오 업체와 한정판 스피커 제작을 하기도 했고요."

"아 정말요? 저도 스피커에 엄청나게 관심 많거든요. 좋은 것들은 가격대가 너무 비싸서 살 엄두도 못 내지만. 언젠가는 이 와인바에서 매킨토시 스피커로 음악을 듣는 순간이 오길 꿈꿔요. 지금 가지고 있는 스피커로 음악을 들으면 가끔 만족이 안 되거든요. 물론 자주 듣는 재즈를 감상하기에는 큰 무리가 없지만 다른 음역을 가진 음악을 틀면 뭔가 부족하더라고요."

"그럼요. 집을 지을 때도 마찬가지예요. 제가 잘하는 분야가 있으면 다른 대목수나 소목수가 잘하는 분야가 있거든요. 저도 조각을 하고 가르치지만, 저랑 같이 일하는 소목수 친구가 확실히 가구를 만들 때 보여주는 섬세함은 따라가기 힘들더라고요."

"그런 것 같아요. 그래서 지금 마시는 부아홍의 크리스토프 씨에게 세계적인 내추럴 와인 생산자들이 자신의 오크통을 가져와서 맥주를 만들어 달라고 하는 것 같고요. 레옹 바랄이나 갸느바, 벨뤼아흐, 끌로 후자와 같은 일류급 생산자들도 충분히 재료를 보는 안목이나 기술을 가졌을 텐데 말이에요."

"하하하, 얼마나 다행이에요. 한 명이 세상의 모든 것을 다 잘할 수는 없다는 사실이. 그래서 다른 사람들도 세상을 살아가는 의미를 찾을 수 있잖아요. 저도 예전에는 대목수가 하는 일, 소목수가 하는 일을 통틀어서 나무로 하는 거면 다 잘하려고 노력했었는데 불가능하다는 걸 체감하고 나서는 저보다 잘하는 사람이 있으면 찾아가서 정중히 부탁해요. 오히려 그걸 하고 나서는 제가 잘하는 분야에서 더 많은 발전이 있더라고요. 물론 지금도 다 잘하려고 노력은 하고요. 그런 노력이 없으면 한옥을 지을 때 전체 그림을 볼 수가 없거든요. 같이 일하는 동료의 고충을 이해할 수도 없고."

"좋은 말인 것 같네요. 전체 그림을 보고 동료의 고충을 이해하기 위해서 다 잘하려고 노력한다. 대목수님은 부아홍의 맥주처럼 신맛과 쓴맛의 밸런스가 잘 잡히신 분 같아요. 저도 오늘 많은 걸 배우고 느끼게 되네요."

"저도요. 사장님 덕분에 맛있는 내추럴 맥주도 맛보고 재밌는 이야기도 나누네요. 작년부터 전주에서 스트리트 재즈 페스티벌이 열리는 거 아세요? 재즈 좋아하신다니까 축제 기간에 놀러 오세요. 제가 맛있는 밥 한 끼 살게요. 그리고 제가 건설에 참여했던 연화정 도서관도 보여드리고 싶네요."

"너무 좋죠. 예전에 친구랑 전주에 1박 2일로 여행 갔던 적이 있는데 행복한 기억으로 남아있거든요. 저도 전주가 재즈로 유명한 뉴올리언스와 우호 도시를 맺고 있는지 그때 알았어요. 그래서 그런지 재즈바들이 많더라고요. 다음에 전주에 가게 되면 꼭 연락드릴게요. 제가 부아홍의 맥주는 몇 병 챙겨갈 테니까 같이 재즈 들으면서 마셔요."

잊고 살았던 기억이 갑자기 또렷해지는 순간이 있다. 그때 풀지 못했던 아쉬움이 사라질 뻔한 기억을 불러온 것이다. 한옥을 짓는 대목수는 바람처럼 불어와 못다 푼 석영의 아쉬움에 마침표를 찍었다. 그리고 새로운 문장의 시작을 알렸다. 내년 여름에는 전주에서 재즈를 들으며 부아홍의 맥주를 마시겠다는 문장. 언제나 그렇듯 새로운 문장의 시작은 희망차고 활기로 가득하다. 그리고 그런 기분을 닮은 부아홍의 내추럴 맥주가 있다.

가을

1화. 하타푸알

🍷

넘버 나인 가메 2019
지역 : Jura, France
품종 : Gamay

며칠 전 창문이 흔들릴 만큼 거대한 태풍이 지나갔다. 혹시나 하는 마음에 창문에 덕지덕지 붙여둔 테이프를 오늘 하나씩 떼어내면서 구석에 박혀 있던 CD 한 장을 발견했다. 도피처의 <Lyrical K>. 13년 전 대학교 신입생 시절, 우연히 들어갔던 흑인음악 동아리에서 만난 형이 내게 선물로 주었던 그의 첫 번째 믹스테이프였다. 비를 피해 CD와 LP로 가득 찬 수납장을 옮길 때 미처 따라오지 못하고 혼자 빠져나온 모양이었다. 석영은 떨어진 CD를 다시 수납장에 넣기 전에 한번 열어보았다. 안에는 심플하게 디자인된 CD와 표지 뒤편에 손수 적어둔 메시지가 적혀있었다.

To. 석영

언제나 내 노래 응원해주는 석영아. 덕분에 노래 작업 더 즐겁게 할 수 있었다. 고맙고, 너도 꼭 너만의 날개를 활짝 펴렴.

From. 도피처

CD를 보자마자 과거가 머릿속에 그려졌다. 이제 막 한국에도 힙합이 주류 문화로 떠오르기 시작하던 시절, 부족한 장비를 가지고 우리만의 음악을 만들어보겠다는 용기와 열정 하나로 사람들이 모여서 노래하던 때가 있었다. 낭만으로 가득했던 동아리방. 그때는 왜 그렇게 낡은 컴퓨터와 한 대와 작은 소파 밖에 없던 그 방이 그토록 좋았던 것일까? 늘 쾌쾌하고 우중충한 색감의 페인트가 칠해진 그저 낡은 방일뿐이었는데. 석영은 CD 안에 담긴 노래가 궁금해졌다. 그래서 CD를 꺼내 소니 CDP-555ESJ 위에 올려놓고 재생 버튼을 눌렀다. 지지직거리는 녹슨 잡음이 한 움큼 쏟아졌다. 빙글빙글 몇 번의 회전 뒤에 재즈풍의 멜로디가 흘러나왔다. 첫 곡의 제목은 <보라매 공원>. 형이 서울로 상경해서 처음으로 터를 잡은 곳이 보라매 공원 근처였고 가족과 친구가 그리울 때 혼자 공원에서 외로움을 달래던 시간을 이야기하는 노래였다. 10여 년이 지난 지금 듣기에는 아마추어 냄새가 가득 나는 가사와 랩 스타일이었지만 CD가 한 바퀴 다 도는 동안 묘하게 기분이 좋아졌다. 이제는 절판되어 구할 수 없는 어릴 적 추억이 가져다주는 올드빈의 풍미 때문이다. 지금은 어디에서 뭘 하는지 알 수 없는 형의 소식이지만 분명 잘 지내고 있으리라 의심치 않는다. 이런 앨범을 만들 정도의 열정을 한때 가졌었다면 십수 년이 지난 지금도 꿋꿋이 자신의 날개를 펼치고 있을 테니까. 석영은 한쪽에 치워두었던 수납장을 다시 창가로 옮기고 형의 CD를 원래 자리에 꽂아두었다. 이 과정이 형의 별명처럼 도피처를 닮아있었다.

일주일 내내 이어지던 폭우가 끝이 나고 다시 와인바를 찾는 손님들의 예약이 몰려오기 시작했다. 오랜만에 창문을 열고 바깥 공기를 실내로 들여왔다. 묵혀 있던 내추럴 와인이 숨을 쉴 시간이다. 환기를 시키는 겸, 최근에 갔던 독립서점에서 사 온 한정판 인센스에 불을 붙였다. 갑자기 바깥 공기가 들어오면 와인들이 놀랄 수도 있기 때문이다. 물론 실제로 그런지는 확실치 않다. 병입 된 와인들이 말을 하는 것도 아니니까. 단지 손님 앞에 나가기 전까지 섬세하게 보관하는 것도 와인바의 사장이 해야 하는 수많은 일 중 하나라고 생각해서 가끔 인센스를 켜준다. 금방 사과 향이 은은하게 퍼져나갔다. 인센스를 고를 때 강한 향은 피하는 편이다. 와인바를 찾는 손님 중에 두통을 호소하는 경우가 종종 있기 때문이다. 그리고 와인이란 맛뿐만 아니라 향도 같이 즐기는 술이니까 인센스의 잔향이 너무 강하게 남아있으면 와인을 마실 때 방해가 된다. 그래서 가게를 열기 두 시간 전에는 웬만하면 인센스의 잔향을 다 내보려고 한다. 와인을 보관하는 지하 동굴에서 와인을 마시는 테이블로 실내를 변신시키는 것이다.

오후 6시, 오늘의 예약 손님이 오실 시간이다. 아직 골목은 다 마르지 않았고 군데군데 태풍이 휩쓸고 간 흔적이 남아있다. 물웅덩이를 피해서 두 명의 여성이 석영의 와인바를 향해 걸어오고 있다. 한 명은 미처 보지 못한 다섯 번째 웅덩이에 발을 살짝 담그기도 했지만 그러려니 하며 계속 걸었다. 석영은 멀리서 그 모습을 보며 슬리퍼를 미리 꺼내 놓았다. 물에 젖은 신발을 계속 신고 있는 것만큼 찝찝할 수가 없으니까. 이제는 걸어오는 느낌만 봐도 누가 예약 손님인지 조금 감을 잡기 시작했다. 두 명의 여성은 계단을 올라 석영의 와인바로 들어왔다.

"안녕하세요. 6시에 예약한 박은진이예요."

"어서 오세요. 혹시 신발에 물이 들어가셨으면 슬리퍼 신으셔도 돼요."

"어! 어떻게 아셨어요? 안 그래도 물웅덩이에 오른쪽 발이 빠져서 여기 오면 물로 씻으려고 했었는데."

"창문에서 봤었거든요. 딱 느낌이 들었어요. 저분이 예약 손님이시구나. 화장실은 저쪽이에요. 발 씻으시고 슬리퍼로 갈아 신으셔도 되고요."

"아, 감사합니다. 그럴게요. 예빈쌤 먼저 앉아 계세요. 저는 화장실 갔다가 갈게요."

"알겠어요. 은진쌤. 사장님 어디가 제일 인기가 많은 자리에요?"

"음, 손님마다 조금씩 다르긴 한데 아무래도 창가 쪽이 가장 인기가 많죠. 이번 주 내내 태풍 때문에 테이프를 붙여두었는데 오늘은 다 뗐으니까 창가 쪽에 앉으세요. 앉아 계시면 메뉴판 가져다드릴게요."

"네, 그럴게요."

석영은 자리로 돌아가 물과 와인 리스트를 챙겼다. 신발을 갈아신으러 간 손님도 자리로 돌아가 창가 쪽 자리에 앉아 동료 선생님과 대화를 시작했다. 가게 안에는 마테오 스톤맨의 <Under The Moonlight>이 흐르고 있다. 태풍이 지나가고 난 뒤 며칠간 이어지는 고요함에 딱 어울리는 그의 음색을 듣고 있으면 와인의 향이 더 짙게 퍼진다.

"와인 리스트 보시고 궁금한 점이 있으시면 알려주세요."

"네, 사장님. 감사해요."

"은진쌤은 이번 방학 때 뭐 할 거예요?"

"저는 이번에 저희 반 친구들 몇 명이랑 사적지 답사를 하려고 해요. 평소에 교과서로만 역사를 배우는 것보다 현장에 가서 직접 보는 경험을 하면 좋잖아요. 다른 친구들은 현장 체험 갈 때 부모님이 바쁘셔서 그런지 늘 학교에만 있는 친구들이 있거든요. 그게 좀 마음에 걸리더라고요. 방학이니까 아무 생각 안 하고 쉬고 싶기도 한데 하루 이틀 정도는 그 친구들이랑 창덕궁이라도 갈까 봐요."

"너무 좋죠. 쌤 진짜 대단해요. 저는 이번 학기 버티느라 너무 힘들어서 그냥 푹 쉬려고요. 오랜만에 집에도 좀 내려가고. 와인 어떤 걸로 주문할래요?"

"흠, 저는 와인 잘 모르는데. 사장님한테 추천해달라고 할까요?"

"아무래도 그게 좋겠죠? 사장님, 저희 와인 추천 좀 해주세요."

"물론이죠. 두 분 대화 하는 걸 잠시 들었는데 선생님이 신가 봐요."

"네, 저는 중학교에서 국사를, 예빈쌤은 수학을 가르치세요."

"그러시구나. 제가 손님의 이야기를 듣고 와인을 추천해드리는 게 특기거든요. 마침 딱 떠오르는 와인이 있어서 손님이 추천해달라고 말씀하시길 기다리고 있었어요."

"아, 정말요? 하하하. 재밌으신 사장님이시네요. 어떤 와인인데요?"

"제가 오늘 추천해드릴 와인은 하타푸알이에요. 하타푸알은 불어 슬랭으로 아마추어 와인메이커라는 뜻이죠. 그런데 겸손한 이름과 다르게 와인이 만들어진 쥐라 지역에서 가장 유명한 메이커 중 한 명이죠. 무엇보다 제가 이 와인을 추천해드리는 이유는 와인 양조자인 라파엘 모니에 씨가 역사 교사셨거든요. 현재는 교직을 내려놓고 와인 양조에 전념하고 계시지만요. 그리고 방학인데도 학생들과 따로 현장 답사를 가실 만큼 가르치는 일에 애정이 크신 것으로 보여서요. 아마추어의 어원은 라틴어 'Amator'에서 비롯되었는데 돈이 아니라 스스로 좋아서 일하고 사람들을 기쁘게 하는 사람들이란 뜻도 있거든요. 그래서 선생님과 잘 어울린다고 생각해요. 어떠세요?"

"아주 마음에 드는데요! 정말 특기라고 불러도 될 만큼 저랑 와인을 잘 연결하시네요."

"감사합니다. 현재 오렌지 와인 한 종류와 레드 와인 두 종류가 있는데 특별히 좋아하시는 종류가 있으신가요?"

"음, 저는 레드 와인이 좋은데. 예빈쌤은 어때요?"

"저도 레드가 좋은데 너무 떫은맛이 나지만 않았으면 좋겠어요."

"그러면 넘버 9 가메 2019 빈티지가 좋겠네요. 보졸레의 가메 품종을 사용하는데 줄기를 제거하고 짧은 침용 시간과 탄산 침용을 통해 기분 좋게 마시기 쉬운 와인을 만들죠. 그리고 아르부아 지역의 유명한 꼬르베와 천국이라는 뜻의 앙 파라디 포도밭에서 대부분 레드 와인을 만든다고 해요. 이 와인이 특별한 점은 라파엘 모니에 씨와 그의 제자 마리 부르동이 'Avis de Tempete' 라는 프로젝트 이름을 붙여 함께 만든다고 하고요."

"선생님과 제자가 함께 만드는 와인이라니. 더 의미가 있는 와인이네요. 저희는 이걸로 할게요."

"그러면 오픈해드릴게요. 알코올이 높지 않으면서도 은은하게 퍼지는 흙내음과 제비꽃, 체리 향을 느끼실 수 있을 거예요. 훌륭한 떼루아에서 자라난 포도로 발효와 숙성을 거쳐서 탄생한 와인의 펑키쥬시함을 느껴보세요. 사랑에 빠지는 착각이 들 정도로 러블리한 레드 와인이거든요."

시간을 거슬러 올라가면 발견하게 되는 소중한 추억들이 있다. 석영이 오늘 우연히 발견해서 들었던 형의 믹스테이프처럼. 학교에서 역사를 가르치는 오늘의 손님도 과거에 있는 사건이 그저 지나간 사건이 아니라 우리에게 큰 의미가 있음을 학생들에게 가르칠 테다. 겉으로 보기에 아무것도 아닌 것 같은 그 시간. 그 안에는 하타푸알의 와인처럼 사랑스러움이 잠들어 있다. 스스로 열어야만 발견할 수 있는 삶의 의미처럼.

2화. 얀 뒤리유 🍷

세데엔 2018

지역 : Bourgogne, France

품종 : Pinot Noir

화창한 날이 연이어 일기예보에 그려졌다. 매일 날씨를 확인하는 것은 아니지만 월요일이 되면 오늘 한 주는 어떤 변수가 생길지 미리 생각해보는 편이다. 물론 내가 생각한 대로 다 흘러가는 것은 아니다. 심지어 몇 달 전만 해도 이 와인바가 유지될 수 있을지 나조차 장담하지 못했으니까. 아침에 눈이 떠지면 물 한 잔을 벌컥벌컥 마시고 창가에 나가 하늘을 잠시 바라보았다. 오늘은 내가 원하는 목표치만큼 손님이 왔으면 좋겠다고 기도했다. 구름의 모양이 마음에 들면 기분 좋게 출근했고 그렇지 못하면 그날은 창밖을 내다보지 않았다. 오늘의 운세가 이미 정해지고 나면 온전히 받아들이고 사는 편이 단 한 명의 손님을 위해서라도 유익하기 때문이다. 늘 바쁘기만 할 수 없는 게 자영업자의 운명이란 것을 깨닫는 데 그리 오랜 시간이 걸리지 않았다. 가끔 친구들을 만나 삼겹살에 소주를 마실 때 듣는 직장인의 일상이 낯설기도 했고 조금은 부럽기도 했다. 인생에 정답이란 없다고 하지만 가게를 열고 나서 찾아온 두세 달간의 빙하기는 지금 다시 생각해봐도 아찔하다. 전혀 특별한 것 없는 내가 특별함을 지나치게 꿈꾼 것은 아닐까? 라는 생각에 빠졌던 때도 있었다. 그 시기에 자주 들었던 노래가 있다. 더 휘스퍼의 <Let's Go All The Way>. 둔탁한 베이스 반주 위에 별처럼 얹어진 신시사이저 소리가 매력적인 곡. 매일 아침 가게에 나와 냉장고에 들어있는 숙취 음료 대신 마셨던 나만의 해독제다. 정신을 맑게 해줄 음악이 없었다면 나는 이미 집으로 돌아갔을지도 모른다. 그렇게 다시 어머니의 잔소리를 들으며 멍한 하루를 보냈을 테다. 20평 남짓한 와인바를 열었다는 사실을 평생 잊은 채로 말이다.

석영은 오늘도 창밖을 바라보며 하루의 운세를 점쳤다. 크지는 않지만 작은 구름이 뭉게뭉게 피어난 것을 보니 8월의 크리스마스가 곧 올 것만 같다. 가게로 가기 전, 뚝도 시장에서 장을 보려고 한다. 채소 가게 사장님은 오늘도 갖가지 채소를 좌판에 깔아두고 있다. 그중 가장 눈에 띈 것은 땅콩호박이었다. 버터넛 스쿼시라고도 불리는 땅콩호박은 버터처럼 부드럽고 달콤한 맛이 일품인 재료다. 오늘은 저걸로 무언가를 만들어보려고 한다. 석영은 가게로 돌아와 창문을 활짝 열고 음악을 틀었다. 더 휘스퍼의 <Is It Good To You>. 찐득한 버터를 가득 넣은 듯한 그루브감이 특징인 이 곡은 오늘의 요리인, 땅콩호박 오븐구이를 더 맛있게 해줄 것이다. 먼저 잘 씻은 땅콩호박의 꼭지와 밑동을 제거하고 반으로 잘라 씨를 빼고 세로로 잘

라둔다. 오븐에 구운 호박 그 자체로도 맛있지만 간단한 소스라도 함께 어우러지면 더 좋을 것 같아서 아몬드를 잘게 다지고 레몬즙과 씨 겨자, 꿀을 넣은 소스를 만들었다. 물기가 어느정도 마른 땅콩호박에 내가 가장 사랑하는 레코스테 올리브오일과 녹인 버터를 정성스럽게 바르고 그 위에 소금, 후추, 오레가노 잎을 조금 뿌려주면 오븐에 넣을 준비는 끝이 난다. 그리고 180도로 예열된 오븐에 30분 동안 넣어두면 황금색으로 물든 땅콩호박을 만날 수 있다. 마지막으로 아까 만들어둔 소스와 아몬드, 호박씨로 데코레이션 하면 오늘의 요리, 땅콩호박 오븐구이 완성이다.

한 끼 식사로도 충분하고 단호박에 비해 베타카로틴이 4배가량 많이 함유된 땅콩호박은 남녀노소 가리지 않고 좋아할 수 있는 재료라서 앞으로도 석영의 와인바에 자주 쓰일 예정이다. 석영은 노랗게 잘 익은 호박을 한 입 베어 물었다. 달콤하고 고소한 맛이 가득 퍼졌다. 피노 누아로 만든 레드 와인과 함께라면 더할 나위 없이 좋을 것 같다. 간단히 땅콩호박 오븐구이로 아침 겸 점심을 때운 석영은 오픈 준비로 오후 시간을 보냈다. 오늘은 예약 손님이 한 분이다. 더 많은 예약이 들어오지 않아서라기보다는 오늘 오실 손님의 간곡한 부탁이 있었기 때문이다. 그리고 충분히 사정을 이해할 만한 손님이었다. 와인바를 열고 처음 들어온 유명인의 대관 소식에 조금은 긴장되고 설렘을 감추기 힘들다. 수년간의 무명 생활 끝에 빌보드 차트에까지 오른 손님의 이야기는 매체를 통해서 이미 익히 들었다. 밥을 사 먹을 돈이 없어서 라면을 4등분 해서 일주일을 버텼다느니 하는 흔한 성공담이었지만 누구도 그 시기를 직접 겪어보지 않으면 다 이해하기 힘든 눈물이 숨겨져 있으리라.

　오후 7시. 가게 앞에 승합차 한 대가 멈춰서고 매니저와 함께 오늘의 손님이 곧장 2층으로 올라왔다. 크고 넓은 선글라스와 챙이 넓은 모자를 쓴 이 남성에게는 비밀스러움이 잔뜩 묻어있다.

　"어서 오세요. 기다리고 있었습니다."

　"안녕하세요. 요즘 여기가 성수동에서 떠오르는 핫플레이스라고 들어서 더 유명해지기 전에 꼭 한번 와보고 싶었어요. 사장님이 그렇게 노래 선곡을 잘하신다고 그러던데요."

　"아, 과찬이십니다. 그냥 평소에 음악을 많이 들어서 이것저것 틀다 보니 오시는 손님들이 좋아해 주신 것 같아요."

　"지금 나오는 이 노래, 더 휘스퍼의 <I Love You> 제가 정말 좋아하는 곡인데 마침 딱 나오네요."

　"저도 오늘 아침부터 더 휘스퍼의 노래들을 계속 듣고 있었거든요. 사람의 기분을 좋게 만들어주잖아요. 특히 스콧 형제의 콧수염을 보고 있으면 아무리 우울한 날이라도 힘을 내게 돼요. 왜 그런 거 있잖아요. 나만의 애착 인형처럼 가족에게도 말 못 할 고민을 털어놓는 존재. 저한테는 그들의 음악이 그랬어요."

　"충분히 공감해요. 옥탑방에서 통기타 하나 가지고 노래 연습을 하던 시절에 저도 그랬거든요. 오디션은 번번이 떨어지고 커버곡을 올리는 유튜브의 조회 수가 매번 천 회를 넘기지 못할 때 이게 마지막이라 생각하고 나간 음악 경쟁 프로그램에서 우승을 가져다준 곡이니까요."

"저도 그거 봤어요. 80년대 스타일로 입으시고 수십 명의 합창단과 <I Love You>를 부르시는 거. 너무 멋졌어요. 이제 편하신데 앉으세요. 와인 리스트 가져다드릴게요. 그리고 오늘의 특별 메뉴는 땅콩호박 오븐구이에요."

"네, 감사합니다."

손님과 매니저는 중앙 넓은 테이블에 앉아 잠시 대화를 나눴다. 아마 다음 일정에 관한 내용인 듯했다. 해외에 있는 페스티벌과 갖가지 인터뷰, 광고 촬영으로 쉴 틈 없는 활동이 예정되어 있었다. 석영은 두 사람의 대화가 서서히 끊길 때쯤 메뉴판을 가지고 다가갔다.

"여기 와인 리스트입니다. 특별히 좋아하시는 와인이라도 있으신가요?"

"음, 저도 최근에 지인을 통해서 와인을 배우기 시작해서요. 부르고뉴의 피노 누아가 유명하다는 정도만 알아요. 혹시 추천해주실 와인이 있으신가요?"

"부르고뉴의 피노 누아를 아신다면 손님과 잘 어울리는 내추럴 와인이 하나 있죠. 그걸로 추천해드려도 될까요?"

"그럼요."

"제가 추천해드릴 와인은 얀 뒤리유의 세데엔 2018 빈티지예요. 와인을 좋아하시는 분들이라면 한 번쯤 들어봤을 스타 와인 메이커죠. 얀은 부르고뉴 지역의 프리외레 호크에서 10년 동안 빈야드 매니저와 와인메이커로 일한 뒤 자신의 포도밭을 차렸어요. 그가 만든 와인 중 세데엔(CDN)은 Cotes de Nuits 의 줄임말이고요. 쉽게 말해서 이 지역의 엄선된 포도나무에서 기른 최상의 피노 누아 품종만으로 만든 와인이예요. 얀이 처음으로 와인을 만든 건 13살 무렵이라고 해요. 정말 천부적인 소질을 타고난 와인 천재죠."

"천재가 만든 와인이라. 구하기도 쉽지 않겠어요."

"물론이죠. 저도 지금 몇 병 가지고 있지 않아요. 얀이 만든 와인은 시장에 나오기만 하면 금세 사라져서 마치 솜사탕 같달까? 몇 달 전 운 좋게 내추럴 와인 메이커들이 모인 행사에 참석했던 적이 있는데 그때 얀을 만난 적이 있어요. 히피스러운 외모를 보자마자 딱 천재구나 싶더라고요. 세계적인 유명세와 달리 아주 겸손하고 따뜻한 마음씨를 가진 와인 메이커였어요. 이 와인을 보니까 언젠가 다시 한번 만나고 싶네요."

"사장님이 특별한 기억을 가지고 계신 걸 보니 와인이 더 궁금해지는데요? 그러면 오늘 저는 이걸로 고를게요."

"완벽주의, 노력, 재능이란 단어가 아깝지 않은 얀이 만든 와인을 선택하신 걸 후회하지 않으실 거예요. 도전적이고 창의적인 방식으로 계속 와인을 만들어 가야 한다는 그의 말처럼. 저도 손님도 앞으로 초심을 잃지 말자는 각오 또한 얀의 와인을 통해서 느껴보면 좋을 것 같아요. 그러면 오픈해드릴게요."

코르크를 따자 묵은 장미꽃 향이 한 움큼 뿜어져 나왔다. 수십 년간 와인을 만들어온 장인이 피노 누아로 한땀 한땀 붉게 수놓은 명품의 진가가 드러나는 순간이다. 오크통에서 2년간 숙성된 복합적인 향과 플로럴함, 그리고 깊이가 느껴졌다. 오랜 시간 하나의 목표를 향해 달려온 사람만이 만들어 낼 수 있는 고유함. 부르고뉴가 낳은 슈퍼스타 얀 뒤리유의 세데엔 2018 빈티지는 역경을 딛고 마침내 정상에 오른 오늘의 손님처럼 사랑하지 않을 수 없는 와인이다.

3화. 프레데릭 아느헤 🍷

갸흐 뒤 노흐 2020
지역 : Rhone, France
품종 : Grenache

　석영이 스무 살이 되던 해 겨울, 두 명의 친구와 기차 여행을 떠났었다. LA에서 뉴욕까지 이어지는 미국 횡단 열차를 타고서 한 달 동안 동고동락했던 그 여행. 아마도 죽기 전까지 종종 떠오를 만한 추억임이 틀림없다. 누가 먼저 가자고 했었는지 이제는 기억도 잘 안 나지만 스무 살의 패기가 만들어낸 도전이었다. 여행을 시작하자마자 한 친구는 렌즈가 찢어져서 생전 처음 미국 안과에 갔었고 다른 친구는 기차 안에서 최신식 노트북을 도난당했다. 뭐 하나 쉬운 게 없었는데 어찌어찌 셋이서 뉴욕에 마침내 도착했을 때의 기쁨은 설명하기 힘들 정도로 벅찼다. 태어나서 처음으로 해본 큰 도전이었다. 지금 석영은 오랜만에 페이스북에 들어가서 13년 전 사진을 다시 한번 보는 중이다. 솔트레이크시티 근처에서 환하게 웃고 있는 세 명의 사진을 보니 새삼스레 반가운 마음이 든다. 안과에 갔던 친구는 결혼해서 애가 둘이고 노트북을 잃어버린 친구는 비행기 조종사가 되었다. 무언가 쉽게 도전하기 힘들 것만 같은 30대에 접어든 우리는 예전처럼 다시 스무 살의 패기를 찾아 도전할 수 있을까? 한껏 무거워진 어깨를 괜히 주물러 본다.

와인바에 출근한 석영은 요즘 새롭게 시작한 취미를 즐기고 있다. 그것은 필사. 언뜻 보기에 책에 있는 내용을 종이에 다시 쓰는 게 무슨 대단한 취미일까도 싶지만 의외로 어려운 일이다. 워낙 글씨를 못나게 써서 다시 유치원생이 된 것, 마냥 모음과 자음을 예쁘게 쓰는 것부터 시작해야 했다. 케케묵은 나쁜 습관을 고치기란 영 어려웠다. 조금만 집중하지 않으면 예전의 악필이 튀어나와 종이를 구겨서 버려야 했다. 보기에 만족스러운 필체를 만드는 데만 꼬박 한 달이 걸렸다. 이제는 책장에 꽂혀있는 책 중 가장 마음에 드는 문구를 골라 써보려고 한다. 석영이 고른 책은 '냉정과 열정 사이'.

"사람이란 살아온 날들의 모든 것을 기억할 수는 없지만, 소중한 것은 절대로 잊지 않는다고, 난 믿고 있다."

그리 긴 문장은 아니지만, 예전부터 좋아했던 영화와 책이라서 꼭 한번 필사해보고 싶었던 문장이다. 석영은 피에몬테산 바롤로로 만든 와인처럼 붉은빛이 나는 종이에 천천히 문장을 옮겼다. 그리고 어설프게나마 아크릴 물감으로 피렌체의 두오모 성당을 그렸다. 처음으로 구겨서 버리지 않은 필사의 결과물이다. 석영은 창가 쪽 자리에 첫 번째 필사를 두었다. 아마 앞으로도 몇 장의 종이가 테이블마다 올려질 예정이다. 마음이 따뜻해졌다. 필사의 매력이 이런 것이라면 꾸준히 도전하고 싶을 정도로.

여유로운 정오가 지나가고 오늘도 손님을 맞이할 준비를 시작했다. 새로 주문한 마크 토마스 와인잔으로 행거를 채우고 있다. 볼 부분이 2단으로 갈겨 있는 게 특징인 이번 와인잔은 독특한 디자인뿐만 아니라 스월링을 할 때 와인이 물결치도록 해서 공기 접촉면을 넓히고 향이 잘 피어나도록 해준다. 퍼포먼스가 기대되는 잔이다.

오후 8시. 오늘의 예약 손님이 오실 시간이다. 이분도 방문하시기 전에 자신을 소개하는 메모지를 작성해주셨다. 구독자 30만의 여행 유튜버. 석영도 이분이 예전에 인도 기차 여행을 하던 영상을 본 적이 있다. 3등 칸에 꾸역꾸역 들어가서 하룻밤을 보내는 것을 보니 어찌나 안쓰럽고 힘들었을지 공감되었다. 석영도 15시간을 기차 안에서 친구들과 밤을 새웠던 적이 있으니까. 그건 보통 인내심을 가지고 할 수 있는 일이 아니다.

성수역 방향에서 하와이안 셔츠를 입은 한 남자가 걸어오고 있다. 아무래도 최근 컨텐츠가 열대 지방에서 진행되었나 보다. 벌겋게 달아오른 피부가 여행의 고단함을 말해주고 있다. 오늘의 손님은 여행 유튜버답지 않게 왜소한 체구와 내성적인 성격을 가진 듯하다. 그는 주변을 두리번거리며 석영의 와인바를 찾아 헐레벌떡 2층으로 올라왔다.

"안녕하세요. 유튜버 유목 라이프입니다."

"하하, 어서 오세요. 기다리고 있었습니다. 저번 여행보다 얼굴이 많이 타셨네요."

"아, 한여름에 인도네시아를 다녀오느라 고생 좀 했습니다.

숨이 턱턱 막히는 더위더라고요. 차라리 태풍이 오길 기도했습니다."

"이번 여름이 유독 더 덥죠. 고생하셨습니다. 예전에 인도 기차 여행 가신 걸 본 적이 있어요. 많이 공감도 되고 재밌더라고요."

"원래 제가 고생을 해야 조회 수가 많이 나오고 재미도 있어요. 비싼 호텔에 가거나 맛있는 음식 먹는 영상은 확실히 조회 수가 적더라고요. 그래서 이번에도 애벌레 많이 먹었어요. 하하."

"기대되네요. 업로드 하시면 꼭 볼게요. 편하신데 앉아 계시면 와인 리스트 가져다드리겠습니다."

유튜버 손님은 책장 옆 테이블에 앉아서 책장을 보기 시작했다. 석영은 그 모습을 지켜보며 잠시 숨을 골랐다.

"여기 와인 리스트입니다."

"네, 책을 많이 읽으시나 봐요. 가게 책이 많은 걸 보니."

"책을 많이 읽는다기보다 책을 잘 못 버리는 거죠. 하나씩 쌓이다 보니 집에 둘 공간도 부족하고 해서 가게에도 작은 책장을 만들었어요. 가끔 책도 읽고 와인을 마시고 싶어 하시는 손님들이 계시거든요. 사실 와인과 함께라면 뭐든 못하겠어요. 손님도 책 자주 읽으세요?"

"대학교에서 문예창작학과를 나왔거든요. 그래서 예전에 소설이나 시집을 많이 읽었었죠. 그러다가 나는 전문작가가 될 재능까지는 없다는 생각이 들어서 무작정 배낭여행을 떠났는데 그게 여행 유튜버의 시작이 된 거예요. 다행히 글을 많이 써봐서 컨텐츠의 방향이나 대본 같은 것들을 제 손으로 쓸 수는 있었고요. 그게 초창기에 구독자를 늘리는 데 도움이 많이 됐죠. 요즘은 아이디어로 먹고사는 시대잖아요."

"그렇죠. 워낙 기발한 컨텐츠가 많이 올라오니까 유튜브 하시는 분들도 전쟁이겠어요. 어떻게 하면 새로운 영상으로 구독자들의 기대를 채울지 늘 고민해야 할 테니까요."

"매 순간이 고민의 연속이죠. 그래도 재밌어요. 유명한 작가가 되지는 못했지만, 여행 컨텐츠로 저만의 이야기를 써나갈 수 있어서. 사장님도 여행 좋아하세요?"

"와인바를 열고 나서는 여기 묶여 있느라 제대로 여행을 가본 적이 없는데 저도 여행 좋아하죠. 11월이 되면 큰마음을 먹고 뉴욕으로 가려고 해요. 일 년을 잘 버텼다는 의미로."

"하필 왜 뉴욕이에요?"

"오래전에 친구들과 기차를 타고 미국 횡단을 한 적이 있는데 종착역이 뉴욕이었거든요. 다시 한번 느껴보고 싶어요. 머나먼 길을 떠나 마지막 순간에 느꼈던 환희를. 저한테는 그게 소중한 기억이었나 봐요. 손님도 이전에 했던 수많은 여행 중에 유독 기억나는 여행이 있지 않으세요?"

"있죠. 혼자 산티아고 순례길을 걷다가 우연히 만난 외국인들과 밤새 와인을 마시며 각자의 이야기를 했던 날이요. 저만 인생의 고민을 하는 게 아니구나 싶어서 내심 기분 좋았어요. 그냥 그 나이에는 불안하고 걱정이 많은 게 당연한 거구나. 사람들과 이야기를 나누고 나면 조금 기분이 나아지는구나 싶었죠. 제가 만든 영상을 보는 분들도 그렇게 생각했으면 좋겠어요."

"맞아요. 혼자서 짊어지고 가야 하는 부분도 분명 있지만 가끔은 사람들과 이런저런 이야기를 나누는 시간도 소중하거든요. 저도 가끔 독서 모임에 가곤 하는데 어떨 때는 깜짝 놀라요. 내가 이렇게 말이 많은 사람이었나? 싶어서. 이야기하다 보니까 손님과 잘 어울리는 와인이 하나 떠올랐는데 추천해드려도 될까요?"

"물론이죠. 대화에 푹 빠져서 와인 주문하는 것도 잊고 있었네요. 하하."

석영은 와인 냉장고로 걸어가 베이지색 바탕에 갈색 글씨가 적힌 와인 한 병을 가져왔다. 그리고 설명을 이어나갔다.

"제가 오늘 추천해드릴 와인은 프레데릭 아느헤의 갸흐 뒤 노흐 2020 빈티지예요. 문학도였던 프레데릭 아느헤는 파리 14구 시장 한쪽에 있는 내추럴 와인샵을 방문한 뒤로 와인에 대한 열정을 가지게 되죠. 그에게는 내추럴 와인이 무척이나 인상적이었나 봐요. 호기심으로 5년 동안 내로라하는 와이너리를 찾아다니며 양조를 배웠을 정도니까요. 그렇게 긴 숙련을 마치고 2013년에 Tavel 북서쪽 Margelet에서 꿈의 포도원을 발견하고 자신만의 와인을 만들기 시작하죠. 오랜 기간 루아르 지역에서 와인 양조를 배운 탓인지 기존에 론 지역이 가지고 있는 풍만한 스타일에 정교하고 우아한 미감을 더했어요. 그래서 와인을 맛보는 순간 프레데릭 아느헤만의 신선하고 섬세한 감각을 느낄 수 있죠. 마치 자신의 와인에 소설 속 생생한 캐릭

터의 매력을 부여하듯이 말이에요."

"아무래도 글을 써본 사람들만이 아는 느낌이란 게 있죠. 모든 신경과 감각이 24시간 동안 털을 세우고 있는 느낌. 사장님의 와인 설명을 들으니까 프레데릭 아느헤가 걸어온 길이 머릿속에 그려졌어요. 어떤 와이너리에서는 꽃향기를 담아내는 법을 익혔을 거고 또 다른 와이너리에서는 향신료의 매력을 뽑아내는 법을 배웠을 것 같거든요. 그렇게 배운 지식과 기술로 나의 이야기에 생명을 불어넣는 순간을 위해서 5년을 보냈을 거란 생각이 드니까 조금 뭉클해지기도 하네요. 마치 제가 걸어온 길 같아서."

"맞아요. 저도 프레데릭 아느헤의 와인을 보고 있으면 왠지 모르게 청년의 순수한 열정이 떠올라요. 레드 와인이지만 약간은 차게 해서 먹는 게 좋을 만큼 에너지가 넘치고 과즙이 풍부하거든요. 부드럽고 풍부한 미각과 체리 향이 나는 향신료, 그리고 제비꽃과 블랙베리 향이 나는 피니시감이 둥글고 우아하게 느껴져요."

"이 와인은 오늘 안 마실 수가 없겠네요. 저는 이걸로 주문할게요. 사장님의 설명에 완전히 빠져서 구독 좋아요를 눌러버렸거든요. 하하."

"저도 기분이 좋네요. 마치 백만 조회 수를 달성한 것처럼. 그러면 오픈해드릴게요."

와인을 오픈하자 야생 식물이 가득 자라고 있는 참나무 숲이 그려졌다. 프레데릭 아느헤가 발견한 꿈의 포도원이 있는 곳이다. 그곳에는 그가 좋아하는 윌리엄 포크너의 책과 알랭 바셍의 노래가 있었다. 호기심 많은 청년이 내추럴 와인을 만들기에 완벽했다. 프레데릭 아느헤의 감각이 담긴 갸흐 뒤 노흐 2020 빈티지는 도전을 앞둔 모든 청년을 응원하는 중이다.

4화. 라디콘 🍷

야콧 2017
지역 : Friuli Venezia Giulia, Italy
품종 : Tocai Friulano

어느덧 찜통 같은 더위가 지나가고 짧아진 낮의 길이가 체감되기 시작하는 9월에 접어들었다. 여전히 낮에 장을 보고 오면 땀이 나긴 했지만 가게 문을 닫는 새벽이 되면 얇은 카디건이라도 필요했다. 그것은 일 년 중 가장 멋을 내기 좋은 가을이 찾아온다는 소리였다. 세상은 점점 오렌지 와인의 색감을 매력적이라고 느끼는 걸까? 성수동 길거리에는 짙은 베이지색 코트를 입은 사람들이 늘어나기 시작했다. 그것은 일 년 중 가장 멜랑꼴리한 감성이 차오른다는 속보였다. 석영은 지금 창밖을 바라보며 조지 시어링의 <September In The Rain>을 듣는 중이다. 뉴스에서 저녁 늦게 비가 올 예정이라고 했기 때문이다. 비 내리는 밤은 재즈와 때놓을 수 없는 단짝이다. 석영은 수납장에서 재즈 LP를 꺼내 턴테이블 옆에 가지런히 두었다. 이것으로 오픈 준비는 끝이다.

석영은 바 테이블 위에 올려진 탁상 달력을 보고 있다. 올해 초 석영의 와인바를 방문했던 친구가 프랑스 여행을 갔다 오면서 선물로 주고 간 달력이다. 달력에는 파리를 사랑했던 화가들의 명화가 담겨 있다. 8월에는 고흐의 <별이 빛나는 밤>이 그려져 있었고 9월이 되어 달력을 한 장 넘기자 모네의 <수련>이 나타났다. 클로드 모네, 왠지 모르게 어렸을 때부터 그가 남긴 그림들이 마음에 와닿았다. 모네도 석영처럼 새벽 시간을 사랑하는 사람이라서 그랬을까? 그의 그림에서는 물과 빛의 미묘한 변화를 만끽할 수 있다. 가끔 석영은 가게를 마치고 집에 가기 전에 한강에 들러 새벽 시간을 음미한다. 새벽 3시부터 5시까지 이어지는 고요한 물과 빛의 시간. 모두가 잠든 그 시간이 하루 중 가장 아름답다는 것을 아는 사람이 석영 말고도 또 있을까? 인적이 드문 한강 변에서 혼자 캔맥주를 홀짝거리는 게 다소 궁상맞다는 생각도 들지만, 모네도 그랬을 것 같다는 상상을 위안으로 삼는다. 9월은 모네의 그림과 함께 할 생각에 벌써 기분이 좋다. 어느 공간이든 그림이 있으면 그곳에 있는 사람을 따뜻하게 바라봐주니까 작은 그림이라도 하나쯤 두는 것을 추천한다.

오후 6시. 오늘의 예약 손님이 오실 시간이다. 이분의 이름은 박세혁. 몇 달 전 열렸던 서울디자인 페스티벌에 동양의 정원을 표현한 작품을 전시했던 젊은 아티스트다. 석영은 아침 일찍 전시장을 찾았던 터라 마무리 배치 작업을 끝낸 그와 짧은 대화를 나눌 수 있었다.

"온통 하얀색과 검은색 소품으로 정원을 꾸미셨네요. 특별한 이유라도 있으신가요?"

"저희 집안 어르신들이 대대로 수묵화를 그리시거든요. 어릴 때부터 한지와 묵을 가까이하고 자라서 그런지 저에게는 하얀 색과 검은색이 가장 익숙해요. 다른 색상과는 별로 친하지 않아서 잘 쓰지 않는 편이고요. 제가 잘 아는 것에 집중하는 거죠."

"그러시군요. 이번 작품의 주제로 정원을 정하신 이유라도 있나요?"

"할아버지의 집 앞에 작은 정원이 있어요. 제가 아주 어렸을 때 할아버지는 저를 무릎에 앉히고 정원을 자주 그리셨죠. 그리고 늘 할아버지의 몸에서는 묵향이 났어요. 어쩌면 당연한 일이죠. 온종일 벼루에 먹을 갈아서 그림을 그리셨으니까. 그때는 몰랐는데 할아버지가 돌아가시고 나서 할아버지의 정원에 가득했던 묵향이 너무 그립더라고요. 그때의 감정과 기억을 이번 작품에 담고 싶었어요."

"아, 설명을 듣고 나니까 뭘 표현하고 싶었는지 정확히 알겠네요. 멋진 작품 만들어주셔서 감사합니다. 언제 한번 시간 되시면 제가 운영하는 와인바에 방문해주세요. 더 많은 이야기를 나누고 싶네요."

"그럴게요. 저도 와인 좋아하거든요."

그날의 인연이 오늘 예약을 만들었다. 젊은 아티스트는 석영의 와인바 근처에 차를 주차하고 2층으로 걸어 올라왔다. 검은 반팔티에 검은 와이드 팬츠를 입은 것을 보니 오늘도 그는 검은색에 진심인듯하다.

"어서 오세요. 세혁 씨. 잘 지내셨죠?"

"네, 석영 씨도 잘 지내셨죠?"

"그럼요. 다시 만나게 돼서 기쁘네요. 인스타그램을 보니 다른 전시 준비하시는 것 같더라고요."

"저번 전시에서 좋은 평가를 받아서 11월에 작은 개인전을 열 수 있는 기회를 얻었어요. 그래서 바쁘게 지내고 있죠."

"잘됐네요. 이번에는 어떤 콘셉트로 작품을 만드실 건지 여쭤봐도 될까요?"

"음... 간단히 설명하면 할아버지, 아버지, 저까지 이어지는 예술가들의 시간을 표현하고 싶어요. 3대가 그림을 그리는 게 흔한 경우는 아니니까 제 가족들끼리 공유했던 코드 같은 게 분명 있었을 거고요. 이번에는 거기에 집중해보려고 해요."

"멋지네요. 저는 그게 일종의 경영이라고 생각하거든요. 누군가 사라져도 영속성을 가지고 시스템이 유지되는 것. 아직 저는 장사를 하는 것일 뿐이지만 언젠가는 사업으로 또 경영으로 넘어가고 싶다는 막연한 생각을 하고 있어서 세혁 씨처럼 경영자의 마인드를 가지신 분을 보면 부럽고 존경스러워요."

"아휴, 과찬이십니다. 그저 제게 주어진 일을 할 뿐인걸요."

"그렇죠. 그런데 그게 참 어려운 일이에요. 하하. 창가 쪽에 앉으실래요? 곧 비가 온다고 해서 어울릴만한 재즈 LP를 몇 장 골라놨거든요. 보시고 마음에 드시는 앨범이 있으면 턴테이블에 올리셔도 되고요. 앉아 계시면 와인 리스트 가져다드릴게요."

"네, 알겠습니다."

세혁은 석영이 골라둔 앨범을 하나씩 보다가 마음에 드는 앨범을 골라 턴테이블에 올렸다. 그가 고른 것은 안토니오 카를로스 조빔의 <Wave>. 전 세계적으로 유명한 보사노바의 거장이 탄생시킨 명반이다. 언제 들어도 좋은 앨범이지만 비가 내리는 밤에 들으면 더욱 운치가 생기는 마법 같은 음악이 가득한 앨범. 석영은 세혁의 선택에 마음속으로 손뼉을 쳤다.

"조빔의 <Wave>. 오늘 같은 날에 찰떡처럼 어울리는 음악이죠. 세혁 씨도 조빔의 음악을 좋아하시나 보네요."

"가끔 스튜디오에서 작업할 때 틀어놓곤 해요. 사람을 홀리는 음악이잖아요. 다른 재즈 음악도 물론 좋지만, 재즈 멜로디에 보사노바의 매력이 들어가 버리니까 이건 뭐 넘사벽이죠."

"하하, 맞아요. 개인적으로 모든 음악의 끝판왕이 아니겠냐는 생각도 들어요. 흠... 오늘은 다른 와인도 좋지만, 특별히 세혁 씨한테 추천하고 싶은 내추럴 와인이 있는데 괜찮을까요?"

"그럼요. 석영 씨."

석영은 보통 손님과 즉각적인 대화를 통해서 어울릴 만한 와인을 추천하지만, 오늘의 예약 손님의 사전 정보를 알고 있었기에 추천하고 싶은 와인을 이미 머릿속에 가지고 있었다.

"오늘 제가 추천해드릴 와인은 세계적으로 유명한 오렌지 와인 생산자, 라디콘의 야콧 2017 빈티지예요. 내추럴 와인을 좋아하신다면 라디콘의 명성을 한 번쯤 들어보셨을지도 모르겠네요. 라디콘 가문의 역사는 1900년대 초반으로 거슬러 올라가죠. 현재 와이너리를 이끄는 샤샤 라디콘의 증조 할아버지, 프란츠 미쿨루스가 2차 세계대전 이후 방치되어 있던 땅을 수

완 좋게 사들여 지역 토착 품종인 리볼라 지알라를 스킨 컨택해서 와인을 만들기 시작했어요. 그리고 스탄코의 부모님이 이후 가업을 이어받아 메를로, 토카이, 피노그리지오를 심었죠. 마침내 샤샤의 아버지인 스탄코 라디콘이 1979년에 가업을 이어받아 지금의 라디콘을 세계적인 반열에 올렸어요. 그는 끊임없는 혁신의 아이콘이었어요. 기존에 가지고 있던 스테인리스 스틸 탱크와 프렌치 오크에 숙성하는 방식을 버리고 대형 슬라보니안 오크통으로 셀러를 채웠다고 해요. 편리한 현대 문명의 혜택에서 번거로움이 가득한 전통으로 회귀하는 선택을 한 거죠. 또한 통상적으로 사용되는 750ml에서 500ml로 병의 사이즈를 바꾸는데 병 목의 크기도 그것에 맞게 작아지고요. 이건 이산화황을 넣지 않는 내추럴 와인에 긍정적인 영향을 가져온다고 해요. 병입 상태에 있는 와인은 코르크를 통해서 외부 공기와 접촉하여 미세하게 숙성에 영향을 주는데요, 이 부분을 통해서 알맞은 속도로 숙성이 일어나도록 조절하는 거죠."

"라디콘의 명성은 익히 들었어요. 예전에 스탄코의 생전 마지막 손길이 담긴 오슬라비에 2015 빈티지를 마셔본 적이 있는데 입안에서 작은 구슬이 굴러가는 듯한 부드러운 질감이 매우 인상 깊었거든요. 2009년부터는 샤샤 라디콘도 자신만의 혁신을 담은 'S'라인을 만든다고 들었는데 아직 마셔보지 못해서 어떨지 궁금해요. 선조들이 남기고 간 수많은 업적을 교과서 삼아 다시 처음부터 치열하게 갈고 닦아야 할 테니까요. 지금 제가 그러고 있는 것처럼."

"그럴 거예요. 인생에 지름길이란 없으니까. 급하게 생각하지 않고 선대가 걸어온 길을 따라 자신이 터득한 변화를 가문의 코드에 세기는 일. 세혁 씨는 분명할 수 있을 거예요. 저번 전시에서 저는 그런 가능성을 봤거든요."

"말씀이라도 감사합니다. 그러면 저는 석영 씨의 응원이 담긴 라디콘으로 결정할게요. 라디콘을 왜 제게 추천하시는지 충분히 이해했어요. 이번 전시의 구상에도 많이 도움이 될 것 같고요."

"다행이네요. 도움이 되셨다고 하니. 그러면 오픈해드릴게요."

오렌지 와인의 기틀을 만든 라디콘. 4대가 쏟아부은 열정과 신념의 아이콘으로서 전 세계 내추럴 와인 역사에 한 획을 그은 와인이다. 그 길을 가본 사람들만이 아는 혁신의 가치는 한 병의 와인을 넘어서 수많은 내추럴 와인 애호가들의 지지와 사랑으로 귀결된다. 오늘의 손님도 혁신의 무게를 짊어지고 다음 단계로 넘어가기 위한 여정에 오른 것이다. 그리고 라디콘의 야콧 2017 빈티지가 젊은 후계자를 위해 축포를 울린다.

5화. 장 피에르 호비노 🍷

이리스 2018
지역 : Loire, France
품종 : Chenin Blanc

비가 그친 9월의 어느 날, 석영은 비행기 티켓을 검색하고 있다. 두 달 남은 뉴욕 여행을 이제 슬슬 준비할 때가 된 것이다. 준비라고 해 봐야 만료된 여권을 갱신하고 호텔과 항공권을 알아보는 것들이지만 매일 매일 와인바에 집중하다 보니 미루기 일쑤였다. 어쩌면 과거와 다르게 여행이란 단어가 주는 기대감보다 현실에 안주하고 싶은 귀차니즘이 더 커져서 그랬을지도 모르겠다. 30대가 지나고 나서 겪는 신체적, 정신적 변화랄까? 익숙한 집과 가게에서 벗어나 고생길이 훤히 보이는 해외여행을 간다는 것이 마냥 즐겁지만은 않다. 이건 방구석에서도 여행을 즐길 수 있다는 걸 아는 나이에 접어든 30대 남성의 넋두리일지도 모르겠다. 어쨌든 오랜만에 뉴욕에 갈 계획을 세웠으니 알아볼 것이 많다. 말은 귀찮다고 했지만, 계획 없이 무작정 떠나는 여행을 그다지 좋아하지 않는 석영은 표를 만들어 날짜별로 가야 할 곳과 예상 비용을 정리 중이다. 이번 여행에서 가장 중요한 일정은 워싱턴 스퀘어 공원 근처에 있는 블루 노트 재즈

클럽에 가는 것이다. 그리고 13년 전 같이 여행을 떠났던 두 명의 친구와 뉴욕 도심을 걷다가 커피를 마시러 들어갔던 Think Coffee도 근처에 있다. 여러모로 그리니치빌리지는 석영에게 과거의 추억과 미래의 꿈이 담겨 있는 동네임이 틀림없다.

두 시간의 검색 뒤 출국 날짜가 정해졌다. 11월 11일 오후 3시 비행기. 석영의 와인바가 문을 열었던 11월 10일에는 부모님을 모시고 작은 파티를 할 생각이다. 아마 부모님도 석영이 혼자서 1년을 버틸 수 있을지 장담하시지 못했을 것이다. 대놓고 표현은 하지 않으셨지만, 밤잠을 이루지 못하셨던 날도 있으리라. 모든 짐을 짊어지고 홀로 걸어가는 아들의 출근길을 그저 지켜보면서 말이다. 물론 1년이란 시간은 석영에게만 무거운 것이 아니었다. 가족 모두가 일정한 무게를 나누고 자신의 자리를 지킨 것이다. 그래서 성대하지는 않더라도 가족과 조촐한 축하 자리를 가진 다음 날 뉴욕으로 떠나려고 한다. 가야 할 날짜가 정해지고 나면 사실상 모든 준비는 끝난 것이다. 13년 만에 재즈의 도시 뉴욕으로 드디어 석영은 가는 것이다.

오후 2시. 석영은 뚝도 시장에서 도미 두 마리를 사 왔다. 오늘 예약 손님의 특별한 부탁이 있었기 때문이다. 이분은 내추럴 와인에 대해서 일가견이 있으신지 최근에 소량 입고된 와인 공지를 보고 예약 문의를 했다. 그리고 와인과 어울리는 생선 요리를 요청했다. 석영은 오늘 시칠리아 지역에서 전해지는 요리법을 사용하여 도미를 요리하려고 한다. 요리의 이름은 오라타 알 살레. 굵은 소금과 달걀흰자를 넣은 반죽으로 도미를 감싸고 오븐에 굽는 독특한 요리다. 우선 생선의 내장을 잘 손질한 뒤 물기를 제거한다. 그리고 생선을 충분히 덮을 만큼 많은 양의 소금과 달걀흰자만을 분리해서 잘 섞어준다. 다음으로 생선 안에 마늘과 로즈메리, 레몬을 넣는다. 마지막으로 소금 반죽을 도미 위에 빈틈없이 덮은 다음 200도로 예열된 오븐에 30분 동안 구우면 된다. 마치 붕어빵처럼 구워진 도미를 오븐에서 꺼내 접시에 올리고 숟가락으로 깨면 뽀얗게 익은 도미가 나타난다. 석영은 완성된 도미 위에 올리브유를 듬뿍 뿌리고 레몬즙과 파슬리, 타임으로 간을 맞췄다. 화이트 와인과 최고의 궁합을 자랑하는 오라타 알 살레의 담백함이 입안으로 들어갈 시간이다.

"내가 만들었지만 참 맛있네."

오후 5시, 예약 손님이 요청한 사항들을 모두 점검한 석영은 턴테이블에 LP를 올렸다. 이탈리아 영화 음악의 거장, 피에로 피치오니의 <Amore Mio Aiutami>. 오늘의 분위기, 요리, 날씨와 멋들어지게 어울리는 앨범이다. 이탈리아는 언제나 영화의 한 장면처럼 석영의 마음속에 낭만으로 깃들어 있다. 특히 석영이 사랑하는 영화 '냉정과 열정 사이'의 배경이었던 피렌체는 나중에 꼭 한 달 살기를 해보고 싶은 도시다.

오후 6시 반. 오늘의 예약 손님이 걸어오고 있다. 영화 '악마는 프라다를 입는다'의 편집장 역할을 맡았던 메릴 스트립처럼 도도하고 우아한 품위를 가진 중년의 여성이 한 손에는 잡지를 들고 있다. 하얀색 토트백과 프랑스 국기를 닮은 스카프로 멋을 낸 커리어 우먼. 이런 작은 디테일에서 평소에 그녀가 가진 세련된 감각을 엿볼 수 있다. 그녀는 천천히 석영의 와인바로 올라왔다.

"안녕하세요. 오늘 예약한 신세라입니다."

"어서 오세요. 저희 와인바를 찾아주셔서 감사합니다. 오늘은 조금 특별한 날이네요. 손님이 원하시는 와인과 페어링할 요리를 모두 요청하신 적은 처음이라서요."

"제가 좀 까탈스럽죠? 하하. 아무래도 푸드 잡지를 맡고 있다 보니 요리와 그에 어울리는 술의 조합에 관심이 많아서요. 특히 한국에서도 구하기 힘든 장 피에르 호비노의 와인이 입고됐다는 공지를 보고 가만히 있을 수가 있어야죠. 예전에 파리 출장을 자주 갔었을 때 처음 마셔보고 그의 와인에 완전히 반했거든요. 특히 생선 요리와 함께 마시면 정말 끝내주죠.""저도 오늘 손님이 오시기 전에 미리 페어링을 해봤었는데 손님이 왜 생선 요리를 요청하셨는지 바로 알겠더라고요. 그러면 바로 요리와 와인을 준비해드릴까요?"

"네, 그래 주시면 감사하겠어요. 다음 달 잡지에 실릴 내용들을 추리느라고 오늘 제대로 먹은 게 없거든요. 그래서 너무 배고프네요."

"알겠습니다. 와인과 애피타이저는 금방 준비되니까 자리에 앉아 계시면 가져다드릴게요."

석영은 미리 준비해둔 도미를 오븐에 넣고 와인 냉장고에서 손님이 주문한 와인을 꺼내왔다.

"손님이 예약하신 와인, 장 피에르 호비노의 이리스 2018 빈티지입니다. 아시다시피 호비노는 파리에서 최초 내추럴 와인바 중 하나였던 L'Ange Vin을 운영하고 평론가 미셸 베팅과 최초의 내추럴 와인 잡지인 'Le Rouge et Blanc'를 창간했을 만큼 내추럴 와인에 대한 사랑이 큰 걸로 유명하죠."

"맞아요. 호비노는 거기에 멈추지 않고 2001년에 루아르 강에 있는 그의 고향 마을, Chahaignes으로 돌아가 자신의 와이너리를 시작했어요. 당시 파리에서 와인바와 잡지를 여전히 운영하고 있었고 TGV를 타고 파리와 루아르를 오가는 바쁜 나날을 보내면서 첫 빈티지를 만들어내죠. 첫 빈티지를 보고 자신이 가진 잠재력을 깨달은 호비노는 그 길로 모든 것을 정리하고 본격적으로 와인 양조에 집중하고요. 특히 저는 슈냉 블랑 품종으로 만든 화이트 와인을 좋아하는데 호비노의 와인이 딱 제 취향을 저격하더라고요."

"슈냉 블랑은 다양한 매력을 가진 와인으로 만들기 좋은 품종이죠. 높은 산도 때문에 스파클링 와인에서 균형 잡힌 디저트 와인까지 만들 수 있으니까요. 특히 루아르 지역에서 나는 슈냉 블랑을 세계적으로 높게 평가하죠. 호비노의 이리스도 그런 지역적 이점을 백분 활용해서 꿀, 레몬, 오크, 서양배, 바닐라 향이 나는 아주 맛있는 화이트 와인이고요."

"그럼요. 이리스는 90년 된 포도나무에서 자란 슈냉 블랑을 중성 오크통에서 24개월 숙성해서 매우 복합적이고 긴 여운을 남기는 풍미와 인상적인 미네랄감을 보여주거든요."

"내추럴 와인을 잘 아시는 분과 함께 해서 그런지 제가 몰랐던 정보도 많이 알게 되네요. 이제 30분이 지난 것 같은데 얼른 도미 요리 가져다드릴게요. 배고프실 텐데."

석영은 오븐에서 잘 익은 도미를 꺼내 접시에 올리고 간을 맞춘 뒤 레코스테 올리브 오일을 아낌없이 뿌려주었다.

"제가 오늘 준비한 음식은 시칠리아 전통 요리법을 사용한 도미 요리입니다. 손님이 요청하신 대로 생선 요리는 장 피에르 호비노의 와인과 잘 어울리는 조합이죠."

"아, 오라타 알 살레. 한국에 잘 알려지지 않은 음식인데 이걸 아시는 분이 계시다니 놀랍네요. 예전에 시칠리아에 여행을 갔을 때 먹어봤어요. 그때 어시장에서 멸치를 잡아서 파는 어부 한 분과 대화를 나눈 적이 있는데, 이걸 꼭 먹어보라고 하시더라고요. 어찌나 담백하고 맛있던지 다음에 시칠리아 특집 기사를 다루면 다시 먹으러 가야지 하고 있었는데 여기서 먼저 만날 줄은 생각도 못 했어요. 그러면 잘 먹을게요."

"보나베띠도. (맛있게 드세요)"

"그라지에. (감사합니다)"

장 피에르 호비노는 '빠르지 않게'라는 모토를 가지고 와인을 만든다고 한다. 그래서 그런지 그의 와인은 보통 2년에서 4년 정도로 아주 오랫동안 발효되어 오크통으로 들어간다. 긴 침묵을 품고 다시 세상에 나오기까지 오랜 시간이 걸리는 그의 와인을 찾는 사람들이 많은 이유가 분명 있을 테다. 석영도 13

년이란 시간을 들여 뉴욕에 발효시켜두었던 추억을 찾으러 갈 날을 기다리고 있다. 이토록 오랜 시간 석영의 뇌리에서 사라지지 않는 기억이라면 분명 그만한 이유가 있을 테니까.

6화. 마타싸

🍷

블랑 2020
지역 : Roussillon, France
품종 : Grenache Gris, Macabeu

선선한 가을바람이 불기 시작하는 9월 중순에 접어드니 성수동 거리에는 여유와 풍요로움이 느껴진다. 마살라 짜이를 파는 가게 앞에는 사람들이 옹기종기 모여 책을 읽고 있고 길고양이가 그 옆을 무심하게 지나간다. 채소 가게 사장님은 김장철을 앞두고 배추를 좌판에 깔고 있고 생선가게 사장님은 제철을 맞은 전어를 수조에 넣고 있다. 낯선 성수동에서 낯선 사람들과 주고받던 몇 달간의 어색한 눈 맞춤은 온데간데없이 사라지고 같은 동네에서 장사하는 소상공인의 끈끈한 정만 남았다. 늘 상추나 쪽파를 덤으로 넣어주는 채소 가게 사장님에게 마살라 짜이 한 잔을 대접하고 석영은 와인바로 출근했다. 어젯밤 턴테이블에 올려두었던 LP를 다시 서랍장에 넣고 싱크대에 담가두었던 접시와 와인잔을 닦는다. 그리고 가게 구석에 있는 일렉기타를 집어 1번 줄과 3번 줄을 몇 번 튕긴 다음 볼륨을 최대치로 올리고 Am7 코드를 마음껏 친다. 9월의 석영은 그렇게 음악에 조금 더 다가가는 중이다.

가을이 가진 고유한 매력이 있다면 창밖에 우뚝 서 있는 나무들의 변화를 지켜보는 것이다. 석영의 와인바 근처에는 '어텀날리스'라고 불리는 가을 벚나무가 많이 심겨 있다. 사람들은 보통 봄철에 흐드러지게 꽃을 피우고 여름 내내 조용한 벚나무에 더 이상 관심을 가지지 않지만, 가을철에도 벚나무는 사람들 모르게 꽃망울을 키우고 있다. 아마도 입동이 지나고 단풍이 붉게 물들기 시작하면 가을 벚나무는 작은 꽃망울의 입을 열 것이다. 사람들은 그것을 보고 웬 가을에 벚꽃이 폈냐고 할지도 모른다. 하지만 가을 벚나무는 봄철에 충분히 벚꽃을 즐기지 못한 사람들을 위하여 30%의 에너지를 아껴두었을 뿐이다. 오히려 봄철에 피는 벚꽃보다 두세 배 많은 꽃잎을 가진 꽃망울로 보답이나 하듯 몇 달을 기다려 가을을 만나러 온 것이다.

석영은 블루투스 스피커의 전원을 누르고 이 계절과 잘 어울리는 dosii의 <lovememore>을 재생했다. 둔탁한 드럼 소리와 이펙터를 먹인 기타 소리가 은은하게 퍼져갔다. 비가 유독 많이 온 여름철에 키운 샤도네이 품종을 사용한 화이트 와인을 닮았다. 습하고 효모 냄새 가득한 보컬의 목소리가 더해지면 과거에 남겨둔 사람에 대한 향기가 문득 떠오른다. 여름날 사과 한 박스를 사서 내가 일하던 가게에 찾아왔던 사람, 가을밤 강가에 앉아 오리들이 수영하는 모습을 함께 지켜봤던 사람. 매년 계절이 변할 때마다 유독 손길이 가는 사람들이 있다. 포도의 품종이 수많은 변이를 일으키는 것처럼 사람들과의 관계도 의도치 않은 방향으로 시시각각 변하고 붙잡으려는 손짓이 무의미할 만큼 모래알처럼 빠져나가고 말지만, 수년이 지나도 또렷이 기억이 나는 와인처럼 사람들과의 추억에도 빈티지가 매겨져 있다. 특히 2015년에 생산된 기억들은 가치가 높았다. 그해는 포도를 키우기에 날씨가 좋았고 땀을 흘리는 보람이 있었다. 밤새 이어지는 통화에도 피곤함을 느끼지 못할 정도로 열정 가득한 한 해를 보냈다. 당연히 훌륭한 기억들이 오랜 숙성을 위하여 지하 저장고의 오크통으로 들어갔다. 그 기억들은 다른 사람들에게 나눠주고 싶지 않을 만큼 소중하게 저장되고 있다.

오후 8시. 어딘가 익숙한 모습의 젊은 커플이 석영의 와인바를 향해 걸어오고 있다. 두 사람은 서로의 손을 잡고 누군가에게 좋은 소식을 들려주고 싶다는 표정을 하고 있다. 그리고 책한 권이 남자친구의 손에 들려져 있다. 분명 어떤 사연을 담은책일 테다. 두 사람은 가벼운 발걸음으로 석영의 와인바로 올라왔다.

"안녕하세요. 사장님. 저희 기억하세요?"

"아, 몇 달 전에 제가 로스탈 2018 빈티지를 추천해드렸던 분들이네요. 당연히 기억하죠."

"사장님, 저희 드디어 공모전에 당선됐어요. 책도 나왔고요. 그날 사장님이 저희를 따뜻하게 응원해주셔서 다시 힘을 낼 수있었고 이렇게 좋은 결과를 만든 것 같아서 꼭 감사하다고 말해드리고 싶었어요."

"정말요? 진심으로 축하드립니다. 제가 뭐 특별히 한 것도 없는데요 뭘. 두 분의 힘으로 만든 거예요. 저야 그날 와인바를 찾아주신 손님에게 당연히 해야 했을 일을 했을 뿐이고. 어디 봐요. 어떤 책인지 너무 궁금하네요."

"여기요. 사장님. 47쪽을 보시면 인생의 의미를 잃어버린 주인공이 우연히 마법사가 운영하는 와인바에 들어가 신비한 와인을 마시게 되고 사람들의 마음을 읽는 능력을 얻게 돼요. 그리고는 많은 사람들을 도와주죠. 책 속의 마법사는 사장님을 모티브로 해서 탄생한 캐릭터고요."

"그래서 책의 제목이 '마법사의 와인' 인가 보네요. 하하."

"맞아요. 그날 와인을 마시고 집에 돌아가면서 여자친구랑 많은 대화를 나눴어요. 다음 글을 어떻게 써야 할지. 그러다가 떠오른 아이디어 중 하나가 마법사가 운영하는 와인바에 우연히 들어가서 특별한 능력을 얻게 된다면 어떨까 싶었던 거죠. 마치 저희가 그랬던 것처럼."

"아무래도 새로운 아이디어는 새로운 경험으로부터 나오는 경우가 많으니까 저희 와인바에 오셔서 보고 느꼈던 것이 두 분에게 어떤 영향을 미쳤나 봐요. 아무튼 좋은 소식을 가지고 돌아와 주셔서 감사해요. 제가 읽어보고 주변에 소문 많이 낼게요."

"감사해요. 오늘도 저희에게 와인을 추천해주실 수 있나요?"

"물론이죠. 저번에는 레드 와인을 추천해드렸으니까 오늘은 화이트 와인 하나를 추천해드릴게요. 괜찮으신가요?"

"네, 좋아요."

"제가 오늘 두 분을 위해서 추천해드릴 와인은 마타싸의 블랑 2020 빈티지에요. 여기 로고를 보시면 나무 3개가 모인 '빽빽할 삼'이라는 한자가 적혀있죠. 이건 도멘 마타싸를 운영하는 세 사람 톰 루베, 나탈리 구비, 그리고 샘 해롭을 의미한다고 해요. 톰과 나탈리는 부부고요, 원래 톰은 뉴질랜드 출신인데 남아프리카 공화국에서 성장했다고 해요. 그리고 그곳에 있는 컬트 와인 메이커, 루이스 씨에게 비오디나믹과 자연 발효를 배우다가 그의 추천을 받아 프랑스 루시옹에 있는 Calce 마을의 도멘 고비에서 3개월 동안 인턴십을 했어요. 그런데 와이너리를 이끄는 제랄드 씨의 여동생과 톰이 그만 사랑에 빠진 거예요. 그렇게 첫 아이가 태어난 두 사람은 부부의 연을 맺고 2001년, Clos Matassa 포도밭을 구매해 자신들의 와인을 양조하기 시작해요. 도멘 마타싸의 탄생이죠. 샘 해롭 씨는 뉴질랜드 출신의 유능한 '마스터 와인'이고 마타싸의 공동 창업자예요. 뉴질랜드에서 직접 와인을 만들기도 하시고요. 이분들의 모토는 와인을 만들 때 첨가제나 기계를 사용하지 않는 것을 넘어서 인간의 개입도 최소화하려고 노력하신다고 해요. 그래서 쟁기질조차 거의 않으려고 하죠. 대신 포도밭에 다양한 덮개 작물을 키워 서로 경쟁하게 만들어 땅의 탄소와 질소량을 늘린 다음 미생물의 활동을 촉진하는 방식으로 포도에 좋은 영향을 주려고 한다고 해요."

"마치 한 편의 드라마 같은 이야기가 녹아들어 있는 와인이네요. 주인공이 모험 중에 사랑하는 사람을 만나서 함께 도전하고 결국 해피엔딩으로 끝나는 이야기처럼 들려요."

"그렇죠. 딱 두 분의 이야기 같아서 오늘 마타싸의 와인을 소개해드리고 싶었어요. 지금까지 서로를 의지하고 배려해온 것처럼 앞으로도 힘을 합쳐서 좋은 글 많이 써주세요."

"감사합니다. 역시 사장님이 추천해주시는 와인은 마시지 않을 수가 없네요. 그러면 저희는 오늘 이걸로 할게요."

"네, 오픈해드릴게요. 다시 한번 공모전에 당선되신 걸 축하드려요."

살다 보면 가끔 한 치 앞도 보이지 않는 순간들이 있다. 세상 모두가 내 편이 아닌 것 같은 상황에 빠지면 사람은 끝도 없는 지하로 들어가곤 한다. 그러나 나를 믿어주는 단 한 명의 사람은 있다면 어떠한 어려움도 이겨낼 수 있다고 나는 믿는다. 수많은 도전 앞에서 무너지더라도 나를 믿어주는 단 한 명의 사람이 있기에 희망을 되찾고자 하는 마음. 석영은 몇 달 만에 다시 찾아온 커플을 믿어주는 단 한 명이 되고자 한다. 그리고 그런 마음을 담은 마타싸의 와인이 있다.

7화. 요요

바또 이브헤 2021
지역: Albères, France
품종: Grenache, Syrah

벌써 9월도 마지막 주에 다다랐다. 요즘은 한 주가 어떻게 지나가는지 모를 정도로 시간이 빠르게 흘러간다. 가끔 어머니와 전화할 때 왜 이렇게 시간이 빠르게 가는지 모르겠다고 말하면 40대는 더 빠르게 지나갈 것이라고 하신다. 이제는 먼저 그 시기를 보낸 어른들의 말이 어느 정도 수긍이 갈 정도로 인생의 단면을 맛본 석영이다. 30대가 지나고 나서 좋은 점이 있다면 부모님의 마음을 조금씩 이해하기 시작했다는 것이다. 붙잡을 수 없는 젊은 날의 시간이 애석하다기보다는 내가 온전히 시공간에 충분히 녹아들지 못하고 한 발짝 떨어져 있다는 느낌이 이질적으로 다가왔다. 현실에서 책임져야 할 것들이 늘어나면 생기는 인지부조화였다. 아마 부모님도 나와 누나를 키우시면서 지나쳤을 관문임이 틀림없다. 역시 스스로 돈을 벌어서 써봐야 알 수 있는 것들이었을까?

석영은 가게로 출근하기 전에 뚝섬한강공원을 걷고 있다. 가을은 걷기에 참 좋은 날씨다. 유모차에 아이를 태우고 가는 젊은 어머니, 사모예드 한 마리와 조깅을 하는 할아버지, 독립영화를 찍고 있는 사람들. 어느 나라에 여행가든 공원을 보면 그 나라의 특징이 잘 묻어난다. 파리의 꺄후셀 가든은 사람들이 돗자리와 피크닉 세트를 가져와 한낮의 여유를 즐기고, 피렌체의 보볼리 정원은 연인들의 웃음소리가 끊이지 않는다. 서울의 뚝섬한강공원은 무언가에 열중하는 사람들이 다른 도시에 비해 조금 더 많다는 것 말고는 시민들의 안식처로서 중요한 역할을 하고 있다. 석영도 걷기를 멈추고 벤치에 앉아 잠시 하늘을 바라본다. 매일 바뀌는 구름의 모양은 오크통 안에서 뽀글뽀글 발효되고 있는 내추럴 와인을 닮았다. 아주 작은 물방울들이 응결점 위로 올라가 떠 있는 게 구름이라면 포도 주스와 효모가 만나 숙성을 거쳐 탄생한 것이 내추럴 와인이다. 그래서 석영은 안주 없이 내추럴 와인을 마실 때 하늘을 자주 보곤 한다. 내추럴 와인의 생성과 닮은 구름보다 더 훌륭한 안주는 없다고 생각해서다. 특히 석영이 가장 사랑하는 도시, 전주의 하늘에 떠 있는 구름은 최상품 트러플처럼 고소하고 담백한 맛이 일품이다.

오후 2시, 평소보다 여유를 부린 탓에 부랴부랴 장을 보고 온 석영은 재료를 바 테이블 위에 올려두고 선풍기 앞에 앉아 땀을 식히고 있다. 그리고는 니나 시몬의 <He Needs Me>를 턴테이블 위에 올렸다. 거칠면서도 깊은 울림을 가지고 있는 그녀의 음색은 피아노 반주와 함께 어우러지면 벨기에의 대표적인 초콜릿 브랜드, 노이하우스의 프랄린을 떠올리게 한다. 역시 사람이 진이 빠질 때는 달콤한 초콜릿 한입이 최고다.

오후 8시. 몇 팀의 손님이 음악과 함께 와인을 마시고 갔다. 그리고 오늘의 예약 손님이 오실 시간이다. 아방가르드한 차림새에 변발을 연상시키는 헤어 스타일을 한 오늘의 손님은 굽이 높은 빨간색 부츠를 신고 성수동 거리를 걷고 있다. 특이한 패션 때문에 사람들이 신기하게 쳐다보지만, 그는 전혀 개의치 않은 눈치다. 자신의 모든 행위가 계산된 예술 작품이라고 생각하는 것 같다. 그는 거리낌 없이 석영의 와인바로 올라왔다.

"안녕하세요. 오늘 예약한 한영제입니다. 여기가 내추럴 와인 맛집이라고 해서 오게 됐어요."

"잘 오셨습니다. 제가 와인의 맛을 좌지우지하는 건 아니지만 다양한 내추럴 와인이 가지고 있는 맛을 최대한 잘 설명해 드리려고 하죠. 스타일이 되게 특이하시네요. 패션은 잘 모르지만, 언뜻 보기에도 분명 철학이 담겨 있는 것 같네요."

"다크 웨어라고 불리는 스타일이에요. 20년 전 제가 처음 이런 옷을 알았을 때만 해도 한국에 아는 사람들이 거의 없었는데 요즘은 워낙 전 세계의 정보가 빠르게 전달되니까 다크 웨어를 아는 사람들도 많아졌죠."

"그렇군요. 패션을 전공하셨나 봐요?"

"네, 런던에 있는 예술학교에서 패션을 전공하고 이탈리아 피렌체로 가서 커리어를 쌓기 시작했어요. 6년 동안 패션 브랜드의 크리에이티브 디렉터로 일하기도 하고 향수 브랜드의 해외 판매를 맡기도 했죠."

"피렌체라... 제가 가장 가보고 싶은 도시인데 거기서 6년이나 사셨다니 부럽네요. 피렌체는 어땠어요?"

"훌륭했죠. 보통 이탈리아 여행하면 로마를 가장 먼저 떠올리지만 피렌체야말로 단 한 순간도 끊기지 않고 이탈리아의 역사를 담고 있는 도시죠. 로마는 마치 민속촌 같달까? 아무튼 전 세계의 여러 도시를 가봤지만 피렌체가 가장 아름다웠어요."

"역시 피렌체는 제 예상처럼 대단한 도시인가 보네요. 지금도 피렌체에 계속 사세요?"

"아니요. 지금은 한국으로 돌아왔어요. 여전히 피렌체를 사랑하지만, 그곳에서 보낸 6년 동안 너무 마음고생을 많이 했거든요. 그래서 언제 다시 돌아갈 수 있을지 모르겠어요."

"실례가 안 된다면 어떤 일들이 있었는지 물어봐도 될까요?"

"아, 뭐 평범한 것들이죠. 사랑하는 사람과의 다툼과 이별도 있었고 모든 것을 쏟아부은 프로젝트가 한순간에 엎어지기도 했고. 그래도 모든 걸 용서하게 되는 장소가 있어서 버틸 수 있었던 것 같아요."

"혹시 두오모 성당의 꼭대기인가요? 제가 가장 좋아하는 영화의 촬영지가 피렌체인데 주인공이 다시 만나기로 했던 장소가 그곳이거든요."

"하하. 저는 두오모 성당의 꼭대기에 올라가 본 적은 없어요. 물론 아침마다 근처를 지나가면서 수많은 관광객이 줄을 서 있는 걸 자주 봤지만요. 제가 항상 위로받았던 장소는 미켈란젤로 광장이에요. 일과를 마치고 해가 질 때쯤 그곳에 가면 세상에서 가장 아름다운 석양을 볼 수 있거든요. 아무리 화가 나도 그곳에서 피렌체의 전경을 바라보면 모든 게 다 용서가 되더라고요."

"나중에 피렌체에 가게 되면 꼭 가봐야겠네요. 제가 듣기로 피렌체가 소고기로 유명하다고 들었는데 스테이크도 많이 드셨어요?"

"네, 많이 먹었죠. 제가 자주 가던 Perseus라는 스테이크 집에서 키안티 클라시코 레드 와인을 마시면 그야말로 훌륭한 한 끼고요. 그러고 나서 집에 가는 길에 젤라또로 입가심을 하면 완벽하죠. 가게마다 조금씩 레시피가 달라서 비교해보는 맛도 있고요."

"하, 정말 듣기만 해도 피렌체로 가고 싶어지네요. 자리에 앉아 계시면 와인리스트 가져다드릴게요."

석영은 피렌체에서 살다 온 손님에게 궁금한 점이 많았다. 피렌체는 석영이 아주 오랫동안 가슴속에 묻어두고 살았던 도시이기 때문이다. 누가 보면 전생에 메디치 가문의 후손이라도 되는 줄 알겠다. 석영은 얼른 물과 메뉴판을 가지고 손님이 앉아 있는 테이블로 돌아왔다.

"여기 와인 리스트인데 보시고 궁금하신 게 있으시면 물어보세요."

"네, 그럴게요."

손님은 찬찬히 리스트를 보다가 한 와인에서 눈길을 멈췄다.

"여기 인어가 그려진 와인은 어떤 와인이에요?"

"아, 루씨옹의 바뉠스를 대표하는 내추럴 와인 메이커 요요의 바또 이브헤 2021 빈티지인데요. 최근에 소량 입고 되었어요. 1년에 2,400병밖에 생산되지 않는 귀한 뀌베거든요. 이분도 파리에서 패션 학교를 나와 10년 동안 커머셜 디렉터로 일했는데 그 10년이 정말 지옥 같았대요. 그러다가 35세 때에 새로운 도전을 위해 양조학교에 다니며 와인을 배우기 시작했고 Banyuls에 정착하게 되죠. 요요의 와인에는 순수한 기쁨이 담긴 생생한 과일즙과 복합적인 풍미가 느껴지는데 패션을 전공하셔서 그런지 완벽한 밸런스를 이뤄내요. 특히 바또 이브헤는 Banyuls의 중심부에서 더 북쪽에 있는 Albères에서 수확한 그르나슈와 쉬라 품종을 7대3으로 블렌딩해서 균형감을 맞춘 와인이고요."

"흥미롭네요. 패션 업계에서 살아남는다는 게 정말 쉬운 일이 아니라서 왜 그때가 지옥 같았다고 말했는지 충분히 이해도 되고요. 그리고 익숙하지 않은 분야에 새롭게 도전한 그녀의 용기도 대단하네요. 저도 한국에 돌아와서는 조금 열정이 식은 것 같아서 어떤 새로운 일을 해야 할지 고민하고 있었거든요. 그녀의 이야기를 들으니까 다시 힘을 내봐야겠다는 생각이 드네요."

"그럼요. 아직 도전을 멈추기에는 이른 나이잖아요. 그리고 손님이 걸어온 길. 제가 다 알 수는 없지만, 그동안 열심히 사셨다는 게 느껴져요."

"정말요? 어떤 부분에서요?"

"열심히 산 사람들은 자신만의 휴식처를 가지고 있거든요. 아무리 힘들어도 미켈란젤로 광장에 올라가서 혼자 마음을 다 잡으셨잖아요. 그런 노력을 해본 사람이라면 앞으로 다른 어려움이 다가와도 이겨낼 수 있지 않을까요?"

"아... 뭔가 감동이네요. 다른 사람 앞에서 청승 떠는 거 별로 안 좋아하는데 사장님이랑 이야기하다 보니까 속마음을 다 털어놓고 말았네요. 하하. 저는 그러면 이 와인으로 할게요."

"네, 그러면 오픈해드릴게요."

가만히 의자에 앉아 있거나 침대에 누워있으면 우리는 과거로 돌아가곤 한다. 특히 가장 마음을 아프게 했던 시간과 장소가 먼저 떠오른다. 이제는 잊혀질 법도 한 그때의 기억이 되살아나면 여전히 심장을 찌르는 아픔이 느껴지지만, 예전만큼 고통스럽지는 않다. 아마도 행복한 기억으로 덮으려고 했던 우리의 처절한 노력이 있었기 때문이다. 오래된 고목이 가득한 공원이 도시마다 존재하는 이유는 아픔을 잊으려고 노력하는 사람들이 있어서 아닐까? 영롱한 루비 빛을 띠는 요요의 바또 이브헤 2021 빈티지는 그런 사람들에게 추천하고 싶은 와인이다.

8화. 니꼴라 호 🍷

아떵시옹 슈낭 메샹 2020
지역 : Loire, France
품종 : Chenin Blanc

오늘은 낮과 밤의 길이가 같아지는 추분이다. 그리고 추분이 지나면 기상학적으로 가을에 더 가까워진다. 밤하늘에는 천칭자리가 떠 있고 석영의 와인바에는 라흐마니노프의 피아노 협주곡 3번이 흘러나온다. 워낙 유명한 곡이라서 여러 피아니스트가 연주했지만, 석영이 가장 즐겨 듣는 것은 1975년 필라델피아에서 블라디미르 아쉬케나지가 피아노를 연주하고 유진 오먼디가 지휘를 했던 버전이다. 라흐마니노프에 정통한 아쉬케나지답게 가장 유려하고 낭만적이면서도 친근하게 이 곡을 해석했다고 생각해서다. 특히 1악장의 중간쯤에서 오케스트라와 피아노가 격렬한 대화를 주고받는 부분은 언제 들어도 전율을 일으킨다. 음울했던 1악장이 끝나고 나면 몽환적인 2악장이 시작되고 20세기 초 러시아의 밤거리를 연상시키는 빠른 피아노 연주가 자연스럽게 흐른다. 3악장은 앞의 두 악장과 다르게 매우 서정적이다. 요즘은 국제 콩쿠르에서 라흐마니노프 피아노 협주곡 3번을 자주 들을 수 있지만, 한때는 세상에서 가장 연주하기 어려운 피아노 협주곡으로 알려졌다고 한다. 아무래도 오선지에 가득 찬 음표 때문에 악보를 보기에도 어렵고 기본적으로 어마어마한 테크닉을 요구하는 곡이기 때문이다. 물론 연주자가 힘든 만큼 관객들이 느끼는 감동은 더 큰 법이다. 석영은 오늘도 온라인 쇼핑몰을 보며 피아노 주문을 고민하고 있다. 이전에 주문한 일렉 기타를 아직 마스터하지도 못했지만 말이다.

와인바를 열고 나서 다양한 사연을 가진 손님들이 찾아왔고 그들과 소중한 대화를 나눠왔다. 비록 지난 1년 동안 큰돈을 벌지는 못했지만, 수입사에서 새로운 와인이 나올 때마다 주문을 할 수 있었고 손님과 어울리는 와인을 추천할 수 있었다. 항상 석영의 추천이 맞아떨어지지는 않았지만 모든 것은 배우는 과정이라고 생각하며 손님들의 취향에 집중했다. 서울에는 이미 너무 훌륭한 와인과 음식을 제공하는 와인바가 많지만, 석영은 별로 개의치 않았다. 다른 가게와 비교하기보다 석영이 잘 할 수 있는 것들에 집중하는 편이 손님의 만족도를 올리는 일이라고 생각해서다. 와인바의 사장이라면 당연히 그런 사명감을 가져야 했다.

"내가 더 이상 손님들에게 좋은 와인을 제공하지 못하거나 방문하는 손님들에게 최선을 다하지 않는다고 스스로 생각된다면 내 손으로 깔끔하게 정리하고 집으로 돌아가겠다."

작년 11월 10일부터 지금까지 석영이 아침마다 되새겼던 말이다. 다행히 그런 진심이 손님에게 전해져서였을까? 조금씩 단골손님이 늘어나는 게 느껴졌다. 소셜미디어에 석영의 와인 바에서 찍은 사진들이 하나둘씩 늘어나고 인플루언서들의 추천이라도 받는 날에는 매출이 많이 뛰었다. 10여 년 전 석영이 대학교에 들어가 처음 아르바이트하던 시절에 비하면 홍보가 훨씬 쉬워진 것이다. 밤늦게까지 친구와 가게 앞에서 전단지를 돌릴 필요도 없고 석영의 와인바에 흥미가 있을 고객을 분석해서 알려주는 회사들도 많아졌다. 그러나 달라지지 않은 것도 있었다. 석영의 와인바를 찾아온 손님을 최우선 순위로 생각해야 한다는 것. 그것만큼은 절대적으로 변하지 않는 것이었다. 그래서 앞으로도 석영은 변하지 않는 가치에 집중하려고 한다.

　새벽 1시, 이제 마감이 얼마 남지 않은 시간이다. 석영은 마지막 테이블에 남아있던 빈 접시들을 가져와 싱크대에 담가뒀다. 그리고는 낮에 들었던 라흐마니노프 피아노 협주곡 3번을 다시 틀었다. 조용한 새벽, 지나간 하루를 연상시키는 1악장, 다음 달이면 꽃봉오리를 터트릴 가을벚나무. 마감이 한 시간 남은 지금 이보다도 완벽한 선물이 있을까? 딩딩. 현관문에 달린 종이 울리고 한 남자가 조심히 고개를 들이밀었다.

　"사장님, 이미 마감했을까요?"

　"아, 어서 오세요. 아직 한 시간 남았긴 한데 괜찮으신가요?"

　"네, 혼자 조용히 한잔하고 싶은데 아직 마땅한 곳을 찾지 못해서요. 한 시간이라도 괜찮습니다."

　"그러시면 마음에 드는 자리에 앉아 계세요. 메뉴판 가져다드릴게요. 그런데 저희는 주로 내추럴 와인을 취급해서 혹시나 마시다가 와인이 남으면 키핑하셔도 되니까 너무 급하게 마시지는 않으셔도 돼요."

"네, 알겠습니다. 얼른 주문할게요."

석영은 작은 그릇에 아몬드와 튀긴 병아리콩을 담아 손님에게 다가갔다.

"천천히 보시고 궁금한 점이 있으시면 알려주세요."

"네, 사장님. 그런데 지금 나오는 음악…. 라흐마니노프죠?"

"네, 피아노 협주곡 3번 1악장이 나오고 있네요. 라흐마니노프 좋아하세요?"

"네, 최근에 나갔던 피아노 콩쿠르에서 이 곡을 쳤었거든요. 비록 좋은 성적을 내지는 못했지만."

"아, 그러시구나. 콩쿠르에 나가실 정도면 굉장한 실력자이신 것 같은데 클래식 전공을 하셨나 봐요?"

"네, 지금 밀라노 국립음악원에서 유학 중인데 한국에 잠시 볼 일이 있어서 3년 만에 들어왔어요. 다음 주에 다시 돌아가고요."

"해외에서 유학하는 게 쉽지 않을 텐데 3년 만에 오셨으면 오랜만에 오신 거네요."

"그런 편이죠. 딱히 해외에서 혼자 있는 걸 힘들어하는 성격은 아니라서 이탈리아로 간 지 6년째인데 한국에 온 건 두 번뿐이에요."

"혹시 피렌체에도 가보셨어요?"

"그럼요. 밀라노에서 피렌체로 가는 특급열차도 있어서 친구들이랑 종종 갔어요. 사장님도 피렌체에 가보셨어요?"

"저는 아직 가보지 못했는데 제가 가장 좋아하고 가보고 싶은 곳이 피렌체거든요. 그래서 오시는 손님들이랑 대화 중에 이탈리아가 나오면 꼭 피렌체를 묻게 되네요. 하하."

"아마 사장님도 냉정과 열정 사이 때문이겠죠?"

"네! 맞아요. 손님도 영화 보셨어요?"

"그럼요. 영화 속에 나오는 음악들도 유명하고 주인공들이 밀라노의 기차역에서 다시 만나잖아요. 아마 그 영화를 본 사람들은 역에서 누군가를 기다릴 때 준세이처럼 손짓할걸요? 하하."

"아, 마지막 장면은 정말 예술이죠. 손님도 준세이처럼 사랑하는 사람을 기다렸나 봐요?"

"네. 하하하. 여자친구도 베로나 국립음악원에서 첼로를 전공하고 있어서 한 달에 한 번 정도 만나거든요. 그래서 제가 첸트랄레 역에서 기다릴 때마다 준세이처럼 멋쩍은 표정으로 손을 들어 까딱이면 여자친구가 걸어와서 이렇게 말해요. 그놈의 준세이 놀이가 질리지도 않니?"

"하하하. 여자친구는 냉정과 열정 사이를 그다지 좋아하지 않나 봐요."

"예전에 같이 영화를 본 적이 있는데 과거의 연인을 못 잊고 현재의 연인에게 상처를 주는 건 나쁘다고 말하더라고요. 뭐 딱히 틀린 말도 아니라서 반박은 하지 않았지만 저는 그런 것들보다 오래도록 변하지 않는 사랑에 더 집중하고 싶었나 봐요. 아마 저는 여자친구랑 그런 사랑을 하고 싶은 사람이라서 그렇겠죠?"

"아마 여자친구분도 손님의 마음을 이해하지 못하는 건 아닐 거예요. 단지 표현 방식이 서로 다를 뿐이지. 여자는 남자를 사랑하지 않으면 먼저 보러 오는 노력을 하지 않거든요."

"사장님 말씀에 일리가 있는 것 같아요. 레슨이 끝나고 피곤할 만한 한데도 여자친구가 기차를 타고 왔던 적이 여러 번 있었거든요. 이야기하다 보니 벌써 20분이 흘러갔네요. 얼른 뭐라도 주문해야 하는데."

"딱히 마음에 두신 게 없으면 추천해드려도 될까요?"

"그래 주시면 고맙죠."

"제가 오늘 추천해드릴 와인은 니꼴라 호의 아떵시옹 슈낭 메샹 2020 빈티지에요. 피아노를 전공한 22세의 니꼴라는 스스로의 한계와 불투명한 미래를 걱정하던 중 양조를 배우기로 결심해요. 그리고 보르도에서 공부하며 2002년 Anjou 지역에서 작은 포도밭을 구입해 와인을 만들던 그는 평생의 동반자가 될 실비를 만나 사랑에 빠지죠. 그녀는 내추럴 와인 살롱, La Dive Bouteille의 운영자이며 직접 와인도 만드는 작가이기도 하고요. 니꼴라는 첫 빈티지부터 유기농법을 시행했고 2007년부터는 양조에 SO2를 전혀 사용하지 않고 있어요. 스스로 엄격한 방식에 따라 포도밭을 관리하고 청결과 정직에 기반한 와인을 만드는 중이죠. 음악을 해서 그런지 타고난 직감으로 포도가 높은 페놀 성숙과 낮은 알콜 볼륨 밸런스를 가진 기간 동안 빠르게 포도를 수확해서 최대한 자연의 순리에 따라 양조 과정을 이어나가요. 그의 와인만이 가진 자연적 산도와 신선한 그리고 개성은 누구도 재현할 수 없는 매력을 가지고 있죠."

"아, 딱 지금 제 심정을 닮은 와인이네요. 저도 요즘 졸업하고 나면 어떻게 해야 할지 고민이 많았거든요. 콩쿠르에서 좋은 성과를 낸 것도 아니고 앞날이 점점 불투명해지니까 여자친구랑 어떻게 미래를 함께해야 할지 캄캄해져서 조금 두렵기도 했던 찰나였거든요."

"그러셨군요. 너무 앞서서 걱정을 하지는 말아요. 미래의 나와 약속하고 그걸 지키기 위해서 노력하는 건 바람직하지만 현재의 행복을 해칠 만큼 부담감을 가질 필요는 없어요. 영화에서 준세이가 했던 실수를 우리는 하지 말아야죠. 아오이가 준세이에게 바랬던 건 과거와 미래가 아니라 지금 나를 사랑해달라고 말하고 싶었던 게 아닐까 해요. 아마 여자친구분도 그걸 바랄 거예요. 그러니 이탈리아로 돌아가면 아낌없이 사랑한다고 말해요. 준세이처럼 멀리 돌아가지 말고."

"사장님 말씀을 듣고 나니까 정말 그래야겠다는 생각이 드네요. 저는 그러면 이 와인으로 할게요."

"네, 오픈해드릴게요. 냉정과 열정 사이의 팬이시라니까 괜찮으시면 같이 한잔할까요? 와인 값은 제가 낼게요. 개인적으로 이탈리아 이야기도 더 듣고 싶기도 해서요."

"아, 너무 좋죠. 감사합니다. 사장님."

아주 가끔 도플갱어처럼 비슷한 길을 걸어온 사람을 만날 때가 있다. 과거의 자신을 보는 것만 같아서 조금은 당황스럽기도 하지만 자꾸만 옆에 머물고 싶은 마음이 든다. 아마도 잘 되길 바라는 마음이 커서일 테다. 나는 그렇지 못했더라도 저 청년은 더 빠른 지름길을 택하길 바라는 마음. 냉정과 열정 사이를 본 사람들이 공유하는 일종의 코드다. 준세이가 8년을 기다려 피렌체의 두오모에 올라갔던 이유와 아오이가 약속을 잊지 않고 나타났던 이유도 비슷하지 않을까? 니꼴라 호의 아떵시옹 슈낭 메샹 2020 빈티지에서는 남녀 간의 변치 않는 사랑이 느껴진다.

9화. 프랭크 파스칼

🍷

꽁피엉스 꼬또 상프누아 후즈 2018
지역 : Champagne, France
품종 : Pinot Noir, Pinot Meunier

　석영은 몇 달 전 가졌던 휴식기에 국가보훈처에서 진행하는 국내 사적지탐방을 다녀온 적이 있다. 탐방 지역은 3곳이 있었는데 석영은 그 중 강원권을 선택했다. 아무래도 주말 동안 진행되는 탐방을 마치고 바로 서울로 돌아오기에는 강원권이 낫다고 생각했고 10년 전 군 복무를 했던 춘천은 또 어떻게 변했을지 궁금했기 때문이다. 아이러니하게도 2년이나 춘천에 있었지만, 군인의 특성상 부대 밖에 나갈 수 있는 기회는 잘 없었고 설령 휴가를 나오더라도 집에 가기 바빴던 터라 춘천 시내를 돌아다녔던 기억은 없다. 그래서 10년 만에 춘천을 구경할 생각에 은근히 설 다. 몇 주 뒤 석영이 속한 조가 탐방을 떠나는 날, 천안에 있는 독립기념관에 모여 버스를 타고 이동했다. 석영의 조는 원래 3명이었는데 개인 사정으로 다른 날짜에 참여하지 못했던 한 명의 참가자가 더해지면서 4명이 되었다. 다들 하는 일도 살아온 배경도 달랐지만, 나라와 역사를 사랑하는 사람들이었다. 그중 한 명은 석영과 동갑이었는데 군대에서 부사관으로 근무를 했었고 3대가 군인의 길을 걸은 병역명문가의 자제였다. 사실 석영은 사람의 직업과 재산의 유무로 사람의 가치를 판단하는 편은 아니어서 처음 그의 배경을 들었을 때 호들갑을 떨지는 않았다. 대신 2박 3일 동안 동갑내기 친구와 같이 방을 쓰면서 나눴던 대화에서 큰 호감을 느꼈다. 그는 아주 반듯한 사람이었다. 잘생긴 외모에 능력도 특출나서 현재 정부 관련 일을 하는 엘리트였지만 항상 겸손하고 타인을 배려하는 성격을 가진 완벽남이었다. 그리고 열정이 넘치는 사람이었다. 석영은 탐방하는 내내 그의 옆에 붙어 좋은 점을 배우려고 했다. 책을 통해서도 세상을 배울 수 있지만, 더 효과적으로 자신을 발전시키는 방법은 자신보다 10배는 뛰어난 사람 옆에서 그의 말과 행동을 따라 하는 것이라 생각해서다.

"한열 씨, 언제 시간 되시면 저희 와인바에 한번 놀러 오세요."

"물론이죠. 석영 씨. 이제 저희는 전우니까요."

석영은 탐방이 끝나는 마지막 날 재회를 제안하고 서울로 돌아왔다. 그리고 몇 달 뒤 그로부터 연락이 왔다.

"석영 씨, 오늘 한잔하러 가도 될까요?"

"물론이죠. 전우를 다시 만나는 것만큼 기쁜 일이 어딨겠어요. 맛있는 요리 준비해둘 테니 저녁에 오세요."

"그럴게요. 저녁에 봐요."

석영은 평소보다 더 행복한 마음으로 요리를 준비했다. 케일 채두부 스프, 가을 가지로 만든 멜란자네, 와사비 꽃대 절임을 올린 아귀 간, 후식으로 최근에 프랑스 셰프님에게 배운 블루베리 샬롯 케이크를 준비했다. 그동안 요리 공부를 열심히 한 보람이 있었다. 좋아하는 사람이 오는 날에는 제철 재료를 사용한 요리로 배불리 먹이고 싶은 욕심이 생기는 건 당연한 일인지도 모른다. 그리고 맛있는 요리와 와인을 사람들과 함께 먹고 마실 수 있는 공간을 만들었다는 사실에 뿌듯하기 그지없다.

오후 5시 반, 오픈 시간보다 일찍 도착한 한열 씨가 성수동 거리를 걷고 있다. 그는 빈손으로 석영의 와인바에 오기 그런지 뚝도 시장 근처에 있는 몇몇 가게를 둘러보며 작은 선물을 고르는 중이다. 그는 운명처럼 석영이 종종 가는 짜이 가게에 들어가 슈톨렌과 수제 잼을 골랐다. 고르는 선물을 보면 사람의 성향이 보이기 마련이다. 물론 선물의 가격이 비싸다고 다 좋은 것은 아니지만 보통 먹을 것을 선물하는 사람은 정이 많은 사람이다. 오죽하면 한국인이 자주 건네는 인사 표현도 식사하셨냐고 물어보는 것 아니던가. 한열 씨는 정성스레 포장된 슈톨렌과 잼을 가지고 석영의 와인바로 올라왔다.

"석영 씨, 저 왔어요."

"한열 씨, 어서 와요. 몇 달 만이네요. 잘 지냈죠?"

"그럼요. 최근에 위원회에서 추진하는 일이 많아서 조금 바빴어요. 이제야 결산이 끝나서 석영 씨의 와인바에 놀러 올 여유가 생겼네요. 여기 선물이요."

"어? 이거 짜이 가게에서 사 왔죠?"

"네, 어떻게 아세요?"

"제가 그 짜이 가게 자주 가거든요. 가을철에 한정판으로 파는 슈톨렌이라서 금방 매진되는데 아직 남아있었나 보네요.”

“아, 어쩐지 작은 가게에 사람들이 많더라고요. 줄을 서서 살 정도면 맛있겠지 싶어서 사 왔는데 맛집이었군요. 하하.”

“네, 거기가 허름해 보여도 아는 사람만 아는 성수동에 숨겨진 맛집이에요. 아무튼 와주셔서 감사해요. 배고프실 텐데 어서 앉으세요. 금방 요리 준비해서 드릴 테니까.”

“네, 그러면 저는 가게 구경 좀 하고 있을게요. 도와드릴 게 있으면 말해주시고요.”

“그럴게요. 편하게 구경하고 계세요. 오늘은 제가 대접하는 날이니까.”

석영은 미리 준비해둔 재료를 넣고 빠르게 스프를 끓이기 시작했다. 그리고는 곧장 와사비 꽃대 절임을 아귀 간에 올리는 것으로 애피타이저를 마무리했다.

“한열 씨, 스프랑 애피타이저만 테이블로 옮겨주세요. 멜란자네는 오픈에 넣고 10분만 익히면 돼서 먼저 먹고 있으면 완성될 거예요.”

“네, 석영 씨. 벌써 냄새가 좋은데요.”

“아, 그리고 오늘 한열 씨랑 잘 어울릴 것 같은 와인을 미리 골라뒀어요. 금방 설명해드릴게요.”

“저랑 어울릴 것 같은 와인이라... 그거 기대되네요.”

석영은 잔 두 개와 와인 한 병을 가지고 테이블로 향했다.

“오늘 제가 한열 씨랑 같이 마시려고 준비한 와인은 프랭크 파스칼의 꽁피엉스 꼬또 상프누아 후즈 2018 빈티지예요. 프랭크 파스칼 씨는 군대에서 엔지니어로 근무하다가 1994년부터 그의 할아버지와 아버지가 협동조합을 만들어 포도를 재배하던 4ha의 포도밭을 물려받아 와인을 만들기 시작했어요. 그의 전공은 군사공학이었는데 관련된 훈련을 받으면서 생화학무기와 제초제가 인간과 식물에 끼치는 부정적인 영향에 대해 알게 되었죠. 그 때문인지 그는 지속할 수 있고 친환경적인 포도 재배와 양조에 큰 관심을 가지게 돼요. 그래서 그가 물려받은 포도밭에 유기농법을 시작으로 비오디나미와 Energy-fields management라고 부르는 더 진보된 방식의 친환경 농법을 차례차례 시행하고 있죠. 현재는 아내와 함께 7.5ha에 이르는 포도밭을 정성스럽게 관리 중이에요."

"하하, 저번에 같이 탐방 가서 팀별 미션 할 때도 느꼈지만 석영 씨는 점과 점을 잇는 걸 참 잘하네요. 와인이 가지고 있는 이야기와 저를 연결 지을 줄은 생각 못 했거든요."

"멀리서 보면 그냥 한병의 와인과 한 명의 사람이지만 관심을 가지고 자세히 보면 다 이어져요. 와인바를 하면서 느낀 건 세상에 사연 없는 물건과 사람은 없다는 거죠. 그걸 알고 나니까 사소한 것들도 소중해지더라고요. 더군다나 마음이 가는 와인과 사람을 발견한다는 건 나이가 들수록 큰 행운이라 생각하고요."

"그렇죠. 나이가 한 살 한 살 먹을수록 누가 진짜 내 전우일까 더 생각이 많아지는 것 같아요. 그때 같은 방을 쓰면서 이야기했던 것처럼 서로 등을 맞대고 함께 싸우는 사람이 이제는 귀하잖아요. 전 다른 건 모르겠고 군대에서 전우는 한 몸이고 의리가 있어야 한다고 배웠거든요."

"역시 한열 씨다운 생각이네요. 프랭크 파스칼 씨도 군대에서 근무하며 서로 싸우며 죽고 죽이는 것보다는 자연과 함께 지속 가능해야 한다고 느꼈고 그 열망을 친환경 농법을 고수하는 것으로 실현한 거죠. 그러면 이제 전우끼리 건배할까요?"

"아, 좋죠. 이렇게 좋은 날에 맛있는 음식과 와인이 앞에 있는데."

"그러면 오픈해드릴게요."

와인을 오픈하자 몇 달 전 독립기념관에서 서로를 처음 만났던 순간이 떠올랐다. 꼭 1등을 해서 해외 탐방 기회를 차지하자고 다짐했던 어느 봄날, 두 사람의 인연은 시작되었다. 서로를 전우라고 부르며 같은 목표를 향해 새벽같이 일어나 미션 수행을 했던 2박 3일의 여행은 정말 전투처럼 치열했다. 비록 원하는 바를 달성하지는 못했지만, 함께 웃고 마음 아파했던 전우애는 오래도록 두 사람의 기억 속에 남을 것이다. 그리고 그런 추억을 더 아름답게 만들어주는 파스칼 프랭크의 꽁피엉스 꼬또 상프누아 후즈 2018 빈티지가 있다.

10화. 레 풀라흐 후즈

🍷

포팅킨 2021
지역 : Roussillon, France
품종 : Carignan Gris, Carignan Blanc

독서의 계절을 맞이하여 석영은 몇 권의 책을 주문했다. 그 중 눈에 띄는 한 권의 책이 있다. 평소 존경했던 영화 음악의 거장, 사카모토 류이치가 마지막으로 남긴 <나는 앞으로 몇 번의 보름달을 볼 수 있을까>. 어렸을 때부터 영화를 즐겨봤던 석영은 영화가 다 끝날 때 올라가는 엔딩 크레딧을 유심히 보곤 했다. 보통 감독과 주·조연 배우에게 스포트라이트를 비추지만, 한 편의 영화에는 수많은 스텝의 손길이 담겨 있다. 특히 석영이 관심을 가지고 이름을 기억했던 분야는 음악과 미술이다. 물론 각본이 좋아야 좋은 영화를 만들 수 있지만 그걸 시각적, 청각적으로 관중이 몰입할 수 있게 해주는 건 각종 소리를 적절하게 영화에 삽입한 음악팀, 소품과 세트를 만든 미술팀의 노력이 지대하다고 생각해서다. 이런 생각은 석영의 와인바 곳곳에서도 찾아볼 수 있다. 언제나 턴테이블에 올라갈 준비가 되어있는 LP와 CD, 손님의 성향에 맞춰 약간씩 다른 컨셉을 가지고 꾸며져 있는 테이블. 어쩌면 석영은 매일 매일 다른 영화를 찍고 싶었다. 크게 보면 한 공간에서 일어나는 영화 한 편이지만 어떤 배우가 어떤 테이블에 앉아서 어떤 대화를 나누냐에 따라서 영화의 장르가 정해졌다. 감독의 역할을 맡은 석영은 아주 기본적인 영화의 흐름만 정해두고 시시각각 변하는 배우의 감정선을 따라 음악을 틀거나 소품을 추가했다. 그게 석영이 추구하는 방식이었다.

와인바를 운영하다 보면 많은 변수가 생긴다. 예약한 손님이 나타나지 않기도 하고 와인이 변해서 싱크대에 버려지기도 하고 갑자기 물과 전기가 끊기기도 한다. 부랴부랴 아이스박스에 얼음을 채워 전기가 들어올 때까지 서빙하기도 했고 오븐에 불이 들어오지 않으면 급하게 숯불에 채소를 구워 다른 요리를 내오기도 했다. 시간이 지나고 보면 한 편의 영화가 완성되었다는 점에서 크게 다른 것도 없지만 매 순간 한 컷을 찍기 위해 석영의 등짝은 땀으로 적셔졌다. 그래도 좋았다. 관객들이 석영이 만든 영화를 끝까지 보고 자리에서 일어난다면, 비록 엔딩 크레딧에 적혀진 이름들을 다 기억하지는 못하더라도 영화가 상영되는 내내 지루한 눈빛으로 일관하지만 않는다면 만족했다. 석영은 그저 배우들이 각자의 자리에 앉아 억지로 꾸며내지 않은 연기를 보여주길 바랐다. 손님들은 금방 무대에 올라가 자신만의 연기를 뽐냈다. 다들 재능이 있는 배우들이었다. 석영은 그저 손님들을 지켜보며 최소한의 지시만 할 뿐이었다. 그렇게 각각의 에피소드가 채워지고 있었다.

석영은 오늘도 오전 일찍 가게에 나와 예약 명단을 하나씩 보고 있다. 마치 오늘 찍어야 할 영화에 필요한 배우들의 오디션을 보듯이. 손님들이 미리 남겨준 메모를 읽던 석영은 어떤 문구에 멈춰 섰다. 아무래도 오늘 영화에 딱 어울리는 배우 지망생을 찾은 모양이다.

-25년 동안 영화계에서 미술 감독으로 일하다가 최근 소품과 무대 디자인에 특화된 서적들을 모은 작은 독립서점을 열었어요.-

오늘의 예약 손님이 보여줄 연기가 무척이나 궁금해졌다. 석영은 오늘도 최소한의 지시 사항만 준비해둘 생각이다. 배우가 가장 빛나는 순간은 자신이 할 수 있는 최대한 자연스러운 발성과 표정으로 무대에 서는 것이기 때문이다.

오후 8시, 회색 코트에 초록색 머플러를 두른 여성이 걸어오고 있다. 그녀는 성수동 거리에 줄지어져 있는 이색적인 카페와 식당들의 인테리어 디자인을 유심히 보는 중이다. 아무래도 유행에 민감한 업종에서 오랫동안 일을 해서 그런지 사물을 보는 감각이 조금 예민한듯하다.

"안녕하세요. 8시에 예약한 안지희입니다."

"아, 어서 오세요. 독립서점을 하신다고 적으신 분이시죠?"

"네, 맞아요. 용인에서 작은 독립서점을 하고 있어요."

"잘 오셨습니다. 저도 가끔 독립서점 가는 걸 좋아하거든요. 사장님마다 각자의 취향에 따라 책들을 갖춰두셔서 그걸 지켜보는 맛이 있더라고요. 그리고 책 추천을 받는 재미도 있고요."

"그렇죠. 대형서점만큼 다양한 책을 가져다 두지는 못하지만, 손님들과 책에 대해서 더 깊은 대화를 나눌 수 있다는 장점이 있죠. 제가 운영하는 서점은 주로 영화나 무대 디자인, 소품에 관련된 책들을 취급하고요. 혹시 관심 있으시면 한번 오세요."

"안 그래도 오늘 오시면 어딘지 여쭤보려고 했었어요. 저도 영화를 좋아하는데 영화 음악과 무대 디자인에 관심이 많거든요. 영화 안에서도 매우 다양한 분야가 있잖아요."

"그럼요. 요즘에는 분야별로 역할 분배가 잘 되지만 제가 신입으로 들어갔을 때만 해도 소품을 준비하다가 조명을 들기도 했고 단역으로 연기를 하기도 했어요. 그냥 전천후로 움직여야 했죠. 점점 경력이 쌓이기 시작하니까 제가 하고 싶은 일에만 몰입할 수 있는 여건이 되더라고요. 참 고생도 많이 했죠. 그래도 재밌었어요."

"그럴 것 같아요. 예전에 친구 따라서 연극 무대를 도와주러 간 적이 있는데 한 시간의 무대를 위해서 스텝들이 쏟아붓는 노력이 엄청 나더라고요."

"그럼요. 연극이 끝나고 마지막에 커튼콜이 내려갈 때 느끼는 감정은 말로 표현 못 해요. 배우들이 관객들로부터 환호받을 때 모든 보상을 대신 받는 느낌이랄까? 25년 동안 제가 항상 잊지 않고 가슴에 새겼던 찰리 채플린의 말이 있어요. 나는 그 배역에 대해 전혀 감을 잡지 못했다. 그러나 내가 옷을 입는 순간, 의상과 분장은 마치 내가 그 인물이 된 것처럼 느끼게 해주었고, 무대에 올라서는 순간 내 안의 그는 완전한 인물로 태어났다. 요즘은 기술이 좋아져서 만들기 어려운 무대는 CG로 대신하기도 하지만 예전에는 모든 걸 다 미술팀에서 만들어야 했거든요.

제가 훌륭한 무대를 만들수록 배우가 상황에 몰입해서 더 연기를 잘한다고 생각하니까 무한한 책임감이 생기는 거죠. 그래서 독립서점의 이름도 찰리 채플린의 무대라고 지었어요."

"찰리 채플린의 무대라... 꼭 한번 가보고 싶어지는 이름이네요. 그러면 마음에 드시는 자리에 앉아 계시면 와인 리스트 가져다드릴게요."

"그럴게요."

독립서점의 사장님은 역시나 석영의 책장 쪽으로 발걸음을 옮겼다. 한 사람의 책장을 보면 그 사람이 어떤 생각을 주로 하는지 알 수 있기 때문이다. 석영의 책장에는 와인 관련 책과 음악 서적으로 가득하다.

"여기 메뉴판이요. 보시고 궁금한 게 있으시면 언제든지 불러주세요."

"네, 지인의 집에 놀러 가면 책장부터 보는 편인데 사장님의 책장에도 흥미로운 책들이 많네요. 왕가위 감독을 좋아하시나 봐요?"

"엄청 팬이죠. 80~90년대 홍콩만큼 낭만적인 공간이 있었을까요. 왕가위 감독은 특히 시간을 예술적으로 표현하는 사람이라서 그런지 요즘 다시 봐도 영화가 전혀 촌스럽지 않아요. 오히려 시대를 앞서간 느낌이랄까."

"그렇죠. 저도 한때 왕가위 감독의 팬이어서 여러 의상이나 소품을 만들 때 오마주를 많이 했었어요. 영화마다 주인공이 오토바이를 타고 달리는 씬이 꼭 빠지지 않고 나왔던 시절도 있었죠. 그런 걸 보면 누구에게나 삶의 전환점을 가져다주는 작품이나 사람이 꼭 있는 것 같아요."

"정말 동의해요. 그래서 우리가 계속 새로운 책을 사거나 영화를 보게 되는 것 같고요."

"흠... 그러면 사장님도 오늘 저에게 새로운 와인을 추천해주실 수 있나요?"

"그럼요. 그게 제 일인 것으로요. 마침 손님과 어울리는 와인이 떠올랐던 참이라 잠시만 기다리세요. 얼른 소개해드릴게요."

석영은 빠른 걸음으로 와인 셀러로 걸어가 와인 한 병을 꺼내왔다.

"제가 오늘 추천해드릴 와인은 레 풀라흐 후즈의 포텅킨 2021년 빈티지에요. 줄기를 포함한 포도 송이채 넣어 10일 동안 발효를 진행하고, 500리터의 오래된 배럴에서 6개월 동안 숙성한 와인이죠. Whole Cluster 기법으로 만들어서 그런지 다양한 복합미와 뚜렷한 구조감, 부드러운 산도를 느끼실 수 있어요. 레 풀라흐 후즈의 장 프랑수와 닉 씨는 12년간 론 지역에서 와인 메이커로 일을 하시다가 고향으로 돌아가 수학 교사로 일하던 어릴 적 친구와 랑그독 후씨옹의 남쪽 지역에 자신의 도멘을 설립했어요. 와이너리의 이름인 '레 풀라 후즈'는 '빨간 머플러'라는 뜻인데 장 프랑수와 닉이 문학적 영감을 받은 프랑스 작가, 프레데릭이 쓴 동명의 역사 소설 이름에서 따왔다고 해요. 마치 손님이 찰리 채플린의 명언에 영감을 받아서 서점의 이름을 지은 것처럼요."

"그거참 흥미로운 이야기네요. 아직 저도 읽어보지 않은 소설이지만 와이너리의 이름으로 정할 정도라면 한번 읽어보고 싶네요."

"네, 안 그래도 가을을 맞아서 책을 몇 권 주문했는데 저 책도 주문했어요. 저도 읽어보려고요. 또한 레 풀라흐 후즈는 완벽한 내추럴주의를 표방하고 있어서 양조는 물론이고, 밭에서도 토양 속 미생물을 중요하게 여겨 이를 관리하기 위해 양질의 분뇨와 유기질 비료를 매년 꾸준히 추가해준다고 해요. 현재는 포도나무의 20%를 동물 견인으로 경작하고 있는데 유마라는 이름의 노새가 그 역할을 톡톡히 한다고 하네요. 그래서 펑키하다기보다는 섬세한 와인을 만드는 멋진 도멘이죠."

"아, 저는 이 와인으로 결정할게요. 너무 저랑 딱 들어맞는 와인처럼 느껴져서요."

"과즙 넘치는 신선함과 생동감을 느끼실 수 있을 거예요. 그러면 오픈해드릴게요."

와인을 오픈하자 프랑스와 스페인의 국경 지역에 불어오는 지중해의 시원한 바닷바람이 느껴졌다. 뜨거운 햇살이 내리쬐는 다소 척박한 토양이지만 오히려 좋은 와인을 만들기 위해서는 더할 나위 없는 지역이다. 그리고 자신이 좋아하는 소설의 챕터와 주인공, 대사에서 따온 이름을 붙여 와인을 만드는 장 프랑수와 닉과 그의 감성이 우리의 가을밤을 적시고 있다. 독서의 계절, 가을과 가장 잘 어울리는 오늘의 와인은 레 풀라흐 후즈의 포텅킨 2021 빈티지다.

11화. 베를리치 🍷

엑스 베로 1 2019

지역 : Styria, Austria

품종 : Sauvignon Blanc, Morillon

석영은 집에 있는 사진첩을 꺼내 보고 있다. 족히 30년은 넘은 가족의 사진첩은 이제 낡을 데로 낡았다. 그리고 사진첩 옆에는 석영의 아버지가 첫째 딸의 탄생을 기념해서 샀던 필름 카메라가 놓여 있다. 이제는 석영이 아버지의 역할을 대신해서 가족의 사진을 찍어주기 위해 물려받은 카메라다. 석영이 아버지로부터 다른 것보다 카메라를 물려받은 데는 몇 가지 이유가 있다. 우선 그가 왕가위 감독의 팬이라는 점과 대를 이어서 와인 양조를 하는 수많은 후계자의 철학에 동조하기 때문이었다. 모두 시간을 산소처럼 쓰는 사람들이었다. 왕가위 감독은 아내와의 시간을 영화에 남기려고 했고 와인 양조자들은 자연의 시간을 와인 한 병에 담으려고 했다. 모든 인간에게 공평하게 주어진 시간은 아이러니하게도 공평하다는 조건 때문에 평가 절하를 당하기도 하지만 세상에 가치를 가져다주는 모든 일에는 시간이 필수조건이다. 석영은 아버지가 만든 가족의 사진첩을 통해 시간을 음미할 수 있다는 것에 무한한 감사를 표한다. 나이가 드신 아버지는 더 이상 낡은 카메라에 관심이 없으신듯하지만, 석영이 카메라를 가져갈 때 이런 말씀을 하셨다.

"누나도 많이 찍어줘라. 석영이 네가 태어났을 때는 아버지도 여유가 생겨서 가족끼리 어디 다니기도 했는데 누나가 태어났을 때는 먹고 살기 바빠서 사진도 몇 장 못 찍어줬네."

실제로 가족의 사진첩에는 누나의 갓난아기 시절 사진들은 찾아보기 힘들다. 사진첩의 제일 첫 장을 봐도 석영이 태어난 지 100일쯤 됐을 때 이미 유치원에 들어간 누나의 모습부터 담겨 있다. 예전부터 그게 참 아쉬웠다. 석영보다 누나가 먼저 태어난 것이 잘못도 아니고 정말 바쁘게 살았던 부모님의 젊은 시절을 탓하기도 어렵지만, 누나의 어릴 적 시간을 담은 사진이 거의 남아있지 않다는 건 동생인 석영이 보기에도 애석했다. 사진첩을 보면 누나는 늘 석영을 꼭 안아주고 있었다. 집에서도 미술 학원에서도. 석영과 나이 차이가 크게 나는 석영의 누나는 석영이 아버지의 카메라를 물려받았을 때 이미 시집을 가서 아이 두 명을 키우느라 일 년에 몇 번 만나기도 힘든 시점이었다. 그건 석영이 와인바를 열고 나서도 크게 달라지지 않는 부분이었다. 오히려 각자의 삶을 사느라 더 바빠졌다. 지하철을 타고 30분만 가면 잠시 얼굴이라도 볼 수 있었지만 두세 달마다 짧은 통화를 하는 것으로 서로의 안부를 묻고 마는 것이 현재의 시곗바늘이 가리키는 곳이었다.

석영은 오랜만에 누나에게 메시지를 보냈다. 혹시나 시간이 되면 퇴근하고 놀러 오라는 메시지였다.

"괜히 너 바쁜데 내가 가면 방해되는 거 아냐?"

어렸을 때부터 자신이 원하는 것보다는 다른 사람의 입장을 더 생각하는 누나의 성격은 나이가 들어서도 크게 달라지지 않았다.

"괜찮아. 오늘은 별로 바쁘지 않을 것 같아서 놀러 오라고 하는 거니까. 오픈 날 잠시 오고 가게에 놀러 온 적도 없잖아. 동생이 와인바 하는데 와인도 자주 못 마시고."

"나야 술 마시는 거 좋아하는데 불러주면 고맙지. 그러면 저녁에 보자."

누나는 기분이 좋아 보였다. 워킹맘으로서 퇴근을 하고서도 아이들을 돌보느라 수년간 제대로 된 저녁 시간을 즐겨본 적이 없을지도 모른다. 하나뿐인 동생을 만나러 저녁에 술을 마시러 나간다는 핑계는 어쩌면 무소불위의 권력자가 된 기분이 아닐까? 석영은 누나를 위해서 어떤 음식을 준비할까 고민하다가 근처 횟집에서 오징어회를 사 왔다. 딱히 누나가 가리는 음식이 있는 건 아니지만 어렸을 때부터 누나는 오징어회를 좋아했다. 그래서 석영의 어머니도 누나가 가끔 집에 올 때면 아버지에게 딸이 좋아하는 오징어회를 먹으러 가자고 하셨다. 그리고 아버지는 묵묵부답으로 동의를 표현하셨다.

오후 7시, 일을 마치고 곧장 집에 들러 아이들의 밥을 챙겨준 누나는 석영의 와인바로 부리나케 달려왔다.

"석영아, 왔어."

"어, 누나 어서 와. 애들은 잘 있지?"

"어휴, 말도 마. 둘 다 사춘기에 접어들었는지 말도 안 들어. 아들 둘 키우기 쉽지 않네."

"누나가 고생이 많다. 좋아하는 오징어회 샀는데 괜찮지?"

"좋지. 얼마 만에 오징어회 먹어보는지도 모르겠다. 외식하러 가면 애들 좋아하는 음식 위주로 고르니까. 저번에 혼자 잠시 집에 갔을 때 엄마랑 아빠랑 먹은 게 마지막인 거 같은데?"

"그럴 거 같아서 일부러 오징어회로 준비했어. 저기 넓은 테이블에서 먹자. 금방 접시에 담아서 내올 테니까 가게 구경하고 있어. 몇 달 전이랑 비교하면 많이 바뀌었을걸?"

"얼핏 봐도 그렇네. 네가 좋아하는 LP도 더 많이 늘었고 못 보던 기타도 한 대도 생겼고. 넌 혼자 참 재밌게도 산다. 어렸을 때는 그렇게 친구들이랑 모여서 노는 거 좋아하더니."

"그런 것도 다 때가 있는 거지 뭐. 예전에 새로 생긴 미용실에 간 적이 있는데 거기 사장님이 그러시더라고. 나이가 들면 혼자서 하는 취미가 많은 사람이 제일 부자라고. 그때는 그 말이 별로 와닿지 않았는데 이제는 무슨 의미인지 알 것도 같아. 아무튼 누나 온다고 해서 구하기 힘든 와인 몇 병 준비해놨는데 오랜만에 조금 늦게 들어가도 괜찮지?"

"그럼, 너 만나러 간다는 핑계 아니면 저녁에 나가기도 힘든데. 와인바 하는 동생 덕에 좋은 와인 좀 실컷 얻어먹고 가보자."

"그래, 실컷 먹고 마시고 가. 그릇 좀 테이블에 가져가 줘. 내가 와인이랑 잔 들고 갈게."

오랜만에 누나랑 단둘이 보내는 시간이다. 주말에도 바빴던 부모님을 대신해서 어린 동생의 숙제를 도와주고 함께 끼니를 때우던 누나였다. 그래서 석영은 누나가 결혼을 한다고 할 때 괜히 심술궂은 표정으로 짜증을 내기도 했었다. 무언가 큰 존재가 집 밖으로 나간다는 생각이 들어서였을까? 언젠가는 일어날 일이었지만 마음의 준비가 전혀 되지 않았던 어린 동생에게는 청천벽력 같은 일이었다. 그래서 십수 년이 지난 지금에야 가끔 만날 수 있는 누나와의 시간이 더욱더 소중하게 느껴지는 이유다.

"누나, 오늘 내가 함께 마시려고 준비한 와인은 베를리치의 엑스 베로 1 2019 빈티지야. 베를리치는 오스트리아에 있는 내추럴 와이너리인데 생산자인 체폐 가문은 와인 업계에서 굉장히 유명해. 나중에 마실 셉무스터와는 사돈지간이고 사촌인 다른 체폐는 구트오가우를 생산하고 있거든. 베를리치의 포도밭들은 고대 로마 시절부터 와인을 생산하는 유서 깊은 땅인데 17세기부터 포도 재배를 해온 만큼 스티리아 지역과 포도원은 가문에 있어서 굉장히 중요하지. 우리 부모님도 어렸을 때부터 주말농장을 하시고 계시잖아. 농번기가 되면 우리도 부모님을 도와서 같이 농사를 지은 것처럼 현재 베를리치를 이끄는 이발트 체폐 씨한테는 그 땅이 마음의 고향과도 같은 곳이겠지? 베를리치 뒤에 붙은 '엑스 베로'는 라틴어로 '진실로부터'라는 뜻인데 그가 얼마나 와인을 만드는데 진심인지 잘 표현한 이름 같아. 그리고 숫자는 포도가 재배되고 있는 지역이 매우 경사진 곳인데 체폐 씨는 이 경사면을 세 개의 영역으로 나누어 다른 와인을 생산하고 있지. 점토 함량이 높은 토양인 경사면 아래에는 주로 모리용 품종을 심어. 오늘 첫 번째로 마실 와인의 라벨에 담긴 뜻을 알고 마시면 와인을 더 잘 이해할 수 있을 것 같아서 설명해봤어."

"이야, 석영아. 너 못 보던 사이에 엄청 와인 전문가가 된 거 같다. 와인바 처음 오픈할 때랑은 완전 다르게 보이는데?"

"그동안 공부 많이 했지. 무턱대고 아무 와인이나 가져와서 손님에게 마셔보라고 추천하는 건 너무 무책임하잖아. 당연히 내가 추천하는 와인이 모든 손님의 취향에 맞을 수는 없겠지만 최선을 다하고 싶었어. 그래야 장사가 안돼서 가게 문을 닫는 순간이 와도 미련이 남지 않을 것 같아서."

"어렸을 때부터 책임감 하나는 강하더니 와인바를 할 때도 변하지 않고 여전하네. 보기 좋다. 누나로서 크게 도와준 것도 없지만."

"와인 공부하면서 다 배운 거지 뭐. 포도 재배부터 시작해서 한국으로 수입되어 여기까지 오는 과정을 유심히 지켜보면서 한병의 와인에 담긴 이야기를 손님들에게 잘 전달해주는 것도 중요하다고 생각했고. 감사하게도 손님들이 계속 와주셔서 나도 그런 공부를 했던 것도 같아. 이곳을 찾아오는 사람이 없으면 다 의미 없는 일이니까."

"그렇지. 항상 손님들에게 친절하게 대하고. 내가 말 안 해도 알아서 우리 동생은 잘하겠지만."

"그래. 이야기는 이쯤하고 어서 먹자. 와인 오픈해줄게."

석영은 일 년 중 가장 흐뭇한 마음으로 와인오프너를 손에 쥐었다. 누나에게 잘하는 모습을 보여주고 싶은 마음이 컸나 보다. 이제는 자신도 커서 작게나마 누나를 도울 수도 있고 굳이 다 말하지 않아도 누나의 마음을 짐작할 수도 있다는 것을 말하고 싶었던 날이다. 석영은 집에서 가져온 카메라를 꺼내 와인 잔을 들고 환하게 웃는 누나의 모습을 담았다. 아버지의 역할을 대신해서. 그리고 남매의 저녁 식탁에는 가족의 소중함을 담은 와인, 베를리치의 엑스 베로 1이 함께 하고 있다.

12화. 쵸타

🍷

츠르나 2015

지역 : Kras, Slovenia

품종 : Teran

10월의 어느 주말, 석영은 오전부터 가게에 나와 그동안 미뤄왔던 기타 연습을 하고 있다. 그가 고른 곡은 팻 메스니의 <At Last You're Here>. 줄무늬 셔츠에 청바지, 아디다스 운동화 차림으로 유명한 미국의 재즈 기타리스트인 팻 메스니는 1964년 즈음 TV에서 비틀즈의 공연을 본 다음 기타에 관한 관심을 가지기 시작했고 12세가 되던 생일에 부모님으로부터 기타를 선물 받았다고 한다. 그가 고른 기타는 깁슨 사의 ES-175였고 조 패스와 같은 재즈 기타리스트들에게 인기가 많았는데 데뷔 초창기부터 1995년까지 이 기타를 사용했다고 한다. 불과 19살에 버클리 음대에서 기타를 가르칠 만큼 천재성을 보인 팻 메스니의 기타 소리에서는 그가 태어나서 유년기를 보냈던 미주리주의 넓은 평야를 닮은 포근함이 느껴진다. 물론 석영이 팻 메스니처럼 기타에 천재성을 가진 것은 아니지만 어릴 적부터 부모님을 따라갔던 주말농장에서 느꼈던 감성이 어설프게나마 기타 연주에서 묻어 나왔다. 석영이 악기에 관심을 가지게 된 것은 아버지의 영향이 컸다. 80년대 초에 대학을 다녔던 아버지 세대의 특징은 장발에 통기타를 치는 것이었고 석영의 아버지 또한 젊은 시절에 연습했던 기타와 하모니카 실력을 종종 보여주곤 했다. 보통 아들은 성인이 되기 전까지 아버지가 보여주는 세상을 거울삼아 자신의 취향과 정체성을 세우는 경우가 많았고 그건 석영도 크게 다르지 않았다. 아버지가 퇴근하시고 오시면 어머니가 깎아주신 과일을 같이 먹으며 다큐멘터리를 보는 일. 지금도 석영이 일을 마치고 집에 돌아가면 습관적으로 TV를 켜서 다큐멘터리를 틀어놓는 것은 아버지에 대한 오마주였다. 그래서 석영이 가게에서 시간적 여유가 생기자 고른 악기도 기타일 수밖에 없던 것이다. 크게 달라진 점이라고 한다면 석영은 통기타가 아니라 일렉 기타를 고른 것이고 트로트를 좋아하는 아버지와 다르게 석영은 재즈를 좋아한다는 것이다.

석영은 작곡 프로그램에 얼기설기 찍어둔 드럼 비트를 멈췄다. 오랜만에 아버지로부터 먼저 전화가 왔기 때문이다.

"석영아, 바쁘냐."

"아니요, 아버지. 가게에 일찍 나와서 기타 치고 있었어요."

"장사하는 놈이 기타 칠 여유도 있고 팔자 좋네."

여느 아버지들이 그렇듯 살가운 말을 건넬 줄 모르는 석영의 아버지는 괜히 심술을 부리는 것으로 아들에게 애정을 표현하곤 하셨다. 이제는 아버지의 속뜻을 이해할 만큼 나이가 든 석영은 짜증을 내는 것보다 화두를 돌리는 것으로 대화의 방향을 틀었다.

"오전부터 전화하시고 무슨 일 있으세요?"

"아, 오늘 서울에 잠시 올라갈 일이 있어서 한번 전화해봤다. 아들 얼굴 본 지도 오래된 것 같고 해서..."

"그러면 볼일 보시고 가게에 들르세요. 몇 시에 끝나시는데요?" "저녁에 기차표 끊어놔서 오래 있기는 그렇고 너 바쁠 것 같으면 그냥 내려가도 된다."

"이왕 서울 오실 거면 잠시 들렀다 가세요. 시간 되시면 같이 저녁이나 먹게."

"5시쯤 끝날 것 같은데 아버지 데리러 오냐?"

"5시면 모시러는 못 가요. 가게 곧 오픈해야 할 시간이라서."

"그래. 알았다. 주소나 다시 한번 보내놔라. 어디 갔는지 사라졌다."

"네, 아버지."

아버지는 나이가 드시면서 차를 새로 바꿨는데 시승하러 집에 오냐는 둥 아들에게 애정을 갈구하는 말을 하곤 했다. 사람이 나이가 들면 점점 아이처럼 바뀐다고 하는 옛말처럼 석영의 아버지도 그런 모양이었다. 사실 석영은 아버지의 그런 변화가 싫지 않았다. 항상 완벽할 것만 같았던 아버지가 자신에게 도움을 청하고 기댈 수 있을 만큼 아들이 성장했다는 뜻일 테니까. 한편으론 아버지의 사소한 부탁을 흔쾌히 들어드릴 수 있는 지금의 자신이 대견하다고 생각했다. 그리고 석영이 그렇게 클 수 있었던 배경에는 수십 년간 이어온 아버지의 헌신이 있었다. 석영은 처음부터 다시 한번 팻 메스니의 <At Last You're Here>를 연주했다. 아직 어설프지만, 혹시나 아버지가 기타 한 번 쳐보라고 하시면 보여드리고 싶었기 때문이다. 아버지가 오실 줄 알았으면 조금 더 부지런하게 연습해둘 걸 하는 마음이 들었다.

오후 6시, 저 멀리서 석영의 아버지가 핸드폰의 지도 앱을 보면서 석영의 와인바로 걸어오고 있다. 대략 1년 전 가게를 처음 열었을 때 이후로 아버지는 괜히 아들에게 부담을 줄 것만 같아서 석영의 와인바로 찾아오시지 않았었다. 그래서 복잡한 성수동의 길거리를 조금 헤매고 있다. 아버지는 골목길을 한참 돌다가 빛바랜 노란 별이 그려진 간판을 보고 나서야 안도의 한숨을 쉬었다. 그리고는 곧장 석영의 와인바로 올라왔다.

"석영아, 아버지 왔다."

아버지는 몇 달 만에 보는 아들에게 먼저 손을 내밀었다.

"오셨어요. 아버지 가을에 무슨 땀을 그렇게 흘리세요."

"오랜만에 여기 오다 보니 동네가 영 낯설어서 지도를 보고 오는데도 몇 바퀴나 돌았는지 모르겠네. 어디 보자. 손님 많은지. 음, 이른 저녁 시간인데 몇 테이블 차 있네."

"주말이니까요. 아무 빈 테이블에 앉아 계세요. 물 가져다드릴게요. 저녁은 아직 안 드셨죠?"

"손님들 올 수도 있는데 아버지가 테이블에 앉아도 되냐. 그냥 저기 바에 잠시 앉아서 아들 얼굴이나 보고 가면 되지."

"그래도 오랜만에 오셨는데 테이블에 앉으세요. 새로 만든

요리들 아직 맛보신 적도 없으시잖아요. 몇 가지 금방 만들어 드릴 테니까 와인 리스트 보시면서 잠시만 앉아 계세요."

"그래, 그러면 어디 아들 음식 솜씨 좀 보자."

석영은 곧장 버섯 소스에 브로콜리를 곁들인 립 아이 스테이크를 준비했다. 그리고 석영이 가장 자신 있어 하는 직화 채소 구이를 위해 숯에 불을 붙였다. 아버지는 그런 석영의 모습을 보며 내심 대견하다는 눈빛을 보냈다.

"와인은 고르셨어요?"

"내가 뭐 와인에 대해서 잘 아나? 아들이 추천해주는 걸로 마시는 거지."

"음, 그러면 애피타이저로 나올 직화 채소구이랑 어울리는 스파클링 레드 와인을 먼저 오픈해드릴게요."

"그래."

"오늘 제가 추천해드릴 와인은 쵸타의 츠르나 2015 빈티지예요. 쵸타는 슬로베니아를 대표하는 오렌지 와인 메이커 중 하나인데 아버지와 아들이 함께 운영하는 와이너리죠. 처음에는 가족들이 운영하는 레스토랑에 사용할 와인을 만들려고 아버지인 브랑코 씨가 74년부터 와인 양조를 시작했는데 점점 명성이 높아지면서 1990년에 88년 빈티지를 정식으로 출시하며 본격적인 와이너리 사업을 시작했고요. 그때부터 아들인 바스야 씨도 합류하게 됐죠. 예전에 아버지가 그러셨잖아요. 옛날에 할아버지가 주말농장을 처음 만들 때 돌이 엄청 많아서 할아버지랑 고모들이 돌을 다 파내고 배나무를 심으셨다고. 쵸타의 와이너리가 있는 지역도 석회암으로 이루어진 토양이라 포도를 재배하기 힘들었는데 트랙터로 기반암을 부순 후 포도밭을 일구었다고 해요. 그래서 쵸타의 와인은 미네랄이 풍부하죠. 그리고 슬로베니아의 유명한 예술가인 마리얀 모치브니크가 레이블을 디자인했는데 쵸타 가족들의 지문이 그려져 있다고 해요. 와인을 만들 때 지문이 묻어날 만큼 정성과 애정을 담았다는 뜻과 쵸타에서 만드는 와인은 우리의 가족과 같다는 의미를 담았다고 하네요."

"그 집안도 나처럼 농사에 열정적인가 보네. 지문이 묻어날 정도로 정성을 들인다는 걸 보니."

"그럼요. 쵸타의 포도는 아버지가 추석이 지나고 배를 수확하시는 것처럼 대부분 늦게 수확해서 폴리페놀의 숙성을 기대한다고 하고요. 우리 가족의 주말농장이 있는 울산처럼 쵸타의 포도밭도 바다 인근이라 바람이 많이 불고 건조해서 병충해로부터 안전하다고 하네요. 여러모로 우리 가족이랑 비슷한 점이 많아서 이 와인을 골랐어요."

"그래, 아들 설명을 들으니 우리 집이랑 닮은 점이 많네."

"그러면 이제 오픈해드릴게요."

"오랜만에 아들이 따라주는 술 한잔 받아보자 그래."

와인바를 열고 나서 가장 어른스러운 모습을 보여주는 석영이다. 어렸을 때는 아버지와 함께 있는 시간이 마냥 편하지는 않았다. 늘 무뚝뚝한 아버지에게 어떤 말을 건네야 할지도 몰랐고 자신보다 덩치가 큰 아버지 옆에 서면 괜히 주눅이 들었다. 그런데 요즘 아버지를 보면 많이 야위었다는 생각이 든다. 몇 달 만에 아들을 보러온 아버지가 기차를 타기 위해 가게를 나섰을 때 석영과 아버지는 무언의 눈빛을 교환하며 서로를 안아주었다. 기분이 좋아진 아버지는 석영에게 좀 전에 마신 와인의 이름을 물어보았다. 아들이 아버지를 생각해서 고른 와인의 이름은 꼭 기억하고 싶으셨나 보다. 이런 날 어울리는 와인, 쵸타의 츠르나 2015 빈티지가 있다.

13화. 스페셜 화 - 레코스테 🍷

올리브 오일 2021
지역 : Lazio, Italy
품종 : Moraiolo, Canino, Frantoio

석영은 주방 청소를 하고 있다. 아무래도 손님들이 가장 좋아하는 메뉴인 채소 숯불구이를 실내에서 하다 보니 주방이 쉽게 더러워지곤 했다. 재가 여기저기 날릴 정도는 아니었지만 미세한 입자들이 화구 주변에 눌어붙기 일쑤였다. 천장에 달린 후드가 일차적으로 재를 빨아들이더라도 행주로 닦으면 눈에 보이지 않는 먼지와 재로 금세 시커메졌다. 몇 달 전에 놀러 온 친구는 굳이 이렇게 까탈스러운 방식으로 음식을 해야 하는지에 대해서 회의감을 내비치기도 했다. 물론 쉬운 요리법을 요구하는 음식으로 메뉴판을 채우면 석영은 아침에 더 잠을 잘 수도 있을 테다. 정식으로 요리 학교에서 학위를 이수한 것도 아니니 석영의 와인바에 나오는 음식이 조금 어설프다고 해도 눈을 딱 감고 손님들에게 핑계를 댈 수도 있겠다. 실제로 숯불 앞에서 땀을 흘리면서 한 접시의 채소를 굽는 석영의 모습을 본 몇몇 손님들은 프라이팬에 구워주셔도 된다는 너스레를 떨기도 했다. 하지만 석영은 아무 말 없이 미소만 짓고 그의 방식을 고수해왔다. 숯불에 채소를 굽고 특제 크림소스 위에 몇 방울의 레코스테 올리브 오일을 뿌리고 나서야 석영은 주방에서 나왔다. 정말 단순해 보이는 석영의 음식이 손님의 입에 들어갔을 때 번쩍이는 눈빛으로 바뀌는 시간은 단 0.3초. 옆에 온 손님이 어서 이걸 먹어보라고 접시를 지인에게 밀어주는 장면을 보고 있으면 매일 주방을 닦아야 하는 고생쯤은 아무것도 아니었다. 아주 가끔 새벽 시간이 되면 준비한 채소가 다 떨어지는 경우가 있는데 하필 그런 날은 손님들이 유독 채소 숯불구이를 찾곤 한다. 석영은 그때마다 장사란 참 아이러니한 것이구나 생각했다. 그리고 음식을 찾는 손님이 단 한 명이라도 있다면 가게로 출근해서 주방 청소를 게을리할 수가 없겠다고 생각했다.

오늘은 11월 10일. 석영의 와인바가 오픈한 지 딱 일 년째 되는 날이다. 물론 이 날짜를 머릿속에 기억하고 있는 사람은 지구상에 석영이 유일하다. 달력에 적힌 모든 날짜에는 어떤 의미가 담기기 마련이고 새해의 첫날부터 한 해의 마지막 날까지 누군가는 끈기와 인내심을 가지고 기다렸던 날이 있을 테다. 석영에게는 오늘이 바로 그날이다. 일 년 동안 힘든 내색 한번 없이 오늘을 기다렸다. 딱 일 년만 버텨보자고. 그러면 또 다른 일 년을 기다릴 용기가 생길 거라고. 어떻게 일 년이 흘러가는지도 몰랐던 여름날이 훌쩍 지나가고 가을에 접어들면서 달력을 보는 날이 더 많아졌었다. 비록 지구상에 그날을 기다리는 사람이 석영 혼자일지라도 설레는 감정은 소리 없이 차오르고 있었다. 막상 11월이 되자 10월처럼 가슴이 뜨겁지는 않게 되었다. 그저 그날이 며칠 남지 않았다는 안도감이 더 커졌다. 그리고 석영은 그날을 앞두고 가족들에게 메시지를 보냈다.

"아버지, 어머니, 누나. 우리 가족끼리 작은 파티할까요?"

잠시 뒤 어머니가 가장 먼저 답장이 왔다.

"안 그래도 우리 아들이 가게 연지 일 년 차 되는 날이라서 수고했다고 전화 한번 하려고 했는데 먼저 파티하자고 연락이 오네. 파티 좋지. 먹고 싶은 요리 있어? 엄마도 조금 준비해갈까?"

그리고 점심시간이 되자 누나와 아버지의 답장이 이어졌다.

"벌써 시간이 그렇게 됐어? 석영아, 고생했어."

"나는 아들 얼마 전에 보고 왔는데 그냥 빈손으로 가도 되지?"

석영은 흐뭇한 표정을 지으며 메시지를 보냈다.

"제가 요리할 테니까 다들 저녁에 와서 맛있게 먹어줘요. 그러려고 부르는 거니까."

마치 어릴 적 석영의 생일을 앞두고 가족끼리 나눴던 대화처럼 느껴졌다. 나이가 들고 바뀐 것이 있다면 주인공인 자신의 생일보다 더 기분 좋은 날이 늘어난다는 것이다. 기나긴 장마가 끝나고 하늘이 맑게 갠 날, 재즈바에 앉아 빌 에반스의 <Waltz For Debby>를 듣는 날, 아무 문제 없이 영업을 마치고 새벽에 한강 변을 걷는 날. 어쩌면 화려하고 신나는 자극보다 일상에 숨겨져 있던 밀도를 높이는 날들이었다. 석영은 지금 갓 따온 포도를 발효통에 넣고 몇 주간 스킨컨택 시키는 재미를 알아가는 것이 아닐까? 너무 짧지도 길지도 않은 최적의 상태를 조율해가는 과정이 와인 양조의 재미였다. 석영은 비록 자신의 포도밭을 아직 가지지 못했으나 지난 1년간 와인바를 운영하며 내추럴 와인 양조자들로부터 떼루아의 개념을 받아들였다. 그것은 단순히 와인을 만들 때만 유용한 철학이 아니었다. 우리는 모두 하늘과 땅으로부터 나온 존재니까. 그리고 각자의 취향이 존재했다. 어떤 손님은 존 콜트레인의 <Blue Train>이 라미디아의 와인과 어울린다고 했고 또 어떤 손님은 마일스 데이비스의 <Bye Bye Blackbird>가 얀 뒤리유의 와인과 어울린다고 했다. 석영은 그저 점과 점을 이어주는 일을 할 뿐이었다. 그러는 데 필요한 것들이 몇 가지가 있었는데 가장 대표적인 것은 석영이 10년 가까이 모아온 LP와 CD, 그리고 올리브 오일이었다.

　석영이 만드는 요리 대부분에 꼭 빠지지 않고 들어가는 재료인 올리브 오일은 꼭 레코스테의 것을 고집했다. 로마 북쪽의 볼세나 호수를 향해 경사진 곳에 자리 잡은 레코스테는 부부가 소유한 도멘이다. 이미 내추럴 와인계에서 유명 인사인 이 부부는 2004년부터 꾸준히 노력해온 결과 이 지역을 내추럴 와인의 성지로 만들었다. 지안마르코는 어렸을 때부터 소믈리에였으며 프랑스 내추럴 와인의 전설과 함께 보낸 시간들로 인해 날카롭고 직관적인 관점을 가진 양조가이며, 클레멘타인은 마콩에서 포도 재배를 공부하고 보르도 와인 학교를 졸업하여 가장 자연 친화적으로 레코스테의 땅을 돌보고 있다. 그리고 화산 기슭에 있는 아름다운 포도원 사이에 자리 잡은 올리브 나무들, 지역 품종인 Moraiolo, Canino, Frantoio다. 그들의 와인과 마찬가지로 순수하고 활기차며 강렬하고 세련된 감각을 가진 레코스테의 올리브 오일은 석영이 어떤 요리를 해도 잘 어울렸다. 비스킷에 살짝 뿌리거나 파스타를 만들거나 올리브 샐러드에 드레싱으로 사용해도 좋았다. 다재다능한 레코스테의 올리브 오일이 가진 무한한 잠재력의 발현, 그 자체였다.

오후 4시, 오늘도 어김없이 주방에서 요리를 시작한 석영은 가장 먼저 프라이팬에 올리브 오일을 둘렀다. 가족들이 올 시간에 맞추려면 몇 가지 요리는 밑 준비를 해두는 게 좋으니까. 석영은 오늘 장을 보기 위해 뚝도 시장을 돌며 거의 모든 단골 가게들을 방문했다. 그만큼 오늘은 하고 싶은 요리가 많았다. 어쩌면 하고 싶은 말이 많았다. 지난 1년간 누구에게도 쉽게 털어놓지 못했던 말들을 가족들에게는 조금 할 수 있으니까. 어떤 날은 너무 가게에 나가기 싫어서 혼자 어딘가로 훌쩍 떠나려고 기차표를 알아봤었다고, 또 어떤 날은 밀린 설거짓거리를 다 깨부수고 싶었다고. 그래도 밤늦게 전화해서 투정 부리지 않고 다음 날을 준비했었다고. 자신이 힘든 소리를 하면 가족들이 걱정할 게 뻔해서 꾹 참았었다고. 고작 1년도 버티지 못하면 앞으로 세상 밖으로 나오기 더 두려워질 걸 아니까 최선을 다해보고 싶었다고. 오늘을 위해서 아껴뒀던 말이 참 많았다.

오후 6시. 가게 문에는 10일간의 뉴욕 출장으로 인한 임시휴무 공지가 붙어있고 오로지 한 테이블 위에만 식탁보가 깔려 있다. 그리고 석영의 가족들이 성수역 방면에서 걸어오고 있다. 석영이 가장 기다렸던 날, 가장 사랑하는 사람들이 걸어오고 있다. 그리고 석영은 창문을 활짝 열고 그 모습을 바라보고 있다. 별 아래, 와인바에서.

별 아래, 와인바

초판 1쇄 발행 2023년 11월 06일

지은이　　전진명

디자인　　포레스트 웨일
펴낸이　　포레스트 웨일
펴낸곳　　포레스트 웨일
출판등록　제2021 - 000014 호
주소　　　충남 아산시 아산로 103-17
전자우편　forestwhalepublish@naver.com

종이책　　979-11-92473-80-2

작가님들과 함께 성장하는 출판사
포레스트 웨일입니다.
작가님들의 소중한 원고를 받고 있습니다.
forestwhalepublish@naver.com